KB262159

몽상가 夢想家

김대산 퓨전 무협 소설

FUSION ORIENTAL STORY

몽상가 5

김대산 퓨전 무협 소설

초판 1쇄 찍은 날 § 2010년 12월 15일
초판 1쇄 펴낸 날 § 2010년 12월 22일

지은이 § 김대산
펴낸이 § 서경석

편집팀장 § 서지현
편집책임 § 박우진
편집 § 어정원

펴낸곳 § 도서출판 청어람
등록번호 § 제1081-1-89호
등록일자 § 1999. 5. 31
어람번호 § 제2-2019호

주소 § 경기도 부천시 원미구 심곡2동 163-2 서경B/D 3F (우) 420-822
전화 § 032-656-4452 팩스 § 032-656-4453
http://www.chungeoram.com
E-mail § chungeoram@chungeoram.com

© 김대산, 2010

ISBN 978-89-251-2383-7 04810
ISBN 978-89-251-2201-4 (세트)

몽상가

夢想家

김대산 퓨전 무협 소설

FUSION ORIENTAL STORY

5

전이(轉移)

도서출판 청어람

目次

第四十七章

교차(交叉)

몽상가

1

위려려는 매일 한 번 꼴로 정의대를 방문했다.

철민은 별로 달갑지가 않았다. 위려려의 절세 미모 또한 처음 볼 때만큼 눈부시지는 않았다. 하긴 그녀의 미모가 볼 때마다 사람을 눈부시게 만든다면, 수호천에는 얼마나 많은 시력 장애인이 생겨났을 것인가.

"공자의 성취는 어떤가요?"

어느 날인가 그녀가 문득 물어왔다.

'성취? 무슨 성취?'

철민의 의문은 이어진 그녀의 질문에서 곧바로 해소되었다.

"혹시 이미 오벽에 진입한 것은 아니겠죠?"

그녀는 구벽외공을 말하고 있었다.

그런데 그녀에게 신물을 전해주는 것으로써 까마귀늙은이
와의 악연을 깨끗이 정리하리라고 철민이 이미 마음을 정한
바가 있었건만, 지금 그녀 쪽에서 그렇게 먼저 물어오니 생각
이 또 조금쯤은 달라지는 것이었다.

누구에게나 무슨 이유로든 목숨은 가장 소중한 것이다. 철
민이 신경을 안 쓴다고 했지만, 귀신 씻나락 까먹는 소리겠거
니 넘기려 했지만, 그래도 거기에 '인간으로서는 도저히 견디
지 못할 엄청난 고통에 시달리다가 결국은 온몸이 산산조각
나고 마는 처참한 죽임을 당하게 될 것!' 이라는 오금 저리는
협박이 담겼고 보면, 어찌 찜찜함 정도야 없을 수가 있겠는
가?

물론 그렇다고 철민이 갑자기 혹하여 그녀에게서 무슨 큰
덕을 보거나 신세를 지겠다는 것까지는 아니었다. 다만 그런
찜찜함을 억지로 안고 다닐 필요는 없지 않겠느냐는 정도였
다. 그녀가 굳이 풀어주겠다고 한다면 말이다.

그러나 철민의 심정이 그렇게 되었다고 하더라도, 막상 위
려려의 질문에 대해서 분명하게 대답할 수 있는 건 또 아니었
다. 그 스스로야 오벽이 아니라 이미 육벽까지를 이루었다고
정의를 내린 바가 있으나, 그것이야 까마귀늙은이가 정의했던
바와는 이미 한참이나 다른 길로 나가 버린 '만구 그의 생각'
일 뿐이었으니 말이다.

"그게… 사실은……."

하고 철민이 얼버무리고 마는데, 위려려가 반짝이는 눈빛으

로 살피다가는 문득 가볍게 고개를 끄덕였다.

"그래요. 그런 건 누구에게도 쉽게 말할 수 있는 게 아니겠죠."

하고는 살포시 미소를 짓더니 그녀가 다시 물었다.

"그런데… 혹시 근래에 진기 운용을 할 때나 평상시에라도 몸에 어떤 특이 현상 같은 게 느껴지지는 않던가요?"

그에 철민이,

"진기 운용은… 잘 모르겠고, 다만……."

하고 말을 좀 다듬으려 하는데, 위려려는 설핏 강한 관심을 보이며 뒷말을 재촉하였다.

"다만?"

"간혹 힘을 쓸 때면 배꼽 아래 즈음에서 무언가 확 달아오르는 듯한 느낌이 있기는 한데……."

'제기랄! 배꼽 아래라니!'

철민이 말을 하다가는 괜히 얼굴이 뜨뜻해져 오는 바람에 다시금 애매하게 말끝을 흐리고 말았다. 그러나 막상 위려려는 전혀 미지근하지도 않은지 눈빛을 더욱 반짝이며 얼굴까지 바짝 붙여왔다.

"어떻게요? 어떻게 달아오른다는 거죠?"

철민은 문득 눈이 부시는 듯했다. 바로 턱밑에서 영롱히 반짝이는 한 쌍의 눈빛이 그를 올려다보고 있었다. 정말로 별처럼 빛나는 눈빛이었다.

'제길! 언놈인지 이 여자랑 평생을 살 놈은 필시 맹인이 되

고 말겠군!'

괜한 생각뿐 철민이 차마 대답을 못하고 있자 위려려는 몇 번 고개를 갸우뚱거렸다. 그러나 더 이상 물을 기색은 아니었다.

철민은 문득 입 안이 마르는 느낌이었다. 그러나 어떻건 간에 '찜찜한' 쪽은 그였다.

"뭐가 잘못된 겁니까?"

철민의 물음에 위려려는 한 번 더 고개를 갸우뚱거리고 나서 대답했다.

"아직까지 큰 문제는 없는 것 같군요!"

'아직까지' 라는 단서는 철민으로 하여금 반사적으로 다시 묻도록 만들었다.

"그럼… 어떤 현상이 일어나면 문제가 되는 겁니까?"

그러자 위려려는 가만히 철민을 응시했다. 철민은 대번에 가슴이 울렁거렸다. 위려려가 천하에서 가장 아름다운 여인이라는 사실이야 새삼스러울 것도 없지만, 이처럼 가까운 거리에서 그녀와 단둘이 시선을 마주하고 있다는 사실이 백배로 실감되는 순간이었다.

철민이 급속히 온몸이 더워지고, 더 이상 그녀의 시선을 맞받고 있다가는 무슨 일이 생길지 모르겠다는 위기감까지 생기는 순간이 되어서야 위려려는 문득 화사하게 웃으며 입을 열었다.

"미리 안다고 해서 소용이 될 일은 아니니 필요한 때에 가서

알려 드리도록 할게요. 다만 그 필요한 때가 언제인지를 정확히 판단하기 위해서는, 이제부터 공자의 몸에 조금이라도 새롭거나 특이하다 싶은 현상이 생길 때마다 그 즉시 제게 알려 주셔야만 해요."

철민이 가슴이 울렁거리는 중에도 언뜻 머리가 조금 식는 듯한 느낌인데, 위려려의 눈빛이 문득 촉촉해졌다.

"공자가 아직까지 절 완전히는 믿지 못하고 있다는 걸 알아요. 그리고 공자의 입장에서는 그럴 수밖에 없으리라는 점도 이해해요. 하지만 이것 한 가지만은 알아주세요. 우리가 한편이라는 거! 아니, 더욱이 제 처지에서는 공자를 저의 편으로 여길 수밖에 없다는 점을 말이에요."

철민은 어색하게 팔짱을 꼈다. 당당하고 도도하기만 하던 천하제일미녀의 눈빛에 언뜻 호소가 담기는 걸 보고 금세라도 터질 듯이 방망이질을 치는 가슴을 꽉 누르지 않을 수 없었기 때문이다.

"전 지금 누구도 믿을 수 없는 처지예요. 이십 년 전 저의 할아버님은 연공 중에 암습을 당하셨고, 연공실과 연결된 천무가(天武家)의 비밀 통로 덕분에 구사일생으로 탈출하실 수 있었다고 해요. 그러나 회복 불능의 중상을 당하신 데다, 당시 전후의 정황으로 보아 본 천 내부의 핵심 급 인물들의 음모가 개입된 정황이 너무도 분명했으므로 그 전모를 밝히고 또 분쇄할 힘을 갖추기 전까진 당신의 존재를 섣불리 드러내실 수가 없었던 거죠. 그러다 결국은 한을 간직한 채로 귀천하시고 말왔고요."

위려려의 눈빛에 돌연 서릿발 같은 한기(寒氣)가 서렸다.

"전모가 밝혀지지 않는다 해도 그 음모의 중심에 누가 있는지는 너무도 확연해요. 수호천의 총수가 자신의 연공실에서 암습을 당하고 구사일생으로 탈출을 하기까지 어느 누구도 그 상황에 대해 알아채지 못했다는 사실과 이후 갑자기 사라진 총수의 행적에 대해 기껏 실종 처리를 하는 것으로 마치 사전에 미리 짜인 것처럼 너무도 간단히 모든 상황들이 정리가 되었다는 사실만으로도 말이에요. 그 엄청난 사실들을 그렇게 간단히 추스르고 정리할 수 있는 인물들, 그들이 과연 누구겠어요?"

철민으로서는 위려려의 감정 변화에 따라 제멋대로 요동치는 심장 박동을 추스르기만도 벅찼는데, 그런 중에 위려려의 눈빛은 다시금 촉촉한 습기를 띠었다.

"지금 제가 온전히 믿고 기댈 수 있는 사람은 당신뿐이에요! 절 도와주세요! 당신의 도움이 정말 간절하게 필요해요!"

"흠!"

철민은 저도 모르게 한 움큼의 숨을 급하게 들이켰다.

"제가… 저한테 무슨 힘이 있다고… 소저에게 무슨 도움이 될 수 있겠습니까?"

제풀에 뒤로 한 걸음 뒤로 물러서고 마는 철민을 위려려가 부드럽게 따라붙었다.

"할아버님께서는 분명히 남기셨어요. 당신에게는 무한한

가능성이 있다고. 그 가능성이 반드시 큰 힘이 되어줄 것이라고 말이에요. 전 할아버님의 말씀을 믿어요. 그리고 당신을 믿어요."

그 순간 철민은 '어흡!' 하고 호흡을 멈추며 온몸을 딱딱하게 굳히고 말았다. 따뜻하고 말랑말랑한, 세상에서 가장 부드러울 것 같은 촉감이 그의 두 손을 감싸고 있었다. 그리고 이내 그의 모든 감각을 휘감아왔다.

'아아!' 그것은 차라리 위태로운 느낌이었다. 그의 손과 그녀의 손 중 어느 한쪽은 금방이라도 녹아버릴 것만 같은.

화사한 미소를 남기고 위려려는 돌아섰다.

"혹시나 해서 다시 한 번 말하지만, 저와 당신의 관계에 대해서는 어떤 경우에도, 어느 누구에게도 절대로 말해서는 안 돼요."

방을 나서며 남긴 그녀의 목소리는 맑고도 고왔고, 사라져 가는 뒷 자태는 잔상으로 남을 만큼 아름다웠다. 그러나 이미 담담하고도 객관적인, 누구에게라도 그렇게, 딱 그만큼으로 느껴질 그녀 본래의 모습이 되어 있었다.

그녀의 모습이 완전히 시야에서 사라지고 난 뒤 철민은 차라리 허탈해지고 말았다. 가슴의 두근거림은 아직도 채 진정되지 않고 있었지만, 이미 식어버린 머릿속으로는 문득 한줄기의 소슬바람이 싸하니 지나가는 것만 같았다.

2

율도린이 청룡단에 체포되었다는 소문이 들렸고, 정의대 전체는 침울한 분위기에 잠겼다.

철민으로서야 그런 소문 자체에 대해서는 크게 안타깝고 말고 할 것도 없었지만, 그래도 분위기가 분위기인지라 괜히 울적해지고 말았다.

"이제 더는 철 형께 기다려 달라는 말을 못하겠습니다."

한동안 내내 침울한 기색이던 예인후가 철민에게 조심스럽게 꺼낸 말이었다.

이제는 떠나도 좋다는 말이리라. 아니, 청룡단의 최근 움직임 뒤에는 총사원의 묵인이 있었음에 분명하니 이제 곧 예인후 자신과 철민까지 소환될 가능성도 능히 짐작해 볼 수밖에 없었으니, 그때에는 예인후 자신으로서도 어떻게 해볼 도리가 없는 상황이 될 것이고, 그러니 차라리 그전에 수호천을 떠나라는 의미이리라.

철민이 이제 그런 것을 눈치채지 못할 정도로 예인후라는 인물에 대해 모르지는 않았다. 그래서 철민이 더욱 자신이 불쑥 떠남으로써 예인후가 더욱 곤란한 입장에 처할 것이 분명한데 나 몰라라 떠날 수는 없는 일이었다.

'떠날 것이었다면 벌써 진작에 떠났지, 이제 와서 어이쿠! 나 혼자 살겠다고 도망치듯 떠날 거라고 생각했다면… 예인후 당신은 나라는 사람을 잘못 봐도 한참 잘못 본 거요!'

"나 그냥 이대로 떠나 버릴까 보다?"

철민이 나중에 예인화에게 그냥 한번 뱉어본 말이다. 예인화에게만큼은 할 말 안 할 말 다듬지 않고 그때그때 내키는 대로 그냥 툭툭 뱉어버리곤 하는 그였다.

그런 것은 한편으로 낯설고 물선 이쪽 세상에서 철민의 답답함을 배출하는 유일한 통로이기도 했다. 그리고 사실은 예인화와 소통이 제대로 되는 사람도 없는 실정이니 안 할 말에 막말을 툭툭 뱉는다 할지라도 그것이 다른 사람에게 다시 옮겨지기란 그렇게 쉽지 않으리라는 안심도 없지는 않았다.

그런데다 또한 예인화가 나이보다는 성숙한 데가 있어서—물론 정신적인 부분을 말함이다—그의 비밀스러운 속내나 부끄러운 얘기까지를 함부로 남들에게 옮기지는 않으리라는 믿음이 있기도 했다.

그리고 무엇보다도 예인화야 아직은 애가 아닌가? 어린애.

부끄러울 만한 얘기에 대해 어른이 나잇값도 못하고 왜 그러냐고 입바른 소리라도 한다면, 그냥 소리 한번 질러주면 그만이지 않겠는가?

'뭘 따져?' 하고 말이다. '너도 나중에 크면 지금의 이런 내 심정 알게 될 날이 있을 거다' 하고 말이다.

그런데 막상 예인화의 실제 반응은 참으로 간단하고도 무덤덤하였다.

[그러세요!]

철민은 한마디도 더하지 못했다. 소리 한번 질러줄 엄두마저 나지 않았다.

'제기랄! 애가 좀 애다운 데가 있어야 애지, 이건 뭐…….'

3

이른 아침부터 왁자하니 바깥이 소란스러웠다. 철민이 나가보니 정의대원들이 우르르 몰려 있는 가운데 몇몇이서 사람 하나를 들고 급히 안채로 옮기고 있는 중이었다. 언뜻 보기에도 만신창이로 터지고 찢기고 붓고 말라붙은 피딱지투성이의 처참한 형상인데다 의식마저도 없는 것으로 보이는, 그는 바로 율도린이었다. 투귀 율도린!

정의대의 분위기는 크게 술렁거렸다. 당혹에 이은 분노였다. 누가, 왜 율도린을 저런 몰골로 만들었고, 또 굳이 정의대의 앞에다 버려두었는지를 추정할 만한 물적 근거는 아직까지 없었지만, 추정할 것도 없이 전후의 정황은 분명해 보였다.

율도린을 통해 화풀이를 한 것일 터였다. 또한 정의대에 대해 경고와 시위를 하는 것일 터였다. 그리고 그럴 만한 주체는 뻔했다.

보고를 받고 달려나온 예인후는 차라리 차분한 모습이었다. 그리고 그의 침착한 지휘에 따라 정의대원들은 이내 각자의 일과로 돌아갔다.

"잔인한 자들! 꼭 이렇게까지 지독한 짓을 해야 했단 말인가?"

응급조치를 하며 율도린의 상세를 살피던 예인후가 침울하게 뱉었다. 그의 나직한 중얼거림에는 잔뜩 응축된 분노가 담겨 있었다.

철민 또한 왠지 씁쓸한 기분이었다. 따지고 보면 그 또한 이런 사태가 일어난 원인으로부터 아주 무관하지는 못한 처지인 것이다.

예인화가 급히 불려왔다. 율도린을 보자마자 그 참혹한 모습에 그녀는 우선 놀라는 얼굴이었으나, 이내 침착하게 의원의 모습으로 돌아갔다. 그러나 진맥하는 예인화의 얼굴은 점차로 어두워져 갔다.

침을 꽂는 예인화의 손이 부지런히 움직였으나 율도린은 별 반응이 없더니, 스무 개쯤 침이 꽂히고 났을 때에야 얼굴에 잔경련이 오고 이내 눈을 떴다. 그러나 눈을 뜨고도 한동안은 의식이 분명치 않은 것 같더니 코와 윗입술 중간쯤에 침 하나가 더 꽂히자 그는 부르르 전신을 떨었다.

율도린의 동공에 초점이 잡히는 걸 보고 예인후가 조급히 물었다.

"율 형, 어떻게 된 일이오?"

멍한 빛으로 주변을 돌아보던 율도린의 시선이 문득 예인화에게서 고정되었다. 그리고 그의 말라 터진 입술이 가늘게 떨리며 희미하고도 불분명한 소리를 겨우 흘려냈다.

"아… 가… 씨……!"

그때 철민은 언뜻 율도린의 눈빛을 보았다. 진정과 감동으로 가득한 순한 눈빛이었다. 그러나 율도린은 이내 눈을 감아버렸다.

"누구 짓인지 말해보시오!"

다시금 묻는 예인후의 말에 율도린은 감은 눈에 더욱 힘을 주는 모습이었다.

예인화가 가만히 고개를 저어 보이며 손짓을 했다. 그 손짓을 예인후가 말로 옮겼다.

"숨김없이 말하자면, 율 형의 상세는 지극히 엄중하오. 단전의 손상으로 진원이 상실되었고, 내장과 사지근맥(四肢筋脈)에까지 중한 손상을 입었으니 어쩌면 다시 일어서기 어려울 수도……."

그 대목에서 예인후는 차마 말을 잇지 못하고 길게 탄식하고 말았다.

"아아!"

순간 율도린은 감았던 두 눈을 번쩍 떴다. 그리고는 곧장 예인화를 찾아 눈길을 고정시켰다.

벌겋게 충혈된 율도린의 두 눈은 마치 사납게 노려보는 듯했으나, 예인화는 담담히 그 눈빛을 받았다.

이내 율도린의 두 눈에 습기가 차올랐고, 그가 천천히 눈을 깜빡이자 도르륵 눈물방울이 시퍼렇게 부어오른 그의 뺨 위로 굴러떨어졌다.

4

율도린이 누워 있는 방은 출입 금지였다. 오로지 예인화만
이 출입을 하였다.

예인화가 오전 오후로 탕약을 들여갈 때를 빼고는 거의 온
종일 율도린의 방에 머무는 데 대해 철민은 왠지 불편했다.
'답답함을 배출하는 유일한 통로'를 엉뚱한 이에게 빼앗겨 버
린 때문일 것이다.

사실은 율도린이란 인물 자체가 철민에게는 불편했다. 평판
이나 겉보기와는 달리 율도린이 나름의 의리와 진정을 지니고
있다는 건 철민도 이제 어느 정도 인정하고 있었다. 그럼에도
철민이 그에 대해 가지는 불편함이라는 건, 일종의 근본적인
종류의 것이었다.

왜, 그런 사람이 있지 않은가? 이유를 알 수 없게도 그 사람
의 존재 자체만으로도 늘 주변 사람들에게 불안을 주고 평화
를 깨어버리는, 불길하고도 거친 운명을 지닌 사람. 율도린은
바로 그런 느낌의 인물이었다.

'제기랄!'

불편할뿐더러 철민은 기분이 영 언짢기도 했다. 방 안에서
벌어지는 광경을 이따금씩 상상하곤 하는 스스로의 어이없는
'쪼잔함' 때문에.

어쨌거나 두 사람은 지금 온종일 방 안에서 함께 지내고 있
는 중이고, 더욱이 앞뒤를 맞추어보면 두 사람은 이전부터도

교류가 있어온 듯하지 않은가?

그리하여 철민의 생각은,

'예인후에게 보인 그 무조건적인 공경과 복종이 결국은 예인화 때문일 수도 있다는 건데?

하는 데로 갔다가는 이내 또,

'에이, 썩을! 그렇다고 한들 그게 무슨 상관이야?

하는 쪽으로 오곤 했다.

사흘째 되던 날.

예인화는 처음으로 웃는 얼굴을 보였다. 율도린이 스스로의 두 발로 버티고 섰다고 한다.

놀라운 일이었다. 평생 자리보전하고 누워 지내는 신세가 될 거라던 사람을 단 사흘 만에 멀쩡히 일으켜 세우다니! 예인화는 과연 명의 소리를 들을 만했다.

다만 그냥 웃는 것도 아닌, 유달리 환해 보이는 예인화의 미소는 그다지 철민의 마음에 들지가 않았다. 물론 그녀의 미소가 철민의 마음에 들어야 하는 이유는 조금도 없는 것이지만.

나흘째 되던 날 아침.

철민은 굳이 바깥을 내다보지 않고도 탕약을 들고 율도린의 방으로 들어가는 예인화의 기척을 쫓고 있었다. 이제는 습관처럼 이루어지고 있는 일이었다.

그러나 이내 무엇에 놀란 듯이 방에서 뛰쳐나오는 예인화의 기척에 철민은 반사적으로 벌컥 방문을 박차며 밖으로 뛰어나갔다.

[그가 사라졌어요!]

다급하게 전해오는 예인화의 심동에 철민이 급히 달려가 보니 방 안은 텅 비어 있었다.

깨끗이 정돈된 침상 위에는 한 통의 서신이 놓여 있었다. 급히 펼쳐 보니 단정한 글씨체로 두 줄의 문장이 쓰여 있었는데, 물론 철민으로서는 알지 못할 내용이었다.

서신을 건네받은 예인화의 얼굴이 이내 침울함과 걱정으로 어두워졌다.

연락을 받고 온 예인후는 서신을 읽고 난 다음 묵묵히 먼 허공을 쏘아보고만 있었다.

그런 예인후에게서 철민은 짙은 분노를 느낄 수 있었다. 그리고 조금이나마 공감해 볼 수 있었다. 지금의 상황에서 아무것도 할 수 없는 스스로에 대한 분노이리라.

第四十八章
소환(召喚)
第四十八章

몽상가

1

"크으! 이놈의 싸구려 술은 왜 이렇게 뒷맛이 써? 제기랄! 그
리고 벌써 두 병이나 비웠는데도 도대체가 취하지를 않는 건
또 왜냐고?"

술잔을 비워낸 진호양은 있는 대로 인상을 쓰며 투덜거렸
다. 싸구려 독주이긴 했지만 술이 마음에 들지 않는 건 아니었
다. 술맛 따위는 느껴지지도 않았고, 이미 많이 취했다는 것도
알고 있었다. 문제는 그럼에도 가슴속의 울화가 여전히 가라
앉지 않고 오히려 폭죽처럼 자꾸만 터져 나오는 데 있었다.

율도린을 난도질 치다시피 해서 정의대 앞에 던져 버린 일
은, 처음에는 약간의 통쾌한 맛이 있었지만, 이내 참지 못할 울
화가 되살아났다.

애초부터 그렇게 해서 풀릴 화가 아니었다. 오히려 기껏 그런 식으로 화풀이를 할 수밖에 없는 스스로에 대한 자조만 짙어졌다. 그리고 자신의 그런 독단에 대해 누구도 문책도 하지 않고 어물쩍 넘기려 한다는 데서 진호양은 더욱더 화가 커졌다. 주변의 모두가 그를 무시하고 조롱하는 것만 같아 모멸감마저 느껴졌다.

더하여 진호양은 새삼 원망스러워졌다. 모두가 원망스러웠지만, 가장 원망스러운 건 역시 조부였다. 사람들은 그의 조부가 수호천의 실권자인 줄 안다. 당연히 그럴 만하다. 수호천의 현 최강 무인이자 최고의 직위인 천주(天主) 직에 오른 사천주(四天主) 진무극(陣武極)이니 말이다.

진호양의 기억으로 그가 소년기 때까지만 하더라도 그의 조부는 당신의 직분과 명예에 철저하리만치 강직하며 또한 충실한 분이었다. 그런데 그런 조부가 언제부터인가 삼천주의 명령에 무조건 복종만 하는 무기력하고도 비굴한 모습을 보이기 시작하더니, 이윽고는 손자인 그에게까지 굴욕을 강요하기에 이르렀다. 그가 백강의 서열 사위에 만족해야 했던 것도, 한참이나 어린 상군환 아래에서 청룡단 부단주의 자리에 머물러야 했던 것도 다 그런 때문이었다.

처음에 진호양은 조부의 그런 처사에 무언가 그럴 만한 이유가 있겠거니, 깊은 뜻이 있겠거니 여겼었다. 그러나 그의 나이 서른을 훌쩍 넘기고부터는 점점 답답함을 견디기 어렵게 되었다. 왜, 무엇을, 언제까지 기다려야 하는지에 대해. 그런 그에게 조부는 한결같이, 무작정 기다려 보라고만 했다.

그러나 이번 사태를 겪으면서 진호양은 마침내 참을 수 없게 되었다. 어떤 식으로든 가슴속에 켜켜이 쌓인 울분을 터뜨려 내지 않고는 당장에 숨통이 막혀 버릴 것만 같았다.

"크으~!"

다시 한 잔을 비워냈을 때, 진호양은 문득 주변의 시선을 느끼고 고개를 들었다. 객잔 내 다른 탁자의 주객들이 그를 힐끔거리는 것 같았다. 반사적으로 왈칵 울화가 치밀었다.

"뭘 봐! 니들이 날 알아? 내가 누군지 아냐고?"

쾅!

탁자를 내려치며 진호양이 벌떡 자리에서 일어서려는데 휘청하니 다리가 꼬였다.

"이런… 안 취했는데… 왜 취한 거지?"

혀도 꼬이고 말도 꼬였다.

"어이!"

소리를 치자 이미 다가와 있던 열대여섯이나 되었을 새파란 점소이가,

"옛!"

하고 넙죽 허리를 굽히며 짐짓 능숙하게 생색을 냈다.

진호양은 품속을 뒤져 손에 집히는 대로의 은자를 점소이에게 건넸다.

"손님, 이건 너무 많습니다만……"

두 눈이 동그래지며 당황하는 점소이를 향해 피시식 웃어주

고 나서 진호양은 와락 녀석의 귀를 잡아당겼다. 녀석이,

"아얏!"

하고 비명을 지르며 오만상을 찌푸렸다. 그러나 진호양이 하는 몇 마디 귓속말에 녀석의 표정은 금방 환하게 펴졌다.

2

진호양은 비몽사몽간에 힘겹게 실눈을 떴다. 지독한 취기 때문인지 정신은 여전히 몽롱했다.

'달빛인가?'

방 안의 광경은 온통 뿌옇게 흐려 보였다. 그마저도 눈에 비치는 모든 것이 빙빙 도는 듯이 어지러웠다.

물컹 문득 만져지는 부드럽고도 따뜻한 촉감에 흠칫하였다가 진호양은 이내 쓴웃음을 떠올렸다. 어젯밤 점소이 녀석이 기녀 하나를 방 안으로 밀어 넣는 광경이 어렴풋하니 떠올랐기 때문이다.

'음?'

무슨 기척이 난 듯하였지만, 진호양은 여전히 눈을 완전히는 뜨지 못하였다. 그러나 몸의 감각은 완전히 깨지 못하였더라도 그의 정신 한구석에서 보내는 촉박한 위험 신호는 사뭇 선명하였다.

그와 기녀가 아닌 또 다른 누군가가 방 안에 있다는 확신이 서는 순간, 진호양은 본능적으로 검부터 찾았다. 다행히도 검

은 바로 머리맡에 놓여 있었다.

진호양은 순간적으로 온몸을 튕기며 그 반력으로 벌떡 몸을 일으켜 세웠다. 그러나 그것은 다만 그의 생각 속에서만 이루어졌을 뿐, 실제로는 도무지 힘을 쓸 수가 없었다.

'이건?

퍼뜩 생각이 미친 것은 뿌연 방 안의 공기가 그저 달빛이 비쳐 든 때문만은 아니란 사실에 대해서였다.

'미향(迷香)이다!

"웬… 놈… 이… 냐?"

크게 외쳤지만 꽉 잠긴 목에서 겨우 희미한 소리로만 나왔을 뿐이다.

"호호호! 날 건드리고도 그냥 넘어갈 수 있으리라고 생각한 건 아니겠지?"

달빛을 등지고 선 사내가 나직이 말했다.

얼굴을 보지 않았어도 순간 진호양은 사내가 누구인지 확연히 알 수 있었다. 그러나 상대는 굳이 뒤돌아서며 자신을 밝혔다. 느긋하게.

"나 율도린이야! 투귀 율도린!"

소매 속에서 비수 한 자루를 꺼내 보이며 율도린은 느물거리며 웃었다.

"어떤 순서로 할까? 단전부터 찢어줄까, 아니면 사지의 근맥부터 하나하나 차례로 자근자근 다져 줄까?"

시퍼런 비수가 천천히 눈앞으로 다가들었다. 그러나 진호양

은 발버둥을 치기보다는 꽉 잠긴 목을 풀기 위해 안간힘을 썼
다.

"무… 무……."

"호호호! 이런이런! 나같이 하잘것없는 놈도 신음 한마디 뱉
지 않고 치러낸 일인데, 천하의 진호양 나리께서 이런 나약한
모습을 보이면 쓰나? 어디까지나 당당하게, 끝까지 장부다운
기개를 보여주셔야지!"

율도린이 나직이 조롱했다. 이어 그는 소매 속에서 작게 접
힌 손수건 한 장을 꺼내 보이며 히죽 웃었다.

"아직 새벽도 되지 않았는데 시끄럽게 굴면 좀 곤란하겠지?
그리고 악연이었더라도 그동안 쌓아온 우리의 인연이 결코 얕
지 않으니 내 특별히 호의 한 가지는 베풀어주도록 하지. 이건
몽혼취(夢魂醉)라는 거야. 한 방울이면 황소도 잠들게 한다는
강력한 마취약인데, 넉넉히 묻혔으니 내일 아침까지는 심장에
칼이 박혀도 전혀 느끼지 못할 거야."

"흡!"

입과 코를 덮어오는 손수건을 피하기 위해 진호양이 안간힘
으로 도리질을 쳤으나 이내 정신이 아득해졌다.

"자! 그럼 이쪽 어깨부터 시작하도록 할까?"

율도린이 거칠게 어깨 한쪽을 틀어잡고 비수를 들이대는 순
간 진호양은 깊은 나락으로 떨어지는 의식의 마지막 끈을 붙
잡고 혼신의 염을 다해 외쳤다.

"무강(武鋼)~!"

3

쾅! 방문이 거칠게 부서져 나가며 누군가 안으로 들이닥쳤다. 거침없이 방 가운데로 걸어와 우뚝 버티고 선 사내는 회색 일색이었다. 얼굴에 쓴 회면(灰面)의 탈과 회의 장삼에 양손에 낀 장갑까지도.

사내에게서 율도린은 대번에 공포를 느꼈다.

상대가 얼마나 강한지를 눈으로 보는 것만으로 파악할 수 있는 재주가 율도린에게는 없었다. 그렇더라도 사내에게서 차라리 살기라던가, 강하다거나, 혹은 거칠다거나 하는 무슨 감정이나 기세를 느낄 수 있었다면, 그는 차라리 일단 부딪치고 볼 작정부터 냈을 것이다.

그러나 그가 지금 사내에게서 느낄 수 있는 것은 오직 창백한 회색으로부터 스멀거리며 사위를 잠식해 나오는 기이한 무심(無心)의 느낌뿐이었다. 율도린이 사내에게서 느끼는 공포는 그런 자야말로 어디까지라도 무자비할 수 있다는 걸 본능적으로 알고 있기 때문이었다.

더욱이 진호양의 곁에 이런 자가 호위를 서고 있었다는 사실을 전혀 눈치채지 못하고 있었다는 데서 사내의 무서움은 새삼 입증되는 것이었다. 율도린이 아침부터 온종일 진호양의 주변을 맴돌며 모든 것을 다 살폈다고 확신한 터였으니 말이다.

그러나 율도린은 찰나간의 당황을 억지로 추슬렀다. 어떤 최악의 상황에서든 죽기 전까지는 최선을 찾아야 하는 것이고, 지금 이 순간 그가 할 수 있는 최고의 선택은 결국 선공(先攻)이었다.

한순간 율도린의 몸이 고꾸라질 듯이 위태롭게 사내의 옆을 스쳐 지나갔고, 그 찰나의 틈에 그의 비수가 사내의 옆구리를 깊숙이 그었다. 그러나 동시이다시피 율도린은 '뭔가 잘못됐다!'는 판단을 내리지 않을 수 없었다.

최소한 등에 가해질 일격은 각오했건만 사내는 미동도 하지 않았다. 대신 율도린은 퍼뜩 떠올리지 않을 수 없었다.

'호신갑(護身甲)?'

비수의 끝을 통해 손으로 전해지는 느낌은 그가 전혀 예상하지 못했을 만큼 이질적이었다. 마치 바위나 철판을 그은 듯한.

"크르르!"

사내의 나지막한 으르렁거림에서는 지독히도 음습하고 잔혹한 느낌이 확 번져 나왔다. 그러나 사내는 여전히 우뚝 버티고 서 있기만 했다.

'내가 어떻게 해볼 수 있는 상대가 아니다!'

그런 판단이 서는 순간 율도린은 조금의 망설임도 없이 차선(次善)을 택했다. 지금의 차선이란 당연히 진호양의 명줄을 틀어쥐는 것이다. 사내가 지키려고 하는 것이 결국 그것일 테니까 말이다.

"놈! 물러나라! 진호양의 명줄 따는 구경을 하지 않으려면 말이다!"

사내는 여전히 묵묵부답이었다. 그러나 섣불리 어떤 움직임을 보일 기색도 아니었기에 율도린은 축 늘어진 진호양을 일으켜 그의 목에다 비수를 댄 채로 천천히 벽을 타고서 방문을 향해 이동했다.

'이자! 뭔가 좀 이상하다!'

진호양의 목숨을 위협하며 방문을 벗어날 때까지도 마치 목석이라도 된 것처럼 한결같이 버티고 서 있기만 하는 사내에 대해 율도린은 퍼뜩 의혹을 갖지 않을 수 없었다. 그러나 그에게 그것 이상의 여유를 부려볼 여지가 있을 리는 없었다.

삑! 율도린이 입술을 오므려 나직한 휘파람 소리를 내자 객잔 별채 뒷문 쪽에서 나귀 한 마리가 어슬렁거리며 다가왔다. 율도린이 재빨리 진호양의 늘어진 몸을 나귀의 등에 걸쳐 싣고는 급하게 고삐를 채었다.

4

아직 사방에 어둑어둑한 기운이 남아 있는 이른 새벽이었다.

두득! 두득!

나귀 한 마리가 끄는 사람도 없이 느린 걸음으로 수호천의 중심대로를 걷고 있었다.

대로를 따라 한참이나 걷던 나귀가 문득 길가로 방향을 틀었다. 아마도 먹음직스러운 풀이라도 발견한 것이리라. 그런데 낮게 자란 풀을 뜯으려 나귀가 머리를 숙이는 순간, 등에 실려 있던 짐이 주르륵 흘러내리며 털썩 바닥으로 떨어졌다.

거적에 싸인 물건은 부실하게 묶여 있었던 모양으로, 그 한 귀퉁이가 쉽게 제쳐졌는데, 지금 그 안에서는 참혹한 형상이 드러나고 있었다.

온통 터지고 깨지고 부풀어 오르고 검푸르게 변한 흉측한 형상. 그것은 바로 사람의 얼굴이었다. 그러나,

"으으~!"

하고 가녀린 신음 소리를 흘려내는 걸 보면 시체는 아닌 모양이었다.

그 사람에게서는 아주 지독한 술 냄새가 났다. 아마도 어젯밤 무슨 곡절로 인사불성이 되도록 술을 퍼마신 중에 부랑배 무리와 시비라도 붙은 끝에 저처럼 심하게 당한 모양인가?

날이 밝고 사람들이 다니기 시작할 무렵, 수호천은 발칵 뒤집혔다. 중심대로 상에서 누군지 알아보기 힘들 정도로 심하게 폭행을 당한 채 버려진 사람이 발견되었고, 더욱이 그 사람의 목에 걸린 작은 목판에 휘갈겨 쓰인 한 줄의 글귀 때문이었다.

나 율도린은 진호양에게 받은 대로 돌려줬다!

그 참혹한 형상의 사람이 정말로 진호양이었다는 사실은 얼
마 지나지 않아 급하게 출동한 무사들이 평상시에는 좀처럼
볼 수 없는 지장전(地藏殿)의 고수들이었다는 점에서도 상당한
신빙성이 부여되었다.

5

"어떻게 되었나?"

근엄한 목소리의 물음에 사군악(司君岳)은 가볍게 긴장부터
하였다. 다만 짧은 질문 한마디로 수호천 최강의 무력 조직인
천수지장인왕(天帥地藏人王) 삼전(三殿) 중 지장전주(地藏殿主)
인 그를 긴장시킬 수 있는 사람은 수호천을 통틀어서도 단둘
에 불과했다.

장대한 기골에 대추처럼 검붉은 혈색의 각진 얼굴을 한 노
인. 그는 바로 현(現) 수호천 최강의 고수이자 삼전을 총괄하
고 있는 사천주(四天主) 진무극(陣武極)이었다.

"간단치 않은 외상을 입었으나, 다행히도 단전과 사지근
맥(四肢筋脈)의 상처는 우려할 만큼 깊지는 않습니다."

사군악의 조심스러운 대답에 사천주는 대뜸 가벼운 역정을
냈다.

"누가 그 못난 놈에 대해 물었나?"

사군악이 재빨리 준비해 둔 또 다른 대답을 꺼냈다.

“물건에 대해 보고드리겠습니다. 전일 진 부단주의 행적을 되짚어 추적해 간 결과, 천에서 십 리 떨어진 소읍의 객잔 별채에 방치되어 있는 물건을 발견하였고, 무사히 회수하여 구중천(九重天)에 입고시켰습니다.”

“다른 문제의 소지는 없었고?”

“마침 별채에는 다른 투숙객이 없었던데다 객잔 안채에서 제법 떨어져 있는 까닭에 제가 도착했을 때까지 별다른 소동이나 문제는 없었습니다. 다만 기녀로 보이는 여인 하나가 물건과 함께 있었으나, 미향에 취해 의식을 차리지 못하고 있었기에 나중의 염려는 하지 않아도 좋을 것으로 판단했습니다.”

“됐군! 하면 율도린은?”

“지금 행적을 쫓고 있는 중입니다.”

“음! 최대한 신속히 일을 마무리 짓게! 필요하다면 천수전과 인왕전의 협조도 받도록 하고!”

“합하(閤下), 비록 율도린이 보아서는 안 될 것을 봤다고는 하나, 놈으로서는 제 놈이 본 것이 무엇인지 감히 짐작조차 하지 못할 것이 아닙니까? 그러하니 놈에 대한 추적을 너무 서두르다가 자칫 외부의 주의라도 끌게 되는 상황을 오히려 우려해야 하지 않을까 생각됩니다만……”

“인급술요(人級術要)가 사라졌네!”

“아!”

“호양(豪亮)에게 지급된 그것의 행방이 묘연하네.”

“그렇다면 율도린이 그것을……?”

"호양 그 못난 놈이 아직까지도 횡설수설하고 있는 중이라
정신을 수습한 뒤에야 명확해지겠지만, 아무래도 그럴 가능성
이 농후하다고 해야겠지. 게다가 율도린이 그게 무엇인지 전
혀 모른다는 점이 오히려 문제가 될 수도 있음이야. 놈이 함부
로 취급하여 그것이 엉뚱한 곳으로 흘러들어 갈 수도 있을 것
이니 말이야. 그리고 총수께는 물건과 책자에 관한 사항까지
는 보고되지 않도록 조치를 취해놓았으니 최대한 시급을 기하
도록 하게."

"예, 합하!"

"한 가지 더! 지금 즉시 정의대주 예인후와 철민이라는 자를
소환하도록. 율도린의 행방에 대해 노부가 직접 심문을 할 것
이야."

"존명!"

6

아직 아침을 먹기 전인 이른 시각인데, 십여 명이 정의대의
대문으로 불쑥 들이닥쳤다.

그러나 대문을 지키던 대원들은 감히 그들을 가로막을 생각
을 못하고 선두의 금의노인을 향해 급히 허리부터 숙였다.

"지장전주(地藏殿主)님을 뵙습니다!"

연락을 받고 급하게 달려와 정중하게 예를 차리는 예인후에
대해 지장전주는 담담한 얼굴로 가볍게 고개를 끄덕였다.

그러나 그때 그와 동행한 십여 명은 곧장 정의대의 전각 곳곳에 대한 수색에 들어갔기에 지켜보던 정의대원들 사이에서는 돌연 술렁임이 일었다.

무슨 일인가 하여 나와서 구경을 하던 철민 역시도 언짢은 기분이 되었으나, 그렇더라도 그는 역시 구경꾼일 수밖에 없었다.

[지장전주가 직접 온 걸 보니 아무래도 심상치 않군요.]

마음속으로 전해지는 울림에 철민이 돌아보자 언제 나왔는지 예인화가 가까이로 다가서고 있었는데, 그녀의 얼굴은 사뭇 심각한 기색이었다.

[삼전의 전주는 본 천의 최고 지휘 서열이자 그 개인으로서도 지장전주는 초절정급을 넘어 화경의 경지에 근접한 강호 유수의 고수예요. 그런 그가 기껏 정의대의 일로 직접 왔으니 어찌 보통의 일이겠어요?]

그러나 예인화의 그 말에서 철민은 막상 심상치 않다는 공감에 앞서 문득 다른 기억 하나를 떠올렸다.

'초절정고수(超絕頂高手)란 이 갑자 이상의 내공에 그 운용의 묘가 극상승의 경지에 도달한 자로, 검사의 경우에는 능히 검강을 구현해 낼 수 있다. 화경고수(化境高手)란 삼 갑자 이상의 내공에 그 내공 운용의 묘가 그야말로 신화경(神化境)에 도달한 경지를 말하니, 검사의 경우에는 능히 이기어검을 펼칠 수 있다.'

그것은 예인화의 말이 아니었더라면 아주 잊어버렸을지도

모를, 이미 희미하게 퇴색해 버린 기억이었다.

잠시의 술렁거림이 있었더라도 정의대원들은 이내 침착함을 되찾고 있었다. 예인후가 무언의 눈빛으로 엄정히 단속한 덕분이었다.

수색이 아무 소득 없이 끝났을 즈음, 사군악이 문득 예인후를 향하며 물었다.

"율도린은 어디에 있는가?"

담담한 목소리였으나 사군악의 눈빛 깊숙한 곳에서는 번갯불 같은 정광을 번뜩였다.

그러나 예인후는 위축됨없이 차분하게 받았다.

"그가 어디 있는지에 대해 저는 알지 못합니다."

예인후의 흔들리지 않는 눈빛에서 그가 숨기는 것이 없다는 판단을 한 것인지 사군악은 천천히 고개를 끄덕였다. 그리고 다시 물었다.

"철민이 누구인가?"

순간 예인후의 얼굴이 언뜻 정색으로 되었다.

"그는 왜 찾으십니까?"

'그냥 뒤로 빠져 있다가는 초라해질 것 같다!' 예인후의 두 눈이 그처럼 대단하다는 지장전주를 감히 똑바로 마주하는 걸 보면서 철민은 언뜻 그런 생각을 했다.

그래도 망설임이 아주 없을 수는 없어서, 철민이 한번 주춤하고 나서야 겨우 한 걸음을 앞으로 내디디려고 할 때였다. 그의 옷깃을 살짝 잡아당기는 손길이 있었다.

돌아보지 않아도 예인화였다. 돌아보지 않은 채로 철민은 가만히 그 여린 손길을 떼어냈다. 그리고는 한결 가볍게 성큼 앞으로 걸어나갔다.

예인후는 움찔 놀라는 기색이었다. 이어 그의 눈빛에 강한 질책이 담기는 것을 보고 철민은 오히려 싱긋 웃어주었다. 그 것에 무슨 의미를 담았다기보다는 그냥 웃음이 나왔다.

지금의 행동이 결코 현실적이거나 합리적이지 못할뿐더러, 백번 손해 볼 짓이라는 계산은 철민에게도 분명했다. 그렇지만 그냥, 괜히 가슴 뿌듯하게 차오르는 무엇이 있었다. 그 '무엇' 만으로도 어느 정도의 손해쯤은 감수해도 좋겠다 싶은 그런 심정이었다.

"자네가 철민인가?"

"그렇습니다!"

"예 대주와 자네 두 사람은 나와 함께 지장전으로 가주어야 겠네."

예인후가 얼른 철민의 앞을 막아섰다.

"전주님, 저는 당연히 하명에 따라야 하는 것이지만, 아시다시피 이분 철 형은……."

그러나 예인후의 호소는 사군악의 삼엄하고도 단호한 목소리에 의해 단숨에 허리가 잘리고 말았다.

"예인후, 이는 사천주 합하의 명령이니 그 어떤 토도 달지 말라!"

순간 예인후는 그만 망연한 기색이 되고 마는 모습이었다.

그때 철민이 충동처럼 불쑥 예인후를 위로해 주고 싶다는 마음으로 되고 만 것은, 아마도 예인후가 그처럼 맥을 놓고 무기력해하는 모습을 처음으로 보았기 때문일 것이다. 그것도 철민 자신으로 인해서 말이다.

"예 형, 저는 괜찮습니다. 이건 이미 우리 두 사람 공동의 일입니다."

철민이 그렇게 말해놓고도 자신의 심정을 충분히 표현하지 못했다는 아쉬움으로 예인후를 바라보았다.

예인후의 입가에 한 가닥의 희미한 미소가 천천히 그려졌다. 그리고 그는 이내 몸을 돌려서 걸어갔다. 정의대의 대문을 향해서였다.

철민이 예인후의 뒤를 따라 걷는데,

[······.]

예인화의 심동이 와 닿았다. 의미가 아닌, 다만 느낌으로.

그러나 철민은 뒤돌아보지 않았다.

7

사방의 벽에 하얗게 회칠이 된 넓은 방 안은 한쪽 벽면에 접하여 놓인 커다란 의자 하나를 제외하곤 아무것도 없이 텅 빈 공간이었다. 그럼으로써 왠지 음습한 분위기였고, 무언지 모르게 괜히 움츠러드는 기분을 들게 만드는 곳이었다.

철민과 예인후는 그 공간 한가운데에 서 있었다.

'취조실 같은 곳일까?

철민으로서는 기껏 그런 정도의 의문을 가져 볼 뿐이었다. 이제부터 무슨 일이 벌어질지 아무런 예상도 대책도 없는 채로.

한쪽 벽면의 일부가 조용히 열리는 모습은, 백색의 공간에 갑자기 시커먼 구멍 하나가 생겨나는 듯한 착각을 들게 만들었다.

두 사람이 방 안으로 들어섰는데, 한 사람은 지장전주 사군악이고, 또 다른 한 사람은 반백의 노인이었다.

노인의 첫인상은 강인, 강직의 전형적인 무골이었다. 우람하면서도 차돌같이 단단해 보이는 거구에, 사각으로 선명하게 각이 진 얼굴 윤곽과 우뚝 솟은 코, 그리고 날카로운 안광이 번뜩이는 부리부리한 눈을 가진.

반백의 노인은 거침없는 걸음걸이로 성큼성큼 걸어서 의자에 앉았고, 그 곁으로 사군악이 시립해 섰다.

그럼으로써—예인후가 노인을 향해 깊숙이 허리를 숙이지 않았더라도—철민은 노인이 누구인지에 대해 대번에 짐작을 해볼 수 있었다. 사군악이 합하라고 지칭하였던 인물, 수호천 최강의 무인이라는 사천주, 바로 그일 것이다.

"예인후!"

나직한 울림을 지니는 사천주의 목소리에는 감히 거역하기 어려운 위엄이 서려 있었다.

예인후가 다시금 깊숙이 허리를 접었다.

"예, 합하!"

"단도직입적으로 묻겠다. 율도린은 어디에 있느냐?"

예인후가 짧게 뜸을 들였으나 이내 차분하게 대답했다.

"이미 지장전주께도 답한 바가 있습니다만, 소관은 그의 행방에 대해 아는 바가 없습니다."

"아는 바가 없다? 노부가 너와 율도린의 최근 행적에 대해 모르지 않는 마당에, 네 감히 노부를 기망하려고 하느냐?"

"그럴 리가 있겠습니까? 소관이 어찌 감히 그런 불충한 마음을 품을 수 있겠습니까?"

순간 사천주의 호안(虎眼)이 번쩍 빛을 토했는데, 동시에,

짝! 하는 날카로운 소리가 나며 예인후의 고개가 홱 옆으로 돌아갔다.

느닷없는 사태에 철민은 화들짝 놀랐다. 언제 손을 썼는지조차 알 수 없는 가운데, 그것도 서너 걸음의 거리를 격하고 어떻게 예인후의 뺨을 때린 것인지 따위의 사실들에 대한 놀람은 아니었다. 금세 예인후의 입술을 흥건히 적셔드는 붉은 피 때문이었다.

이 순간에 사천주가 얼마나 대단한 인물이며, 그러기에 자신이 감당하기에는 턱도 없다는 사실 따위에 대해 따져 볼 겨를이 철민에게는 없었다. 지금 자신이 주제넘은 행동을 함으로써 예인후를 보호하기는커녕 더욱 곤란과 위험에 처하게 만들 것이라는 사실 따위를 생각할 겨를은 더욱이 없었다.

만약 그때에 예인후의 차분하기 그지없는 목소리가 들리지

않았다면, 철민이 확 치밀어 오르는 다급함과 분노에 자신도
모르게 무작정 앞으로 튀어나가 예인후의 앞을 가로막아 섰을
것이다.

"다시 말씀드리지만 율도린이 어디에 있는지에 대해 소관
은 알지 못합니다."

철민이 보니 예인후는 허리를 곧게 펴고서 사천주를 마주
보고 서 있는 중이었다.

사천주의 안광이 그야말로 번갯불처럼 번뜩였다. 그러나 예
인후는 조금도 회피하지 않은 채 마주 보며 흔들리지 않는 목
소리로 자신의 말을 이어갔다.

"한데 합하께서 소관 같은 말직에 대해서까지 이처럼 직접
추궁을 하시는 것은 혹시 율도린이 소문으로 알려진 내용 외
에 또다른 중대한 죄를 저지르기라도 했기 때문입니까?"

지금 예인후의 모습에서 철민은 어떤 권위 앞에서도 결코
소신을 굽히지 않으려는 그의 굴강(屈强)한 일면을 새삼 보는
듯했다.

예인후의 그런 모습은 사천주에게도 약간은 의외였던 모양
이다. 잠시 형형한 눈빛으로 예인후를 쏘아보고 있던 사천주
가 애써 노기를 가라앉힌다는 듯이 사뭇 무거운 목소리로 말
을 받았다.

"네 말대로 노부가 이처럼 직접 나서서 그의 행방을 조사하
고 있다는 사실만으로도 이 일의 중차대함을 충분히 짐작하고
남을 일이 아니더냐? 사실이 그러하다. 율도린은 지금 본 천의

안위를 뒤흔들 수 있는 모종의 극비 사안과 연관되어 있다. 하여 촌각이라도 빨리 그를 체포해야만 하는 것인데, 한데도 너는 계속 사적인 정리만 고집하겠느냐?"

예인후가 잠시 무거운 침묵을 지킨 끝에, 이내 차분한 기색으로 돌아가며 입을 열었다.

"율도린이 그처럼 천의 안위와 직결된 중대 사안과 연관이 되었다니, 소관이 그를 체포해 들이는 데 할 수 있는 모든 역할을 다하는 것은 지극히 당연하다 할 것입니다. 다만 지금으로서는 진정 그의 행방을 짐작조차 할 길이 없으니, 율도린이 과연 어떤 경위로 해서 그 극비 사안이라는 것과 관련되게 되었는지만이라도 자세히 말씀해 주신다면 한결 용이하게 그의 행방을 짐작해 볼 수 있을 것 같습니다."

"허허허! 경위를 알아야만 그자의 행방을 짐작이라도 해보겠다?"

사천주가 어이없다는 듯한 기색이더니 곧바로 노호를 터뜨렸다.

"갈! 노부가 천의 안위를 뒤흔들 수 있는 중대 사안이라고까지 말했거늘, 그럼에도 네가 지금 감히 노부에게 그따위 가당치 않은 조건을 내거는 것이냐?"

다시금 따귀라도 후려칠 듯한 사천주의 격노에 예인후는 차라리 눈을 감아버렸다. 오히려 반사적으로 반응한 것은 철민이었다. 그는 앞뒤 가릴 틈도 없이 그대로 예인후의 앞을 가로막고 섰다. 그 순간,

“감히!”

한마디 쩌렁한 노갈이 터져 나오며 웅장한 경력 한 가닥이 철민을 노리고 맹렬히 쏘아왔다.

쾅!

귀를 먹먹하게 만드는 폭음이 터졌고, 철민은 거센 충격을 받았다.

“윽!”

철민은 답답한 신음을 뱉으며 주르륵 뒤로 밀려났고, 그런 뒤에도 중심을 잡지 못하고 바닥으로 엉덩방아를 찧고 말았다.

그런데 철민이 채 가시지 않은 충격과 급박한 당황 속에서 황급히 몸을 일으키려는데 다시금,

‘놈!’ 하는 호통과 함께 한달음에 공간을 가로질러 번개같이 덮쳐 오는 이가 있었다. 바로 지장전주 사군악이었다.

파파팟!

위에서 떨어져 내리는 사군악의 발끝이 쓰러진 채로 있는 철민의 상반신 몇 군데를 찍어왔다. 그 발놀림이 얼마나 빠른지 마치 여러 개의 발이 한꺼번에 차오는 듯했다. 철민이 반사적으로 두 손을 내저어 막았으나, 그저 반사적이며 무작정의 손짓일 뿐이었다. 순간,

타다다닥! 손과 발이 부딪는 소리가 바쁘게 일어났고, 그 끝에 ‘어허!’ 하고 꾸짖음인지 탄성인지 모를 소리를 뱉어내며 가볍게 두어 걸음을 물러서는 이는 사군악이었다. 틈을 이용

해 철민이 재빨리 몸을 일으켰는데, 곧바로 사군악이 성큼 다가서며 세차게 양손을 떨쳐 냈다.

'파라라라랏!' 바람 가르는 소리가 날카롭게 일어나는 가운데 사군악의 양손이 무수한 그림자를 만들어냈다. 거기에 대해 철민이 또한 마주 양손을 뻗어 다급하게 대응해 갔다.

짜자자자작! 손바닥 부딪치는 소리가 일시간 사뭇 격렬하게 터져 나오더니,

'엇?' 하고 확연한 놀람의 소리를 뱉어낸 이는 이번에도 사군악이었다. 그리고 두 사람은 자못 격렬했던 공방을 한순간에 멈추고 우뚝 섰다.

"철 형! 안 되오!"

예인후가 다급한 외침을 토해냈다. 순식간에 벌어진 그 일장(一場)의 격돌에 대한 뒤늦은 만류일 수도 있겠지만, 그보다는 지금 철민과 사군악이 서로의 양손을 마주 움켜잡고 있는 광경에 대한 경악과 다급이었다.

그러나 예인후의 그 외침은 사태를 조금도 진정시키지 못했거니와, 막상 예인후 자신도 뒤이어 어떤 행동을 취하지는 못하였다. 그들 두 사람이 곧바로 이미 힘의 대결로 돌입하는 양상이었거니와, 더욱이 놀랍게도 두 사람의 대치가 막상막하의 양상으로 전개되고 있었기 때문이다.

물론 예인후는 지금 사군악이 전력을 다하고 있다고는 믿을 수가 없었다. 다만 그가 철민의 무공을 평가해 보고 있는 중이리라고 짐작했다. 그러나 그때 사군악이,

“네놈이 감히……? 지금 무슨 요사(妖邪)한 술수를 부리고 있는 것이냐?”

하고 경악과 격노의 호통을 친 데 이어, ‘펑!’ 하는 격렬한 소리가 울리며 철민의 몸이 곧장 대여섯 걸음이나 빠르게 튕겨 나갔다.

그러나 예인후가 서 있는 곳 두어 걸음 앞에까지 와서 멈춰 선 철민은 이번에 비교적 빠르고 안정되게 자세를 가다듬었고, 그다지 크게 당황한 기색도 아니었다.

일순 예인후의 두 눈이 크게 떠졌다. 강맹무비의 장력을 쳐 내 단번에 철민을 튕겨낸 사군악이었지만, 그 역시도 반력을 이기지 못하고 주춤주춤 서너 걸음이나 뒤로 밀려나서는 차라리 얼떨떨한 얼굴이 되어 있는 것을 보고서였다.

그때였다.

“놈!”

사군악의 서슬 퍼런 일성 호통과 함께, 그의 주위로 한 무더기의 싸늘한 기운이 확 퍼지더니 ‘화르르르!’ 투명한 불꽃처럼 넘실거리며 그대로 철민을 향해 덮쳐 나갔다.

검기였다. 그냥 무형의 기세로서의 검기가 아니라, 그 영향권 가까이에 있는 예인후의 얼굴까지 따끔거리게 만드는 실제의 검기였다.

“유형검기(有形劍氣)!”

놀라 외치며 예인후는 반사적이다시피 철민을 향해 몸을 날렸다.

"철 형!"

예인후의 다급한 외침과 함께 손에 와 닿는 딱딱한 무언가를 철민은 일단 움켜잡고 보았다. 동시이다시피 사운악의 검에 동반된 한 무리의 검기가 철민의 오른 어깨를 베어들었다. 그때 철민의 손에 어정쩡하게 들린 검이 돌연 크게 용틀임을 하며 꿈틀거리는데 그 기세가 사뭇 거칠어서 '파방!' 하고 마치 주변 대기를 후려치는 듯한 사나운 소리를 만들어냈다. 그 때문인지 사군악의 검이 멈칫 뒤로 밀려났고, 그 틈에 철민의 검은 더욱 거센 기세로 움직임을 키워 나가기 시작했다.

파바방! 파바바바방!

마치 공간을 압축해 내는 듯이 은은한 폭음이 잇달아 터져 나왔다. 맹렬하게 휘둘러 대는 철민의 검에서 나는 소리였다. 통상적인 검의 움직임과는 사뭇 달라, 차라리 몽둥이를 휘두르는 것같이 어색하였으나, 한순간 공간을 장악해 나가는 가히 폭발적인 움직임이었다.

그랬다. 매봉파였다. 매봉이 아닌 검으로 펼쳐지는 매봉파!

"아아!"

예인후는 저도 모르게 탄성을 뱉고 말았다. 도저히 말이 안 될 만큼 무모하기 짝이 없는, 가히 기상천외의 운검술(運劍術)이었다. 그런데 놀랍게도 그 무모함은 지금 초절정의 경지를 넘어 화경의 경지에 근접한 최강 고수의 유형 검기를, 비록 위태위태한 느낌이 있긴 하나, 그래도 능히 차단해 내고 있었다.

그러나 예인후의 감탄은 오래가지 못했다.

우우웅! 사군악의 검이 웅혼한 울음소리를 토해내는 순간, 검극으로부터 한 가닥의 눈부시도록 휘황한 광채가 폭사되었다.

쾅! 거창한 폭음이 터졌고, 철민의 매봉파는 단번에 와해되고 말았다. 상상하지 못했던 충격에 놀라 멍하니 서 있는 철민의 손에는 반 토막으로 화한 검이 들려 있었다.

"검강!"

예인후가 경악하여 외쳤다. 그러나 그때 사군악의 검이 여세를 몰아 거침없이 철민의 오른 어깨를 향해 짓쳐 나가는 것을 보고는 두 눈을 부릅뜨고 다급하게 부르짖었다.

"손속에 아량을 베푸십시오!"

동시에 예인후는 급한 대로 손에 들고 있던 검집을 전력을 다해 던져 냈다.

윙! 내력이 주입된 검집이 빛살처럼 사군악을 향하고 날아갔다. 그러나 잘 제련된 정강의 검마저 단번에 바수어 버린 무적의 검강을 기껏 가죽으로 된 검집으로 막을 수는 없는 일이었으니, 사군악의 검은 부딪쳐 오는 검집을 소리도 없이 잘라내며 그대로 철민의 오른 어깨를 베어갔다.

철민은 질끈 두 눈을 감고 말았다. 오른쪽 어깨로는 이미 느낌들이 와 닿고 있었다. 지독스레 시리다는 느낌. 그런가 하면 그것에 대응하여 곧바로 이상한 스멀거림과 간지러움이 생겨나고도 있었다. 그런데 간발의 시차로 생겨난 그 이상한 스멀거림과 간지러움은 이내 다시 수백, 수천 개의 미세한 아지랑이 같은 기운의 가닥들이 일시에 폭발하는 것 같은, 그리고 다시 그것들이 촘촘히 얽히며 하나의 벽으로 형성되는 듯한 기묘한 느낌으로 변했다.

"모두 멈추시오!"

그 한소리 위엄에 가득 찬, 그런 중에 다시금 따르지 않으면 안 될 것 같은 기이한 호소와 진정성을 내포하고 있는 호통이 들린 것은, 철민이 그 일련의 느낌들과 또한 공포와 각오와 체념 등이 뒤섞여 그야말로 찰나간 혼돈의 정점에 섰을 때였다.

사군악에 눈빛에 촉박한 갈등이 서렸다. 그러나 그때 다시,

"사(司) 전주!"

하는 부드러운 목소리가 다시 들렸고, 그 순간 사군악은 급하게 검을 비틀었다.

"찻!"

사군악의 검은 그야말로 머리카락 한 올의 틈을 남겨두고 철민의 어깨 위를 빗겨 나갔다. 발갛게 맨살로 드러난 철민의 어깨와 꽉 다문 사군악의 입술에 비치는 선명한 붉은빛이 방금의 촉박했던 순간을 말해주고 있었다.

사천주가 앉아 있던 의자에서 일어나 천천히 한 발을 내디뎠을 때, 철민은 저도 모르게 움찔 한 걸음 뒤로 물러서고 말았다. 사천주의 시선이 그의 어깨너머로 향하고 있다는 걸 알았지만, 그렇더라도 순간 사천주에게서 발산되는 엄청난 기세를 감당하기 어려웠기 때문이다. 그만큼 사천주의 그 한 걸음에서 일어나는 위압감은 마치 거대한 산이 움직이는 듯, 여태껏

그가 상상도 해보지 못한 것이었다.

다만 빙그레 엷은 미소를 짓는 것으로써 사천주의 그 엄청난 기세와 위엄을 간단히 대하고 있는 그 백발의 노인에게서는, 설핏 고고한 학자풍의 풍모가 엿보였다.

단정하고도 정갈하게 정돈된 노인의 외관에서는 어디 한 군데의 흐트러짐도 찾아볼 수 없었고, 온화한 안색과 깊고 잔잔하게 일렁이는 눈빛에서는 고매한 인품과 확고한 신념이 비치는 듯했다. 특히나 노인이 이마에 두르고 있는, 검은 천에 살아 꿈틀거리는 듯한 황금색 용 한 마리가 수놓인 용건(龍巾)은 그의 지위와 위엄을 대변하는 듯했다.

"어서 오십시오!"

사천주의 가벼우나 정중한 예에 백발의 노인은 온화하게 웃으며 고개를 끄덕였다. 그럼으로써 노인의 정체는 단번에 확연해졌다. 상조위(桑朝位)! 당금 수호천의 총수인 바로 삼천주(三天主)였다.

"자네가 바로 철민, 철 소협인가?"

사군악과 예인후의 예까지 받은 다음 삼천주가 철민에게 물었다.

여전히 부드럽고 온화한 모습이었으나, 어느 틈에 장내를 온전히 지배하고 있는 삼천주의 위엄 앞에 철민이 조심스러울 수밖에 없어서 진중하게 대답했다.

"예, 그렇습니다."

“본의 아니게 소협의 무용을 잠시 지켜보게 되었는데, 허허허! 과연 강호신진백강 서열 사위의 명예에 합당하고도 남음이 있었네. 그런데 소협의 무공이 상당히 독특해 보이던데, 괜찮다면 사문 내력에 관해 말해줄 수 있겠는가?”

그 물음에 대해서는 철민이 아무래도 대답이 꺼려지지 않을 수 없는데, 그 잠깐의 머뭇거림을 보았던지 삼천주는 곧바로 자신의 말을 거두어들였다.

“허허! 이거 내가 잠깐의 호기심을 참지 못하고 생각없이 실례를 범한 것 같네. 혹시 언짢았다면 사과함세.”

그 소탈함에 오히려 철민이 미안해질 지경인데, 삼천주가 문득 예인후를 향해 말했다.

“예 대주, 철 소협과 함께 일단 돌아가도록 하게.”

앞뒤를 따져 볼 것도 없이 간단하게 내리는 삼천주의 그 지시로 인해, 그리고 그것에 대해 사천주나 지장전주가 조금의 이의도 제기하지 않음으로써, 바로 좀 전까지 그처럼 급박하게 벌어졌던 일련의 상황들은 한순간에 명쾌한 과거가 되고 말았다.

“그리고 예 대주.”

“예, 총수 존하(尊下)!”

삼천주의 부름에 대한 예인후의 대답에는 존경의 염과 절도가 느껴졌다.

“내 총사원에 일러둘 테니 시간이 되는 대로 백병각(百兵閣)에 한번 들르도록 하게.”

“어인 하명이신지……?”

“자네의 검이 부러졌지 않나? 하니 마음에 드는 걸로 하나 고르란 말일세.”

“아, 하지만 존하! 소관은 아직······.”

“허허허! 노부가 그냥 그러고 싶어서 그러는 것이니, 자격이 되니 마니 하는 소리라면 그만두게. 노부에게도 가끔씩은 이런 정도의 기분쯤 내는 맛은 있어야 할 게 아닌가?”

예인후가 미처 대답을 하지 못하고 있는데, 삼천주는 문득 생각이 났다는 듯이 덧붙였다.

“아! 그리고 오후쯤에 노부에게로 좀 와줄 수 있겠나? 철 소협과 함께 말일세.”

그에 예인후가 깊이 허리를 숙이며 복명했다.

8

두 천주가 함께 방을 나간 뒤로 지장전주 사군악은 아무 말도 없이 한참이나 철민에게로 날카로운 시선을 고정시켜 놓고 있었다. 그리고 철민이 마치 속까지 샅샅이 살핌을 당하는 듯이 영 불편한 느낌을 참기 어렵게 되었을 즈음에야 그는 문득 예인후를 향하며 무겁게 입을 열었다.

“사천주 합하께서 이미 극비 사안이란 말씀을 하셨거니와, 자네들은 오늘 이 방 안에서 있었던 일에 대해 어떤 경우에도, 그리고 그 누구에게도 발설을 해서는 안 될 것이야. 그건 설령 총수 존하께서 물으시는 경우라고 해도 마찬가지일세.”

예인후가 언뜻 이채를 떠올릴 때, 사군악이 더욱 엄한 눈빛으로 되며 덧붙였다.

"의문이 있더라도 결코 의문을 가지지 말게. 다만 이 모든 것이 본 천의 안위를 위하는 일이라는 것은 내 무인의 명예를 걸고 분명히 말할 수 있네."

예인후는 아무것도 묻지 않았다.

사군악을 행해 읍을 취해 보이고는 묵묵히 돌아서 방을 나서는 예인후의 뒤를 철민이 얼른 따랐다.

9

"저기… 예 형."

정의대로 돌아가는 길 내내 혼자만의 깊은 생각에 빠져 있는 예인후에게 철민이 슬쩍 말을 걸었다.

"예?"

"예 형의 검 말입니다. 제가 새로 하나 장만해 드렸으면 하는데… 어쨌거나 저로 인해 파손이 되었으니, 그래야만 제 마음이 편할 것 같아 그럽니다."

"그 일이라면, 제가 오히려 철 형께 감사를 드려야 할 겁니다. 덕분에 횡재를 하게 되었으니 말입니다."

어차피 말을 시키고자 시작한 것이라 철민이 가볍게 말꼬리를 잡았다.

"횡재라니요?"

"부서진 제 검은 그리 특별할 것도 없는, 그냥 보통의 검입니다. 한데 그 덕분으로 백병각의 검을 얻게 되었으니 그야말로 횡재를 한 셈이지요."

"백병각의 검이 그렇게 대단합니까?"

"그럼요. 특별히 선별한 최고 양질의 철을 명장의 손길로 정련하여 만든 것이니, 그 강인함과 날카로움에 있어 능히 명검이라 할 만하지요. 하여 본 천에서도 당주 급은 되어야 그곳의 검을 지급받을 수 있는 걸요. 하하하!"

오늘 처음으로 들어보는 예인후의 웃음소리에 철민이 괜스레 따라서 웃음을 짓다가 문득 생각나는 것이 있어 다시 물었다.

"아까 그 사천주… 그분의 무공은 어느 정도입니까? 아마도 화경의 경지에는 도달하였겠지요?"

예인후가 언뜻 조심스러운 기색이 되었다.

"제가 감히 그분의 무공을 논할 수야 없는 일입니다만, 항간의 추정으로는 이미 화경을 넘어 탈경(脫境)에 근접했을 것이라고들 하지요."

"탈경이요? 그건 또 뭡니까?"

예인후가 언뜻 이채를 떠올렸으나, 철민의 눈에서 진정으로 궁금해하는 빛을 보았던지 싱겁게 웃으며 대답을 꺼냈다.

"탈경이란 말 그대로 화경마저 초월한 궁극의 경지를 말하는 것인데, 다시 인탈(人脫)과 지탈(地脫), 그리고 천탈(天脫)의 세 경지로 나누어진다고 하지요."

그 말에서 철민은 문득 퇴색된 기억의 뭉치들 중에서 한 가닥을 되살릴 수 있었다.

'강호가 무한히 넓어 고수와 기인들이 바닷가의 모래알보다도 많다고 하지만, 당대에 화경의 경지에 도달한 인물은 통틀어 열 명을 넘지 않을 것이다. 그러나 누구도 전부 다를 알 수 없는 곳이 또한 강호라, 세상의 명리를 버리고 은거에 들어간 기인이사들 중에서도 화경을 이룬 고수들은 필시 있을 것이고, 그들 중에서는 다시 화경의 경지마저 초월한 이가 존재하지 않는다고 할 수 없으니, 그런 천외천의 경지에 달한 이들이야말로 가히 절대고수(絶對高手)라고 해도 좋을 것이다.'

까마귀늙은이의 말을 떠올리며 철민이 저도 모르게,

"절대고수!"

하고 중얼거리자, 예인후가 싱긋 웃으며 고개를 끄덕였다.

"그렇습니다. 그야말로 궁극의 절대경지이지요."

철민이 퍼뜩 정신을 차리며 다시 물었다.

"그렇다면 사천주 그분이야말로 세상에서 가장 강한, 천하무적의 고수겠군요?"

그러자 예인후는 문득 미소를 지웠다.

"글쎄요. 그분께서 인탈경(人脫境)에 오르셨다고 해도, 강호에는 그분과 동급으로 평가되는 인물이 또 있는걸요. 이를테면 잠마련의 련주 같은 인물이지요."

"아!"

철민이 바짝 호기심이 당겨하는 모습에 예인후가 또한 슬그머니 재미가 붙는 모양이었다.

"하하하! 그 정도로 놀라기는 아직 이릅니다. 그들을 능가하는 분이 또 있으니까요. 바로 본 천의 일천주님이십니다. 그분께서는 삼십여 년 전 갑작스럽게 은거에 들어가셨는데, 그때 이미 인탈경을 이루셨다고 하니 지금까지 건재하시다면 능히 지탈경에는 도달하셨을 가능성이 있다고 해야겠지요."

'이천주는?

철민은 문득 그런 의문을 떠올렸고, 연이어 또 다른 기억의 한 자락을 되살려 낼 수 있었다.

'구벽외공이 칠벽에 진입하여 대성 단계에 들어서면서부터는 중성 단계에 비길 수 없이 기정의 흡수 속도가 빨라진다. 무엇보다도 이때부터는 드디어 체내에 축적된 기를 내공으로 운용할 수 있게 되니, 화경의 고수와도 능히 견줘볼 수 있는 정도가 될 것이다. 그리고 마침내 최종의 벽인 구벽을 이룬다면 가히 무적을 논해볼 수 있을 것이고, 만약에… 더 나아가 천화(天化)를 이룬다면… 피아(彼我)는 물론이고 육합(六合)의 기를 공히 의지하에 둘 수 있는 경지일 터이니, 곧 생사여탈(生死與奪)의 심즉살(心卽殺)이리라.'

예인후는 이제 자못 흥이 붙은 듯이 철민의 생각이 잠시간 옆길로 샌 줄도 모르고 얘기를 이어나가고 있었다.

"그러나 그분 또한 여전히 당대의 무적이라고는 할 수 없습니다. 다시 그분과 견줄 만한 인물이 최소한 둘은 더 있었으니 말입니다."

"둘이나 말입니까?"

"그렇습니다. 바로 전대의 잠마련주와 강호의 신비 문파인 야맥(野脈)의 노야(老爺)라는 인물입니다. 하하하! 그뿐이겠습니까? 강호의 역사를 거슬러서 올라가 보면 그들의 경지마저도 초월하여 그야말로 궁극의 단계에 도달했다는 전설의 고수들도 없지 않는걸요?"

"그들은 또 누굽니까?"

"대략 천 년의 시차를 두고 출현한, 각기 고금 무적이라 불릴 만큼 강했다는 세 사람이지요. 바로 천 년 전의 밀황(密皇), 이천 년 전의 천무황(天武皇), 그리고 삼천 년 전의 천마(天魔)를 말함인데, 그들이야말로 궁극의 천탈경에 도달해서 우화등선했다고 하지요. 또한 그들은 각기 야맥과 수호천, 잠마련의 시조가 되는 인물들이기도 합니다."

애기가 그쯤에 이르고 보니 철민도 오래된 전설의 한 자락을 듣는 듯한 심정이 되어서는,

"아아, 그렇군요!"

하고 짐짓 장단을 맞추었다.

저 앞쪽에 이윽고 정의대의 전각이 보이기 시작했을 때, 철민은 문득 마음이 푸근해졌다. 마치 오랜만에 집으로 돌아오는 여행자나 된 것처럼. 거기에 반겨줄 정겨운 사람이라도 있는 것처럼.

第四十九章

제안(提案)

몽상가

1

"특이한 점이 다소 있긴 하지만, 그러나 특별하다고는 할 수
없겠다."

삼천주는 훑어보던 서류철을 덮었다.

밀원(密院)에서 지난 몇 달간에 걸쳐 조사한 결과가 담긴 두
툼한 보고 자료였지만, 그는 다만 '특별하지 않다'로 간단히
결론지었다. 그러나 막상은 무언가 개운치 못한 부분이 남았
는지 그의 이마는 약간 찡그려진 채였다.

"지난 세월 동안 은밀히 그 아이의 주변을 지키는 외에는 죽
은 듯이 가라앉아 있던 장로계(長老界)의 늙은이들이 이윽고
움직이려는 징조를 보이고 있는데, 하필이면 철민이라는 자의
등장과 그 시점이 일치한다?"

그때 바깥에서 들려온 조심스러운 목소리가 삼천주를 생각에서 벗어나게 했다.

"존하, 정의대주 예인후가 철민 소협과 함께 뵙기를 청하고 있습니다."

"음! 접견실로 안내하게!"

삼천주는 천천히 자리에서 몸을 일으켰다. 그러나 막상 그가 향한 곳은 집무실과 좁은 통로로 연결된 연공실이었다.

2

가부좌를 틀고 앉은 삼천주의 무릎 위에는 작은 철궤 하나가 놓여 있었다. 그 사각의 궤에는 아무런 문양도 없었지만 은은히 비치는 검은빛의 창연함만으로도 왠지 신비로운 기운이 풍겼다. 궤를 여는 삼천주의 손길이 신중하였다. 그가 궤 안에서 꺼낸 것은 손바닥만 한 동경이었다.

우우우웅!

돌연 동경이 가늘게 떨며 소리를 냈다. 아주 먼 곳에서 들려오는 듯한 기이한 울림이었다. 이어 동경에서는 은은한 한 무리의 홍광이 뿜어졌는데, 놀랍게도 그 붉은빛의 무리는 곧장 삼천주의 두 눈으로 모아지더니 이내 빨려들 듯이 사라졌다.

"이 일은 여전히 쉽지가 않구나."

나직이 중얼거리는 삼천주의 얼굴이 약간은 초췌해 보였다.

"철 소협 같은 강호의 신성이 본 천을 방문했다는 보고를 받고서 곧 만나봐야겠다 했으면서도, 막상은 이런저런 피치 못할 사정들이 생기는 바람에 차일피일 미루다 보니 오늘에까지 이르고 말았네. 허허허! 어쨌거나 노부가 큰 결례를 한 셈이니… 이렇게 하세. 예 대주는 예서 잠시 차 한 잔 마시고 있으라 하고, 소협은 노부를 따라나서게. 결례했던 것을 이제라도 만회하는 의미에서 노부가 직접 집무실을 비롯해 이곳 천무각(天武閣)의 몇 군데 볼만한 곳을 안내함세."

간단히 인사를 치른 다음에 곧장 철민에게로 향하는 삼천주의 유난한 관심에 대해 예인후는 사뭇 조심스러운 기색이 되었다. 더욱이 철민이 멀뚱하게 서 있기만 하였기에 어쩔 수 없이 그가 나서 읍하며 진중하게 고했다.

"철 형은 본 천의 사정을 잘 모르는데다, 소관이 그동안 함께 지내며 보니 의외로 강호의 사정과 법도에 대해서도 그리 밝은 편이 아니었습니다. 하여 자칫 무례를 범하지 않을까 걱정이 되니 소관도 함께하도록 해주십시오."

그러나 삼천주는 빙그레 웃으며 고개를 가로저었다.

"사실은 철 소협이 벌써 수개월여 넘게 본 천에서 머물러 왔으니 이제쯤에는 본 천에 대해 객관적으로 보고 생각한 점들이 있으리라는 기대가 있음일세. 한데 자네와 함께 있어서야 아무래도 얘기를 가려서 할 수밖에 없을 것인데, 그리되면 노부가 막상 듣고 싶은 얘기를 듣지 못할까 봐 그러는 것일세. 자네가 걱정하는 바는 내 충분히 감안하겠네. 그리고 길어도 일각을 넘기지는 않을 것이니 자네는 그냥 예서 기다리도록 하게."

총수가 그렇게까지 말하는 데야 예인후로서도 더는 토를 달 수가 없었다.

4

"수호천의 첫인상이 어땠는가?"

"지내기에 불편한 점은 없었는가?"

"사람들은 많이 만나봤는가?"

삼천주의 얘기는 대개 그런 정도였고, 화제가 일상사에서 크게 벗어나지는 않았다.

그에 대해 철민이 어렵고 조심스러워서 주로는 예, 아니오로만 답하고 기껏 살을 붙여도 두 마디를 넘기지 않는 대답일 뿐인데도, 삼천주의 화제가 끝이 없는 걸 보면 그는 아마도 오랜만에 외부 사람과 나누는 신선한 담소를 즐기고 싶었던 것인지도 몰랐다.

두어 군데를 둘러보고 총수 집무실에 들어섰을 때 삼천주는 잠시 휴식을 취하자며 철민에게 의자를 권하였다.

오랜만의 푹신한 느낌에 오히려 어색하여 어정쩡하게 반쯤 만 엉덩이를 걸친 채 집무실 내부를 둘러보고 있는 중에 철민은 문득 눈이 부심을 느꼈다.

그것은 참으로 기이한 광경이었다. 삼천주의 두 눈에서 빛이 나고 있었다. 그냥 반짝이는 정도가 아니라, 마치 거울에 반사된 햇빛을 볼 때와 같이 눈부셨다.

곧바로 아찔한 현기증이 느껴졌기에 철민은 눈을 감고 말았다. 그래도 잔상이 남았다. 온통 환하게 빛나는 노을빛의 잔상이었다.

"천마비가 네 의형의 수중에 있다고 들었다. 사실이냐?"

눈부심에 대해서는 아무런 언급도 없이 삼천주가 문득 물었다. 갑작스러운 질문에다, 또한 갑작스럽게 바뀐 말투였다. 그러나 이상하게도 이상하다는 생각이 들지 않았다. 눈을 감고 있다는 데 대한 어색함조차도 없었다. 대신 묻는 말에 집중하여야 한다는, 그리고 오로지 사실만을 대답하여야 한다는 강력한 압박 같은 것이 있었다.

"예!"

철민이 대답하자 삼천주가 다시 물었다.

"네 의형은 어떤 사람이냐?"

"그는… 철위강입니다. 그리고 그는… 백강의 십일위였습니다. 그리고 또 그는… 음……."

철민의 말이 분명하게 이어지지 못하자 노을빛의 잔상이 더욱 강렬하게 빛났다.

"네 의형은 지금 어디에 있느냐?"

"모릅니다."

　철민의 대답이 간결하고도 분명해지자 삼천주는 곧바로 질문의 방향을 달리했다.

"위려려와 만난 적이 있느냐?"

"예."

"몇 번이나 만났느냐?"

"다섯 번… 정도……."

"위상락에 대해 아느냐?"

　순간 철민은 '예!' 하고 대답할 뻔했다. 그러나 불현듯이 그때까지는 없던 경계심이 희미하게나마 생겼고, 연이어 '위이이이잉!' 하는 강한 울림을 느꼈다. 그만이 느낄 수 있는 울림, 바로 천마비가 우는 소리였다. 순간 눈 속의 노을빛 잔상이 확연히 흐려졌다.

"모릅니다!"

"정말 모르느냐?"

　삼천주의 목소리가 칼칼해졌다. 그러나 추궁을 이어가려는 기색이던 그는 돌연,

"이런……!"

　하고 탄식을 뱉고는 다소간 급한 어조가 되었다.

"자! 이제 이곳에서 나와 나누었던 애기는 모두 잊어라."

　철민은 천천히 눈을 떴다. 그리고 머릿속에 남은 무언가 모호하고도 흐릿한, 그리고 영 개운치 못한 느낌들을 털어버리려 머리를 흔들었다. 물끄러미 그를 보고 있던 삼천주가 빙그레 온화한 미소를 떠올리며 말했다.

"좋은 얘기들 많이 들려주어 고맙네. 그런데 갑자기 일이 하나 생겨서 그러니 자네는 먼저 접견실로 가서 예 대주와 함께 잠시만 기다려 주겠나? 오래 걸릴 일은 아니니 금방 가도록 하겠네."

철민이 방을 나간 뒤 집무실에는 삼천주의 나직한 탄식이 흘렀다.

"아직도 채 일각(一刻)을 운용하기가 어려우니… 아아! 도대체 언제쯤이나 마경(魔鏡)을 자유로이 다룰 수 있단 말인가?"

5

"청룡단의 진호양 부단주 말일세."

삼천주가 그렇게 말을 꺼내는 데 대해, 안 그래도 미리 각오하고 있던 터라 예인후는 얼른 고개를 숙였다.

"죄송합니다. 모든 것이 신중하지 못했던 소관의 불찰이었습니다. 하니 어떤 벌을 내리신다 해도 달게 받겠습니다."

그러나 삼천주는 가볍게 웃으며 고개를 가로저었다.

"허허! 아닐세. 벌을 주려고 예까지 부른 건 아닐세. 오히려 백강의 율법을 전제로 대결이 있었다 하고, 또한 그것을 통해 철 소협 같은 새로운 인재가 더욱 확연히 부각되었다는 점에서 노부는 뿌듯한 심정이 들기도 하였다네."

각오하고 있던 질책과는 전혀 다른 얘기에 예인후는 언뜻 혼란스러워하는 기색이었다.

"다만… 진호양이 이번 일로 쉽게는 극복하기 어려운 마음의 상처를 받았을 것인데, 그로 인해 다시 다른 한 가지 일에 큰 차질이 생겨 버렸으니, 그것이 가장 큰 걱정일세."

"다른 한 가지 일이라고 하시면……?"

"노부가 아주 신중하게 준비하고 있던 일이 한 가지 있음일세."

"아!"

예인후가 저도 모르게 무거운 탄식을 뱉었다. 수호천의 총수가 신중하게 준비하던 일이라면, 그리고 지금 그것을 굳이 언급하고 있다는 데서 그 일이 얼마나 중대한 사안일지 능히 짐작해 볼 수가 있었다. 그런데 그런 사안에 큰 차질이 생겼다지 않은가? 바로 자신들로 인해 말이다.

"자네들에게 세상에 알려지지 않은 얘기를 하나 해줄까 하네."

하고 말을 꺼낸 삼천주는 문득 정색이 되었다.

"세상에 알려지지 않았다는 건, 반드시 지켜져야 할 비밀이라는 의미이기도 하네."

예인후가 얼른 읍하며 말했다.

"그렇다면 저희들은 듣지 않는 것이 좋겠습니다."

그 말에 삼천주가 문득 정색을 풀며 소리 내어 웃었다.

"하하하! 노부가 이 좁은 천무각에 갇혀 살다시피 하면서도 정의대주 예인후의 이름을 심심치 않게 들을 수 있었는데, 오늘 자네의 언행을 보니 과연 그 까닭을 알 수 있겠네. 그러나 자네들은 이미 노부의 얘기를 들어야만 하게 되었네."

하더니 삼천주는 문득 주의를 환기시키기라도 하듯이 철민을 향해 물었다.

"왜 그런지 알겠는가, 철 소협?"

"예? 그게… 저는 잘……."

갑작스러운 질문에 철민이 당황하고 마는데, 빙그레 미소 짓고 난 삼천주는 이내 차분하게 표정을 가다듬었다.

"사실 강호신진백강의 기원은 본 천에 있네."

뜻밖의 얘기에 예인후가 흠칫 놀라고 마는데, 삼천주는 가볍게 고개를 끄덕여 보인 다음 다시 담담하게 얘기를 이어갔다.

"강호는 이미 수백 년 넘게 오랜 침체기를 겪고 있는 중일세. 그런 데는 여러 가지 이유가 있겠지만, 가장 근본적인 원인은 바로 본 천과 잠마련의 이강(二强), 혹은 보이지 않게 거력(巨力)을 형성하고 있는 야맥(野脈)까지를 포함한 삼강(三强)의 구도가 고착화되어 버린 때문이 크다고 할 수밖에 없네. 물이 고이면 썩고 말 듯이 강호 역시 침체기가 오래 계속되면 부패하고 마는 것은 당연한 이치. 당금의 강호만 보아도 그런 것은 분명하지 않나? 강호 곳곳에 명분없는 폭력과 억압, 그리고 온갖 모순과 부조리가 만연해 있는데도 그런 현실에 맞서 선뜻 나서는 영웅과 협의지사들은 찾아보기가 힘든 실정일세. 모두가 자신들이 가진 기득권을 지키고, 나아가 더 큰 이익을 도모하기 위해서만 혈안이 되어 있을 뿐이지. 정의가 무너진 것이야. 그럼으로써 강호 또한 죽은 것일세. 무너진 정의를 다시 세우고 강호를 되살리자면, 시대의 영웅들이 출현해 주어야만 하네. 사리사욕에 얽매이지 않고 오로지 정의를 세우기 위해 피 흘리기를 마다하지 않는 열혈(熱血)의 영웅들이 말일세. 강호신진백강은 바로 그런 영웅들을 배출하기 위해 본 천에서 고심 끝에 탄생시킨 것일세."

"아!"

예인후가 억눌렀다가 뱉어내는 듯이 나직한 탄성을 불어냈다. 그러나 이어지는 삼천주의 목소리는 무겁게 가라앉았다.

"그러나 백강은 처음의 취지만큼 활성화되지는 못했고, 결국은 지금과 같이 잠마련과 본 천에서 상위 서열을 나누어 가지는 형국으로 전락하기에 이르렀지. 기성(旣成)의 양강(兩强) 구도를 그대로 답습하고 만 참담한 결과가 되고 만 것이네."

문득 철민에게로 시선을 주는 삼천주의 목소리에서 확연한 열기가 느껴졌다.

"그러나 이번에 철 소협을 보면서 노부는 백강에 대한 새로운 희망과 기대를 가질 수 있었네. 조만간 백강에 새로운 바람이 일어날 것이란 기대이지."

얼굴이 화끈해지는 느낌에 철민은 예인후 쪽으로 고개를 돌렸다. 그가 무슨 말이라도 해서 이 견디기 어려운 민망함으로부터 좀 구해줬으면 하는 심정이었다.

그러나 예인후는 묵묵히 삼천주에게로만 시선을 고정시켜 놓고 있었다. 삼천주가,

"흠! 얘기가 잠시 다른 쪽으로 흘렀네만… 아까 진호양의 문제로 인해 노부가 준비하고 있던 한 가지 일에 차질이 생겼다고 하지 않았나? 노부가 자네들을 이리로 부른 것은 바로 그 차질을 만회할 방도를 의논하기 위함일세. 곧 자네들에게 한 가지 어려운 부탁을 해보려는 것이지."

하고 말했을 때에야 비로소 예인후는 진중하게 입을 뗐다.

"그 말씀은 소관에게 뿐만이 아니라 철 형에게도 같이 하명하실 것이 있다는 말씀이신지……?"

"허허허! 하명이 아니라 부탁일세."

삼천주가 가벼운 웃음으로 받았지만, 예인후는 여전히 진중한 기색을 늦추지 않았다.

"그렇다면 자세한 말씀을 듣기 전에 소관이 감히 몇 말씀 올려도 되겠습니까?"

삼천주가 흔쾌히 고개를 끄덕였다.

"물론일세. 무슨 말이라도 해보게."

"존하께서 미력한 저희들을 직접 불러 하명을 하시려는 것으로 보아서, 그 일은 필시 중대하고도 은밀할 것이며 또한 상당한 위험을 감수해야 하는 것이라 짐작해 볼 수 있습니다."

"과연 그러하네."

예인후가 문득 깊이 허리 숙여 새삼 예를 취한 다음 조심스럽게 입을 열었다.

"존하께서 어떠한 하명을 하신대도 소관이 기꺼이 신명을 바쳐야 하는 것은 지극히 당연하다고 할 것입니다. 그러나 감히 말씀 올리건대, 철 형에게 소관과 같이하라고 하는 것에는 상당한 무리가 있다고 생각합니다."

삼천주의 입가에 잔잔히 미소가 떠올랐다. 그러더니 그는 문득 철민에게로 시선을 향했다.

"철 소협도 그리 생각하는가?"

순간 철민은 마치 무슨 죄라도 지은 사람 같은 심정이 되었다. 그러나 곁눈으로 훔쳐본 예인후의 얼굴에서 무거운 기색과 함께 입가에 서린 단단히 각오 같은 것을 발견하고는 문득 마음이 짠해오는 것이었다.

철민에게서 대답을 듣지 못하고 다시금 예인후에게로 향하는 삼천주의 표정에서는 설핏 단호함이 느껴졌다.

"만약 철 소협이 진호양을 꺾지 않았다면, 그래서 백강의 서열이 바뀌는 일이 생기지 않았더라면, 노부가 이런 부탁을 하는 일도 결코 없었을 걸세. 다시 말해서 진호양이 맡기로 되어 있는 중요한 임무가 있었고, 그 임무를 수행하는 데 있어서 백강의 서열 사위라는 명분이 반드시 필요하다는 데서 노부는 이 부탁을 하지 않을 수 없게 된 것일세."

이어 삼천주는 형형하게 빛나는 눈빛을 다시금 철민에게로 향했다.

"이 일은 본 천 내부적으로도 극비의 기밀 사항인지라 자세한 사항을 말해줄 수는 없네. 그러나 분명히 말할 수 있는 건, 이 일이 본 천의 사익만을 위한 것이 아닌, 강호 정의를 위한 일이기도 하다는 것이네. 그러니 어떤가? 소협 또한 백강의 서

열 사위로서의 당당한 자부심으로 강호 정의라는 대의를 위해
흔쾌히 이 일을 맡아줄 수는 없겠나?'

　백발홍안의 노인이 열기 가득한 눈빛으로 진정을 호소하고
있었지만, 철민으로서는 어떤 대답도 선뜻 해줄 수가 없었다.
그저 예인후가 그를 대신해 어떤 대답을 해주기를 바라고만
있는 수밖에는.

　그때였다. 삼천주가 덥석 철민의 두 손을 부여잡았다.

　"고맙네. 소협이 결코 기대를 저버리지 않을 것이라 노부는
이미 확신하고 있었다네."

　철민에게 대뜸 치사를 한 삼천주는 곧바로 예인후를 향해
말을 이었다.

　"일단은 은밀히 신변 정리부터 시작하도록 하게. 조만간에
임무에 필요한 사항들이 자네에게 전달될 걸세. 물론 그 대부
분은 임무조(任務組)의 조장인 자네만 알고 있어야 할 극비의
내용들일세."

　예인후가 흠칫 놀라는 중에도 언뜻 의아해하며 물었다.

　"임무조라고 하시면……? 혹시 일을 함께할 다른 사람이 또
있다는 말씀이십니까?"

　"그렇다네. 바로 청룡단주일세."

　"예?"

　"청룡단주는 이번에 진호양으로 인한 차질이 생기기 이전
부터 이 임무에서 일정역할을 맡기로 정해져 있었다네. 그러
나 이 일의 책임자는 어디까지나 자네일세. 임무가 시작되는

순간부터 그 아이는 청룡단주가 아니라, 어디까지나 임무조의
조원으로서 조장인 자네의 명령을 충실히 따르게 될 걸세.”

“하지만… 기왕에 상 단주가 포함되어 있었다면 그에게 책
임을 맡기는 것이 마땅할 터인데, 굳이 왜……?”

“이 일은 지극히 위험할 뿐 아니라, 만약의 경우에는 극단적
인 희생까지도 감수할 각오가 있어야만 하네. 자, 자네에게 묻
겠네! 그런 만약의 경우에 처했다면, 자네는 과연 대의를 위해
모든 것을 바칠 수 있겠는가?”

그에 대해 예인후는 조금도 망설이지 않고 담담하게 대답을
내놨다.

“일단 임무를 맡은 다음에는, 당연히 저의 모든 것을 바쳐
임무를 완수할 것입니다!”

삼천주가 빙그레 웃으며 고개를 끄덕였다.

“자네의 그런 단호하고도 투철한 사명감을 누구에게나 기
대할 수 있는 건 아닐 걸세. 그러기에 청룡단주가 아닌 바로
자네가 조장이 되어야 하는 것일세.”

예인후가 다시 무슨 말을 꺼내려 했지만 삼천주가 가만히
고개를 가로저으며 하는 한마디에 가로막히고 말았다.

“노부가 깊이 생각하고 내린 결정일세. 수호천의 총수로서
말이네.”

삼천주가 가벼운 일상사로 화제를 전환했지만, 예인후는 내
내 무거운 표정을 풀지 못했다.

그러니 철민이 또한 영 어색하고 불편하기만 했는데, 그가 어느 순간에,

"저… 괜찮으시다면 한 가지 여쭈어봐도 되겠습니까?"

하고 불쑥 말을 꺼내본 것은, 그 같은 어색함과 불편함에서 약간이나마 벗어나 보고자 하는 가벼운 시도에서였다.

"노부는 물론 괜찮을뿐더러 성의껏 대답을 해줄 터이니 소협은 무엇이든지 물어보도록 하게."

삼천주가 빙그레 웃으며 짐짓 흔쾌히 고개를 끄덕여 준 덕분에 예인후의 눈치에도 불구하고 철민은 한결 편하게 물을 수가 있었다.

"그런데… 백강의 서열 일위는 누굽니까?"

순간 삼천주의 눈빛에 한 가닥의 이채가 스쳤다. 그러나 그의 대답에는 역시 성의가 있었다.

"백강의 서열 일위는 아직까지 공석일세. 처음부터 상징적인 서열일 뿐이었지. 하지만 가까운 장래에 자네들 같은 젊고 정의로운 젊은이들 중에서 강호의 미래를 이끌 진정한 백강의 일위가 나오리라고 노부는 확신하고 있네."

6

가부좌를 틀고 앉은 삼천주의 표정에 문득 놀람과 당혹이 짙게 드리워졌다.

우우우웅!

그가 다시금 내력을 일주천하자 손바닥 위에 놓인 동경이
가늘게 떨며 기이한 울림을 토해냈다.

그러나 다만 그뿐이었다. 그다음 단계의 일이 일이 일어나
지 않는 데 대해 그는 짙은 안타까움을 토해냈다.

"아아! 마찬가지다! 대체 왜……?"

다시 몇 번을 더 시도하고 탄식하기를 거듭하고 나서야 그
는 이윽고 옆에 두었던 검은 빛의 작은 사각 철궤 안으로 동경
을 갈무리하였다.

"필시 비결(秘訣) 상의 해석이 불분명했던 부분과 연관이 있
을 것이니, 시간을 두고 면밀히 재해석을 해본다면 문제의 원
인을 밝힐 수 있을 터. 하면 이런 현상은 오히려 마경(魔鏡)의
비밀을 온전히 밝힐 수 있는 기회로 삼을 수 있으리라."

혼잣말로 중얼거리는 삼천주의 눈빛은 이미 본래의 심연과
같은 깊이로 돌아가 있었다.

"설령 그렇지 못하여 이대로 한낱 골동품으로 전락해 버리
고 만다 해도, 이것이 내 손에 있는 한 최소한 가장 강력한 적
의, 가장 강력한 절대병기를 무용지물로 만들 수 있음이니, 그
것만으로도 충분하고도 넘치는 가치가 있다고 할 것이다."

7

"곧 출발해야 할 것이니 추호의 차질도 생기지 않도록 만반
의 준비를 갖추도록 하거라."

“꼭 그자들과 함께 가야만 하는 것입니까?”

조심스러운 가운데 여전히 불만이 섞인 손자의 말에 삼천주는 언뜻 정색을 하였다.

“환아, 크든 작든 조직을 이끄는 자라면 개인적인 호오(好惡)를 따져서는 안 되는 법이다. 장부가 흉중에 포부를 품었다면 때에 따라서는 원수와도 손을 잡을 수 있는 각오가 있어야 하고, 사안에 따라서는 수하를 자신의 위로 세우는 배포도 능히 발휘해야만 한다는 말이다.”

조부의 위엄 서린 당부에 상군환은 곧바로 머리를 숙였다.

“소손이 잠시 경망스러웠습니다. 용서하십시오.”

“허허허! 너를 나무라고자 하는 소리가 아니다. 다만 이제야말로 진정 너의 결단이 필요한 시점이기 때문이다.”

“결단이라 하시면……?”

잠시 손자를 응시하던 삼천주가 문득 물었다.

“위려려! 그 아이에 대해 너는 어떻게 생각하느냐?”

순간 상군환이 크게 당황하며 대답을 하지 못하자 삼천주가 다시 물었다.

“그 아이를 네 배필로 삼을 생각인지를 묻는 말이다.”

상군환의 얼굴이 언뜻 붉어졌다. 그러나 그는 이내 당황을 추스르며 차분하게 대답했다.

“그렇습니다.”

“그 아이 또한 너에 대해 그리 생각하는 것 같더냐?”

“그렇습니다.”

삼천주가 다시금 묵묵히 손자를 응시하다가 문득 무거워진 목소리로 물었다.

"음! 한데 말이다. 그 아이에게 어떤 목적이 있어서 너와 가까이 지내는 것일 수도 있다는… 생각을 해보지는 않았느냐?"

그 말에 대해 상군환은 오히려 담담한 표정이 되었다.

"과거 이천주님의 실종 사건과 관련해서 그녀가 할아버님께 일말의 의심과 오해를 가지고 있을 수도 있다는 점에 대해서는 저도 생각해 본 적이 있습니다. 그러나 만약 그렇다고 하더라도 그것이 저와 위 소저의 관계를 가로막을 만한 이유가 되지는 못할 것입니다."

"흠! 너희 두 사람이 이미 그런 정도로 깊은 관계라는 의미이더냐?"

"송구합니다."

"허허허! 송구스러울 것이야 있겠느냐? 너희 두 사람은 그야말로 인중용봉(人中龍鳳)인데, 그런 두 사람 사이에 청춘지사가 생기지 않는다면 그것이야말로 이상한 일이라고 할 것이다. 그러나……."

말을 끊으며 삼천주는 언뜻 정색이 되었다.

"내 이미 네가 지녀야 할 각오와 배포에 대해 말하였거니와, 남녀지사에 있어서도 애정만을 우선해서는 안 될 것이다."

"늘 명심하겠습니다."

진중하게 대답하는 상군환에 대해 삼천주는 문득 환히 웃으며 짐짓 흔쾌히 고개를 끄덕였다.

"좋다. 네가 그리 말해주니 이 할아비는 크게 안심이 되는구나. 하면, 그 아이에 대해서도 이제는 결정을 할 때가 된 것 같다."

그 말에 상군환이 크게 의아해하며 반문하였다.

"무엇을 결정한단 말씀이신지……?"

"작게 쓸 것인지 크게 쓸 것인지, 그 쓰임새에 대해서 말이다."

상군환이 설핏 조심스러워하는 기색이 되며 다시 물었다.

"작게 쓰는 것과 크게 쓴다는 것이 어떤 의미인지요?"

"지금 보이는 것만을 취하는 것이 작게 쓰는 것이요, 그 가능성까지를 함께 취하는 것이 크게 쓰는 것이다."

"소손이 우둔하여 무슨 말씀이신지 잘 모르겠습니다."

"허허허! 이제 곧 알아질 일이니 서두를 것 없다. 다만 네가 명심해야 할 것은 크든 작든 온전히 취해야 한다는 점이다."

의아함과 의문이 더욱 커지는 기색이었으나, 상군환은 이내 차분한 표정으로 돌아갔다.

"소손은 할아버님의 가르침을 기다릴 뿐입니다."

"허허허!"

삼천주의 기꺼운 웃음소리가 실내 가득히 울려 퍼졌다.

第五十章

일령(一靈)

몽상가

1

"아무것도 말할 수 없습니다."

삼천주가 무슨 일로 불렀는지, 무슨 얘기가 오갔는지 캐묻는 위려려에 대해 예인후의 대답은 시종일관 냉정하리만치 명료하기만 했다.

그 때문에 철민만 괜히 가슴이 답답해졌다. 보기에 안쓰러울 정도로 굳어지고 만 위려려의 얼굴을 대하느라 말이다. 그냥 '별일없었다'는 정도로 적당히 둘러대도 좋을 것을, 하여간 그런 쪽에 있어서 예인후는 사람이 막혀도 아주 꽉 막혔다 싶었다.

"아무것도 말할 수 없다니, 더 이상 묻지 않을게요."

쌩! 찬바람이 도는 얼굴로 쏘아붙인 위려려가 보란 듯이 예인후에게 등을 보이며 돌아선 쪽은 애꿎게도 철민을 향해서였다. 힐끗 예인후를 돌아보며 위려려는 다시금 매몰차게 쏘아붙였다.

"철 공자와 얘기 나눌 것이 있어서 그러니 대주께서는 자리를 좀 비켜주시겠어요?"

'꿩 대신 닭이란 건가?'

노골적으로 예인후 대신 자신에게 듣겠다는 소리에 대해 철민은 차라리 황당해졌다. 더욱이 예인후가 그에게는 눈길 한 번 주지 않고 성큼성큼 방을 나가 버렸음에야.

"제게 온전히 믿고 기댈 수 있는 사람은 당신뿐이라고 했었죠? 저를 도와주신다고 했었죠?"

맑고 깊은 눈빛으로 시선을 못 박으며 하는 그녀의 말에 철민이 차마 '내가 언제?' 하는 항변을 떠올리기보다는, 하릴없이 가슴만 들뜨고 말았다. 그런데 그녀가 다시,

"말해주세요! 삼천주가 두 분께 무엇을 말했는지!"

하고 말했을 때 그는 문득 애매해지고 말았다. 예인후가 말해주지 않은 이상에는 그 역시 무슨 말도 해줄 수 없다는 단단한 작정 이전에, 과연 삼천주와 무슨 얘기를 나누었는지에 대한 기억 자체가 모호하고도 흐릿했기 때문이다.

철민이 저도 모르게 고개를 흔들면서 보니, 위려려의 표정이 대번에 흐려지고 있었다.

"저는 당신을 깊이 믿고 있는데… 당신은 저를 믿지 못하는군요?"

　원망인 듯 애절한 호소인 듯 잔잔하게 가라앉은 위려려의 목소리에 철민은 그만 가슴이 짠해졌다. 연이어 그녀에게 크게 야박한 짓이라도 저지른 듯이 가슴 한구석이 묵직하게 저려왔다. 그렇더라도 그가 그녀에게 해줄 수 있는 말은 없었다. 해주고 싶어도.

2

　천마비가 갑자기 평범해진 것은 이상한 일이었다. 뭐랄까? 희미하게나마 한 가닥의 끈이 연결되어 있는 느낌이다가, 갑자기 아무런 느낌이 없어졌다고 할까?

　사실은 그게 지극히 정상이리라. 비수는 그냥 비수일 뿐인데, 그동안 그것이 보였던 이상함이야말로 황당한 비정상이라고 해야 하지 않겠는가?

　그런데 천마비가 '정상' 이 되고 나서 얼마 지나지 않아 철민은 다시 한 가지의 이상한 일을 겪어야만 했다. 천마비가 아닌 그 자신의 내부로부터 생긴 그 이상한 일은, 천마비가 '비정상' 일 때보다 더욱더 이상했다.

　그의 머릿속에서 이따금씩 느닷없는 괴리가 일어나고 있었다. 그의 기분과는 전혀 상관 없이, 기괴하고 음산한 모종의 느낌들이 불쑥불쑥 일어나곤 하는 것이었다.

　그러더니 괴리는 이윽고 이상한 간섭으로까지 진전이 되었다. 정체 모를 낯선 생각이 불쑥불쑥 그의 생각 속으로 끼어드는 것이었다.

―선택받은 자가 아니란 말이냐?

―선택받은 자가 아니라면, 어떻게 혼통(魂通)을 이루었단 말이냐?

―어이 되었거나 혼통을 이룬 이상, 어찌 본좌를 거부할 수 있단 말이냐?

―이것이 무엇이냐? 도대체 무엇이기에 감히 본좌를 가둔단 말이냐?

그런데 그 일련의 낯선 생각들이 다만 그 스스로가 만든 망상에 불과하지 않다는 확신을 철민이 가지지 않을 수 없게 된 것은, 그 낯선 생각이 이윽고 한 가닥 분노에 가득 찬 음소(陰笑)를 터뜨려 냈을 때부터였다.

―크흐흐흐흐흐흐!

그랬다. 그건 분명 망상이 아닌, 그의 머릿속에서 그가 아닌 다른 어떤 존재가 내는 확연한 감정의 표시였다.

귀신이 곡할 노릇이었다.

'어차피 꿈속에서 벌어지는 일인데, 귀신이 곡을 왜 못할 것인가?' 하고 억지로라도 수긍하고 넘어가기에는 너무도 황당하고 공포스러웠다.

어쨌거나, 귀신이거나 무엇이거나, 그의 머릿속에 무슨 커다란 이상이 생겼음에 분명했기에, 철민은 결국 예인화에게 상담을 받아보기로 했다. 그러한 현상이 예인화의 심동과는 확연히 다르긴 했지만, 그렇더라도 그 황당한 공포에 대해 호소하고 상담을 받아볼 만한 상대는 그녀뿐이었다.

예인화는 잔뜩 호기심부터 가지는 것 같았지만, 그래도 끝까지 그의 말을 들어주었다. 그리고 사뭇 진지하게 상담에 임해주었다.

[무슨 일인지 저로서도 당장에는 짐작이 안 되네요. 그러나 모든 일에는 원인이 있게 마련이니, 우선은 차분하게 당신에게 일어났던 근래의 일부터 찬찬히 말해보세요. 가벼운 일일지라도 빼놓지 말고 자세하게요.]

그러나 미처 생각을 정리하기도 전에 철민은 다급하게 외쳤다.

"안 돼!"

그의 안에 있는 그 낯선 존재가 갑작스럽게 예인화와 그 사이에 연결된 심동의 끈을 확 낚아채는 것 같은 느낌을 받았고, 그 순간 그것의 의도가 무엇인지 확연히 읽을 수 있었기 때문이다. 바로 전이(轉移)였다. 그의 안에 갇혀 있던 그 존재가 예인화와 연결된 심동의 끈을 타고 그녀에게로 옮겨가려는 시도였다.

"떨어져!"

크게 호통 치며 철민은 와락 예인화를 밀쳐 냈다.

"악!"

예인화가 놀란 비명을 터뜨리며 뒤로 나가떨어지고 말았다. 그런데 어디를 어떻게 다친 것인지, 그녀의 연분홍빛 해사한 입술을 비집고 새빨간 피 한 줄기가 흘러나왔다.

철민이 놀라 그녀에게 다가가려는 순간이었다. 돌연 그의 내부에서 포악하기 이를 데 없는 포효가 터져 나왔다.

—크아아아아!

주체 못할 분노였다. 그리고 곧바로 철민의 내부, 생각 속에서는 마치 폭풍이나 해일과도 같은 거대한 광란이 일어나기 시작했다.

전율과 공포 속에서 철민은 분명하게 실감해야만 했다. 그의 내부에 들어와 있는 존재, 그 낯선 침입자가 그저 이상하거나 기이한 정도가 아니라 실로 엄청난 존재라는 사실에 대해.

철민이 혼란과 어지러움 속에 머리를 감싸 안고서 겨우 버티고 서 있을 때였다.

[확실히 당신의 안에 다른 존재가 하나 있어요. 그 존재는 어떤 연유로 당신 안에 들어가게 되었을 텐데, 또한 어떤 연유로 다시 빠져나오지 못하고 있는 중이고요. 우선은 그 존재의 정체가 무엇인지, 어떤 상황에 처해 있는지, 혹은 무엇을 원하는지를 알아야 해요. 그래야 그 존재를 다시 나오게 할 수도 있을 테니까요. 제가 그 존재와 다시 소통을 시도해 보겠어요.]

예인화의 심동에 철민이 기겁하여 외쳤다.

"안 돼!"

침입자의 가공스러움을 이미 실감하였는데, 예인화를 다시금 위험에 빠뜨릴 수는 없다는 절박함이었다.

철민은 아예 예인화의 등을 떠밀어 방 밖으로 밀어내 버렸다. 예인화의 당참과 고집으로 보아 말만으로는 고분고분히 듣지 않을 것이기 때문이었다.

"나 혼자 어떻게 해볼 테니까 넌 그만 가!"

철민이 예인화의 등에다 대고 외치고는 '쾅!' 소리가 나도록 방문을 닫아버렸다.

그때 마침 철민을 찾아오는 중이던 예인후가 그 광경을 보고는 어리둥절한 기색이다가 예인화를 보며 짐짓 혀를 찼다.

"쯧쯧! 두 사람 또 무슨 일이냐? 거참, 어린애들도 아니고 어째 걸핏하면 토닥거리고 그러냐?"

그러다 뒤늦게 어린 여동생의 낯빛이 창백한 걸 보고는 예인후가 놀라 얼른 그녀를 부축하며 물었다.

"너, 무슨 일이 있었던 게로구나. 음, 일단 네 처소로 가자. 네 얘기를 들어보아서, 만약 철 형이 네게 조금이라도 섭섭하게 대한 점이 있다면 이 오라비가 결코 가만두지 않으마."

예인화가 안타까운 눈빛으로 힐끗 철민의 방문을 돌아보았다. 그러나 이내 힘에 겨운 듯이 예인후의 어깨에다 머리를 기대었다.

3

—부숴 버린다! 갈기갈기 찢어버린다!

침입자의 광포함은 극으로 치닫고 있었다. 그것은 어떠한 형태의 소통도 허용치 않는 극단적으로 일방적인 횡포요 폭거였다. 침입자는 철민더러 무조건 굴복하라고만 윽박지르고 있었다.

그러나 공포에 떨면서도 철민은 결코 굴복할 수가 없었다. 굴복하는 순간에 그 자신을 송두리째 빼앗기고 말리라는 사실을 본능적으로 알 수 있었기 때문이다. 그럼으로써 그는 싸우지 않을 수 없었다. 그 스스로를 지켜내기 위해서.

철민은 싸우고 또 싸웠다. 치열한 싸움이었다. 목숨이 문제가 아니라 영혼과 존재 자체를 건 싸움이기에, 세상의 그 어떤 싸움에도 비길 수 없이 지독하게 치열하고 처절한 싸움이었다. 꿈속에서, 그리고 다시 그의 생각 속에서, 순간과 영원의 혼돈 속에서 그의 싸움은 끝없이 지속되고 있었다.

어느 순간 철민은 깨달을 수 있었다. 그가 침입자를 어떻게 할 수 없듯이, 침입자 또한 막상 그를 어떻게 하지는 못한다는 사실을.

그럼으로써 철민은 선뜻 싸움의 치열함에서 한 걸음을 물러설 용기를 낼 수 있었는데, 그럼에도 역시 침입자는 별다른 상황의 변화를 일으키지 못했기에 철민은 비로소 작은 여유를 가질 수 있었다.

'잡귀 나부랭이 주제에!'

그랬다. 이 모든 것이 그 자신의 정신적 문제가 일으키는 사단이 아니라면, 침입자는 기껏해야 제 본래의 있을 곳을 잃고 구차하게 남의 몸이나 기웃거리는 잡귀 나부랭이쯤에 불과할 터였다.

"도대체 정체가 뭐냐?"

철민의 물음에서 지금까지의 두려움과 움츠림이 돌연 사라졌기 때문인지 침입자는 대뜸 격노했다.

—하찮은 인간 따위가 감히!

그러나 그것이 처음으로 이루어진 소통이라는 점에서 철민은 차라리 반가웠다. 잠시간의 당혹이 느껴진 후, 침입자는 이내 위엄을 차렸다.

—감히 본좌 앞에서 묻는 것 외의 말을 지껄인 자는 천 수백 년의 세월 동안 네놈이 처음이다. 천둥벌거숭이 같은 놈! 네놈이야말로 대체 어떤 놈이냐?

'천수백 년의 세월'이 주는 이상함이야 지금껏 침입자가 보여왔던 일방적 횡포와 폭거의 연장쯤 되리라고 치면 될 일이었다. 일단은 한마디라도 더 대화가 이어지도록 하는 것이 중요했기에 철민은 지체없이 대답했다.

"난 철민이오!"

—철민? 멍청한 놈! 누가 네놈 따위의 하잘것없는 이름을 물었다더냐? 네 조상이 누구인지, 사문 내력이 어떻게 되는지에 대해 고하란 말이다!

조상과 사문 내력이라는 말에서 철민은 저도 모르게 슬그머니 웃음이 나왔다.

"훗! 일단은 나도 그쪽 이름이나 좀 압시다."

어이가 없는지, 분노를 삭이는지 잠시간의 침묵이 있고 나서야 침입자는 짧게 뱉었다.

─일령(一靈)!

"일령? 홈! 그 이름도 뭐, 그다지 하잘 것 있는 것 같지는 않는데?"

─이놈!

"아아! 난 경주… 철 씨… 음! 사량공파 십팔대 손이오! 사문 내력은 뭐… 특별하게 내세울 게 없소만."

─경주 철 씨? 사량공파? 강호에 그런 가문도 있었더냐?

하더니 일령은 문득 무거운 느낌으로 다시 물었다.

─너는 혹시 삼혼(三魂)을 취하지 않았느냐?

"삼혼? 그게 뭐요?"

─천마비다!

"천마비? 그거라면 내가 가지고 있소만?"

일령이 침묵했기에 철민이 되물었다.

"그런데 천마비가 어쨌다는 거요?"

─네놈은 알 것 없다.

차갑게 뱉은 뒤 일령은 다시 침묵을 지켰다. 한동안이나 같이 침묵을 지키고 있다가 철민이,

"우리 이제 그만합시다!"

하고 슬그머니 건넨 데 대해, 일령이 곧바로 반응했다.

─굴복하겠다는 것이냐?

"휴전을 하자는 거요. 그쪽이 대체 무슨 이유로 내 안에 들어왔으며, 또한 왜 나가지 않고 있는지는 모르겠지만, 어쨌든 그동안 죽어라 싸워본 결과로 나도 당장에 그쪽을 어떻게 할

수가 없고, 그쪽도 당장에 나를 어떻게 할 수 없다는 건 분명해지지 않았소? 그러니까 우리 둘 중에 한쪽이 다른 한쪽을 어떻게 해볼 무슨 뾰족한 수가 생길 때까지만이라도 휴전을 하자는 거요. 이대로 계속 싸우는 거, 솔직히 그쪽도 이제 지겹고 힘들지 않소?"

일령은 굳이 대답하지 않았다. 그러나 철민은 느낌으로 일령이 동의했음을 알 수 있었다.

그러고 보면 그와 일령 간에는 처음부터 어떤 교감이 있었던 같다. 그리고 지독한 싸움을 겪으면서 교감은 더욱 깊어진 모양으로, 이제는 일령이 순간순간 감정을 일으킬 때마다 철민은 그 대강의 느낌을 읽을 수가 있었다. 그런 것은 일령 쪽에서도 비슷한 것 같았다. 물론 서로의 의지나 생각까지를 읽을 수 있는 건 아니고, 감정이나 느낌의 일부를 교감하는 정도였다.

어쨌든 그렇게 해서 두 사람은, 아니, 한 사람과 그 안의 다른 한 존재는 임시 휴전에 합의를 했다.

第五十一章

무백(武佰)

몽상가

1

　상군환과 연락이 되지 않는 것에 대해 위려려는 조급해지지 않을 수 없었다. 자신에 대한 상군환의 마음이 진정이라는 걸 그녀는 확신하고 있었다. 그런 만큼 특별한 이유가 생기지 않은 다음에야 그가 이처럼 갑작스럽고도 일방적으로 연락을 끊을 리는 없었다. 더욱이 그와의 연락이 끊긴 것이 예인후와 철민이 삼천주를 만난 시점부터였다.

　'분명 무언가 중대한 일이 진행되고 있다!' 그럼으로써 그녀는 반드시 알아내야만 했다, 그것이 무엇인지.

　위려려가 더 이상 조바심을 참기 어렵게 되고 만 것은, 예인후와 철민이 갑자기 사라졌다는 소식을 접하고 나서였다.

　당장에 정의대로 달려간 그녀에게 예인화는 서신 한 장을 보여주었다. 예인후가 남긴 그 서신에는, 그가 철민과 함께 여행을 떠나며 꽤 오래 걸릴 수도 있겠다는 내용이 간단하게만 적혀 있었다.

"예 대주의 친필이 맞아?"

위려려의 물음에 대해 예인화는 고개를 끄덕였다.

"도대체 무슨 일이야? 지금 항간에는 저번의 율도린 사건과 관련해 예 대주가 지장전의 조사를 받는 과정에서 불만을 가진 끝에 임의로 천(天)을 이탈했다는 소문까지 돌고 있어. 화매(花妹)라면 짐작 가는 게 있을 거 아냐? 적어도 무슨 이상한 눈치라도 챘을 거 아냐?"

차분하게 붓을 든 예인화가 담담한 필치로 자신의 생각을 적어 내려갔다.

저도 전혀 몰랐어요. 하지만 만약 이 일이 오라버니 스스로의 의지에 반한 것이었다면, 그리고 이처럼 서신을 남길 여유가 있었다면 분명 제게 남기는 별도의 어떤 말이 있었을 거예요. 오라버니와 저 사이에 그런 방법은 얼마든지 있으니까요. 다시 말해 그런 게 전혀 없다는 건, 이 일이 최소한 오라버니 자신의 의지로 행해졌다는 게 분명하다는 거죠.

"그럼 화매는 이제 어떻게 할 거야?"

아직 생각 중이에요.

청룡단원 하나가 찾아와 밀봉된 서찰 한 통을 전하고 간 것은, 위려려가 무언가를 해야만 한다는 다급함 속에서도 막상 해볼 수 있는 일이 아무것도 없는 현실로 인해 차라리 무력감에 빠져 있을 때였다.

자시(子時) 동산(東山).

단 네 글자의 서찰은 상군환이 보낸 것이었다.

자시(子時)!

밤하늘 높이 휘영청 달은 밝았지만, 사방의 인적은 끊어진 지 오래였고, 금지(禁地) 동산(東山)에는 으스스한 정적만이 감돌고 있었다.

수호천의 동쪽 외곽에 나지막이 솟은 작은 산에 불과한 동산이 이십여 년 전 총수령(總首令)에 의해 돌연히 금지로 선포가 된 까닭은 아무도 몰랐다. 위려려의 경우에도 이미 두어 차례나 살핀 적이 있었으나, 특별히 금지로 정해질 만한 이유를 찾지 못했다.

위려려가 금지를 알리는 경계석(境界石) 앞에 아르렀을 때, 그 뒤쪽에서 훤칠한 그림자 하나가 불쑥 나타났다.

"려매(慮妹)!"

상군환이었다.

"그동안 어떻게 된 거예요? 그리고 갑자기 이런 곳에서 만나자고 하는 건 또 무슨 일이고요?"

반가움과 섭섭함, 그리고 염려와 질책 등이 복잡하게 담긴 그녀의 빠른 질문 공세에도 상군환은 사뭇 조심스럽고 긴장한 기색으로 사방을 살피며,

"일단 자리부터 옮깁시다."

하고는 서둘러 신법을 전개했다.

빠르게 곧장 동산을 올라가던 상군환은 중턱쯤에서 갑자기 우측의 숲 속으로 진입했는데, 그리 넓지도 않은 숲 속을 이리저리 왔다 갔다 하는 것이 괜히 헤매 도는 모습이었다.

그런데 위려려가 한동안 묵묵히 따르다가 이윽고는 불만을 토로하려 할 즈음에 갑자기 시야가 일변했다. 돌연히 숲이 사라지면서 자그마한 공터가 나타났는데, 그 한쪽에 아담한 석옥 한 채가 서 있는 것이었다.

위려려가 놀란 중에 언뜻 떠오르는 생각이 있기에 나직이 중얼거렸다.

"이것은 혹시 진법……?"

"그렇소. 상고의 절진인 구구미홀진(九九迷忽陣)이오."

빙그레 웃는 상군환에게서는 더 이상의 조심과 긴장이 보이지 않았다.

상군환을 따라 석옥 안으로 들어서자 곧바로 수직으로 선 매끈한 암벽을 볼 수 있었는데, 상군환이 암벽의 아래쪽 어딘

가를 몇 차례 쓰다듬고 누르자 '그르릉!' 하는 가벼운 기계음과 함께 암벽의 가운데에 안쪽으로 통하는 통로가 생기는 것이었다. 어른 둘이 나란히 걸을 수 있는 정도의 크기였다. 그리고 두 사람이 통로 안으로 들어서자 다시 '그르릉!' 소리가 울리며 뒤쪽의 통로는 저절로 닫혔다.

통로의 공기는 적당히 건조했고, 사방의 벽과 천장을 이루고 있는 흰색의 암반에서는 은은한 빛이 나고 있어서 그다지 어둡지가 않았다.

계단식으로 이어진 통로는 곧장 아래쪽으로 향하고 있었는데, 상군환이 중간중간에 벽의 어딘가를 건드리곤 할 때마다 '그르릉!', '우르릉!' 하는 은은한 소리들이 울렸다. 그것이 통로 주변에 설치된 모종의 기관들을 조작하는 것임을 위려려는 짐작해 볼 수 있었다. 그랬다. 그녀는 지금 거대한 기관 장치 안으로 들어와 있는 것이었다.

"이곳이 어디인가요?"

"구중천(九重天)이라는 곳이오."

"처음 들어보는 곳이군요. 무얼 하는 곳인가요?"

"본 천의 최고 기밀이 보관된 극비중지(極秘重地)요."

"그렇군요. 한데 제가 감히 들어와도 괜찮나요?"

위려려의 어조에 가볍게 날이 서는 느낌에 대해 상군환은 문득 무거운 얼굴이 되었다.

"사실 이번에 나는 지극히 중요한 임무 하나를 맡았소. 극도의 보안을 요하는 극비의 임무이기에 누구도 알지 못하게 은밀히 떠나야 하는 것이나, 려매를 한번 보지 않고는 도저히 그냥 떠날 수가 없었소.”

“아!”

위려려가 크게 놀랐으나, 이내 걱정스러운 기색이 되며 물었다.

“그처럼 중요하고도 극비를 요하는 임무라면… 필시 그만큼 위험하다는 의미이기도 하겠군요?”

“목숨을 걸어야 할 만큼.”

“꼭 당신이 해야만 하는 일인가요?”

“그렇소. 본 천을 위해 반드시 해야만 하는 일이고, 또한 나만이 할 수 있는 일이오.”

뚜렷한 자부심을 비치는 상군환의 얼굴을 잠시 바라보고 있던 위려려가 문득 다시 물었다.

“그 임무가 무엇인지 제게는 말해줄 수 있나요?”

“그건 안 될 말이오. 정작 목숨을 걸어야 하는 것이 일의 성패보다는 오히려 비밀의 엄수라고 할 만큼 극비의 임무요.”

상군환의 단호함에 대해 위려려가,

“그렇군요.”

하고 순순히 고개를 끄덕이고 나서, 이어 짐짓 가볍게 묻는다는 듯이 덧붙였다.

“한데… 혹시 그 임무에는 예 대주와 철 공자도 함께하나요?”

“아! 려매가 그걸 어떻게……?”

상군환이 크게 놀라며 당황을 감추지 못하는 기색인데, 위려려가 착잡한 얼굴로 말을 받았다.

"당신과 예 대주, 심지어는 외인(外人)인 철 공자까지 알고 있는 사실인데, 저에게는 비밀이 되어야 하나요? 그것이 저에 대한 당신의 마음인가요?"

상군환이 당황한 끝에 급하게 대답했다.

"아니오. 그럴 리가 있겠소? 려매가 그자들에게 무슨 말을 들었는지 모르겠으나, 사실 그들이 알고 있는 건 지극히 일부분에 불과할 뿐이오."

위려려의 눈빛에 문득 처연한 느낌이 감돌았다.

"당신은 진정 저를 사랑하나요? 저의 모든 것을 믿고 사랑하나요?"

"물론이오. 맹세할 수 있소."

"그렇다면 당신이 알고 있는 걸 저도 같이 알게 해주세요."

"아아!"

상군환의 입에서 이윽고는 장탄식이 새어 나왔다.

"이번 임무는 잠마련 관할 지역 내에 있는 한 장소를 살피고 오는 것이오. 본 천의 밀원에서 장기간에 걸쳐 수집한 정보를 분석한 결과, 바로 그곳에서 잠마련이 심혈을 기울이는 역점 사업 하나가 극비리에 진행 중인 것으로 밝혀졌소. 그 역점 사업의 실체를 파악하는 것이 바로 이번 임무의 골자요."

"그 임무를 위해 당신과 예 대주, 그리고 철 공자가 굳이 함께 가야 한다는 말인가요?"

상군환이 나지막이 한숨을 내쉰 다음 대답했다.

"예인후와 철민이 함께 가야 하는 이유가 철민의 백강 서열 때문이라는 것은 그들로부터 이미 들었을 것이오."

"당신은요? 당신만이 할 수 있는 일이란 게 무엇이죠?"

상군환의 눈빛이 문득 신중해졌다.

"이제부터의 얘기는 그야말로 극비의 기밀 사항이오. 만약 외부로 누설이 되었을 경우 본 천의 존망에까지 치명적인 위해를 끼치게 될 것이오."

위려려가 또한 신중한 빛으로 고개를 끄덕여 주었다.

"잠마련의 그 역점 사업에 대한 실체를 제대로 파악할 수 있는 사람이, 본 천에서 두 분 천주를 제외하면 오로지 나뿐이기 때문이오."

"아! 그것이 대체 무엇이기에……?"

"지상최강의 병기, 바로 무백(武佰)이오."

"무백?"

"본 천과 잠마련에서 비밀리에 각각 일정 수를 보유하고 있는 그것들을, 어느 쪽에서 먼저, 더 많이, 더 강력하게 전력화를 시키느냐에 따라 향후의 천하 대세가 결정될 것이오."

전혀 상상조차 하지 못했던 얘기에 위려려는 경악하고 말았다. 그렇더라도 그녀는 알 수 있었다, 상군환이 지금 결코 거짓을 말하고 있지는 않다는 것을.

"그렇군요. 이제 알겠어요. 이곳이 금지가 된 까닭이 바로 그 무백이 이 안에 존재하기 때문이로군요?"

이어 그녀는 강렬한 의지를 담아, 그러나 호소하듯이 부드럽게 속삭였다.

"저도 볼 수 있게 해주세요. 무백을."

3

통로는 돌연 열몇 개로 갈라지고 있었다. 상군환은 망설임 없이 그중 한군데로 방향을 잡았다.

통로의 끝은 막혀 있었다. 그러나 상군환이 벽의 한쪽 면을 손가락으로 몇 번 찍자 '우르릉!' 하고 웅장한 소리를 내며 벽면이 열렸다.

"이것이 나와 소통한 지급(地級)의 무백(武佰), 태왕(太王)이오."

위려려는 두 눈을 부릅떴다. 벽면 속 자그마한 공간에 사내 하나가 우뚝 서 있었다. 특이하게도 얼굴에 황면(黃面)의 탈을 쓰고 있었고, 그 밖에도 황의 장삼과 양손에 낀 장갑 등 전신이 온통 황색 일색인 사내였다.

놀란 와중에도 사내에게서 기이하게도 생기가 느껴지지 않는다는 사실을 퍼뜩 간파한 위려려가 물었다.

"혹시 죽은 사람인가요?"

상군환이 모호한 미소를 지으며 대답했다.

"죽었다고 할 수도 있고 그렇지 않다고도 할 수 있소."

"무슨 뜻이죠?"

"지금은 죽은 상태이나, 나와 소통을 하는 즉시 살아나기 때문이오."

"아! 그렇다면 혹시 강시인가요?"

상군환은 느긋하게 고개를 가로저었다.

"강시가 과거 한 시절 강호를 경동시킨 바도 있는 기문(奇門)의 이물(異物)이라고는 하지만, 기껏 그런 정도에 비교될 존재였다면 본 천과 잠마련에서 이처럼 심혈을 기울이고 있지는 않을 것이오."

"강시와는 비교할 수 없을 만큼 강력하다는 건가요?"

"그렇소. 무백에 세 등급이 있는데, 그중 가장 낮은 급인 인급(人級)의 무백이라도 그 무력을 온전히 이끌어내기만 한다면 능히 화경 급의 고수와도 비등한 위력을 발휘할 수 있을 것이니 말이오."

"아!"

실로 엄청난 소리에 위려려는 경악할 수밖에 없었다. 그러나 경악을 채 추스르지도 못한 채 그녀는 다시 묻지 않을 수 없었다.

"당신의 저것이 지급이라고 하였는데, 그렇다면……."

"지급의 무백은 인탈경에 달한 자라야 온전히 상대할 수가 있소. 물론 역시 소통자가 무백의 최대 능력을 이끌어냈을 때를 상정한 것이지만."

"음!"

위려려가 저절로 새어 나오는 탄식을 억누르며 다시 물었다.

"본 천과 잠마련에서는 무백을 몇… 구씩이나 보유하고 있나요?"

"본 천이 보유하고 있는 무백은 인급 열 기와 지급 세 기요. 그리고 잠마련도 우리와 비슷한 숫자를 보유한 것으로 알고 있소."

"본 천의 그 열세 기에 대해서는 각각의 주인이 다 정해졌나요?"

"그렇소."

"누구누구죠?"

"그게 워낙 극비 사항이라… 내가 확실히 알고 있는 건, 나 외에 진호양 부단주가 인급 무백 중의 하나와 소통했다는 것뿐이오."

그러다 상군환은 문득 채근했다.

"자! 이제 그만 돌아 나갑시다! 이제 시간이 얼마 남지 않았는데, 이렇게 다 써버릴 수는 없지 않겠소?"

하고 상군환은 앞장서서 성큼성큼 통로를 되돌아 나갔다.

그러나 위려려는 쉽사리 상군환을 따라 나서지 못했다. 그녀의 가슴속에는 아직도 채 가라앉지 않은 경악의 여운과 복잡하고도 어지러운 심정들로 가득 차 있었다.

4

앞쪽에서 통로는 문득 두 갈래로 갈라지고 있었다. 올 때에

는 미처 보지 못했던 그 갈랫길에 대해 위려려는, 아마도 그 갈
랫길이 다른 통로들과는 달리 유난히 어둡기 때문이었으리라
고 언뜻 짐작을 해보았다.

위려려의 귓가에, 아니, 어쩌면 머릿속에 어떤 속삭임 같은
소리가 와 닿은 것은 바로 그때였다. 그녀가 멈칫 서자 그 속
삭임은 보다 명확해졌다.

—너는 나와 영교(靈交)를 통하겠느냐?

그것은 외부에서 들려왔다기보다는 확실히 그녀의 머릿속
에서 울리는 듯한 소리였다. 그러나 이상하게도 그녀는 소리
의 근원지를 알 수 있을 듯했다. 바로 그 어두운 갈랫길의 안
쪽이었다.

“저쪽에는 무엇이 있죠?”

위려려가 묻자 상군환은 언뜻 당황부터 하고 마는 기색이었
다.

“그쪽은 무백과 소통한 자들에게도 접근이 금지된, 금지 내
에서도 다시 절대금지로 정해진 곳이오.”

그러나 위려려가 곧장 어두운 갈랫길 쪽으로 걸어갔으므로
상군환이 놀라 외쳤다.

“멈추시오!”

그러나 위려려는 아예 신법을 전개하여 쾌속하게 앞으로 쏘
아갔고, 이내 어둠 속으로 사라져 버렸다. 상군환이 대경하여
전력으로 뒤쫓았다.

상군환은 이내 위려려를 발견할 수 있었다. 그가 막 모퉁이

를 돌자마자 바로 몇 걸음 앞에서 통로는 벽으로 완전히 막혀 있었고, 위려려는 그 벽 앞에 다소간 멍한 듯이 멈춰 서 있었다.

통로를 막은 벽에서는 은은하게 빛이 나고 있었는데, 주위를 밝힐 만큼은 안 되는 아주 미미한 정도였다. 위려려는 지금 그 벽의 한가운데에 선명하게 새겨진 붉은 글씨 하나를 응시하고 있는 중이었다.

금(禁).

크고 힘찬 획으로 새겨진 글자였다.

불쑥 위려려가 갑자기 손을 뻗어 글자를 만지려 하였는데, 상군환이 기겁하며 몸을 날린 끝에 겨우 그 손을 낚아챌 수 있었다.

"위험하오! 함부로 만졌다간 기관을 건드리게 되오!"

상군환의 질책에도 위려려는 차분하게 잡힌 손을 빼냈다. 그리고 글자의 바로 아랫부분을 가리켰다.

"저게 보이나요?"

상군환이 위려려가 가리키는 부분을 자세히 보자 과연 희미한 문양이 있었다. 그리고 그것이 해와 달과 별자리를 표시하고 있다는 걸 확인하고서 상군환은 크게 놀라고 말았다.

"이것은 일월성신도(日月星辰圖)?"

"그래요. 이곳에 천무가(天武家)의 상징 문양인 일월성신도가 새겨져 있는 이상, 천무가의 적통(嫡統)인 제가 이 안으로 들어가도 되는 충분한 자격과 이유가 되는 것이겠죠?"

"벽 안으로 들어간다는 말이오?"

상군환의 의문에는 굳이 대답하지 않고 위려려는 망설임없이 문양 부분을 누르기 시작했다. 아무렇게나 누르는 것이 아닌 일정한 순서가 있어 보이는 손놀림이었다. 그리고,

'구르릉!' 벽이 열리는 순간 두 사람은 크게 놀라지 않을 수 없었다.

그들의 앞에 백의를 걸친 훤칠한 풍모의 인물 하나가 나타나 있었다.

어깨너머로 치렁거리는 윤기 흐르는 흑발이 특징적인, 한눈에 미남이라는 느낌이 확 드는 청년이었다. 그러나 이내 굵고 선이 분명한 이목구비에서 풍기는 강인한 인상과 전체적으로 기이하도록 맑은 빛이 도는 얼굴, 다시 그것들과 대비되는 차갑고 무심해 보이는 두 눈이 조화되어 무언지 모를 신비감과 경외감마저 들게 만드는 풍모였다.

그럼에도 불구하고 두 사람은 이내 알 수 있었다, 청년에게서 생기가 느껴지지 않는다는 것을. 유체(遺體)였다.

위려려가 놀란 가슴을 쓸어내리며 한결 차분하게 살피다가 청년의 손에 들린, 자루에 특이하게도 초승달 모양의 황금색 보석이 박힌 검을 보고는 그만 저도 모르게 놀란 소리를 뱉고 말았다.

"아아! 천무검(天武劍)!"

바로 천무가의 조사지검(祖師之劍)이었다. 그러고 보니 청년은 그녀가 어릴 때 할아버지로부터 숱하게 들었던 조사 전설의 바로 그 풍모였다.

위려려가 그대로 바닥에 무릎을 꿇으며 머리를 조아렸다.

“후손 위려려가 천무조사(天武祖師)를 뵈옵니다!”

그 소리에 상군환이 또한 황급히 무릎을 꿇었다.

위려려가 천만뜻밖으로 조사의 유체를 대하고 보니 한없는 경외지심과 더불어 지금 자신이 처한 처지에 대한 호소의 마음과 기원의 염이 저절로 일어,

‘조사의 영이시여! 부디 제게 힘을 주소서!’

하고 내심으로 기원하는데, 그때 놀랍게도 그녀의 머릿속으로 예의 그 울림 소리가 다시 들리는 것이었다. 아주 선명하게.

─너는 나와 영교를 통하겠느냐?

위려려가 놀람보다는 격한 감격이 치솟는 바람에 생각할 여지도 없이,

“예!”

하고 큰 소리로 대답하였다.

상군환이 의아하여,

“려매!”

하고 불렀으나, 위려려는 듣지 못하였다. 지금 그녀는 머릿속의 울림에 완전히 몰입해 있는 중이었다.

─이로써 너와 나는 영교를 통하였다!

“아아!”

위려려가 알지 못할 감격에 그만 눈물이 솟구쳐 ‘후드득!’ 바닥으로 뿌려졌다.

그런데 상군환이 영문을 알지 못하는 채로 크게 당황해할 때였다.

“너희들이 어찌하여 여기에 들어와 있는 것이냐?”

뒤쪽에서 들리는 나직하고도 엄한 호통에 두 사람이 튕기듯 일어서며 뒤돌아섰는데, 형형한 눈빛으로 그들을 쏘아보며 우뚝 버티고 서 있는 사람은 바로 삼천주였다.

위려려가 극도의 당황 속에서 상군환을 보았으나, 지금 상군환의 경악은 오히려 그녀보다 더하여 아예 얼어붙은 듯이 굳어버린 모습이었다.

‘너무 경솔했다!’ 순간 위려려의 머릿속은 후회로 가득 찼다. 그러나 일단은 어떻게 하던 이 자리를 모면하고 보아야만 했다. 그녀의 콧잔등 위로 송알송알 작은 땀방울이 맺혔으나, 막상 그녀 자신은 그런 줄을 몰랐다.

5

“너는 혹시 무황령(武皇靈)… 아니, 천무조사의 영(靈)과 소통을 이룬 것이냐?”

천무조사의 유체를 유심히 살피는 듯하던 삼천주가 언뜻 놀라며 위려려를 향해 물었다.

그러나 그는 위려려의 대답을 기다리지도 않고 바로 이어,

"참으로 경이롭구나! 그리고 진정으로 축하한다!"

하고 경탄하며 앞으로 다가섰는데, 그 모습에서 마치 손이라도 움켜잡을 듯한 격정이 비쳤기에 위려려는 저도 모르게 주춤 뒤로 물러서고 말았다.

삼천주가 잠시 격정을 추스르는 기색이더니 문득 빙그레 웃으며 입을 열었다.

"네가 노부에 대해 일말의 의심과 경계를 품고 있다는 것을 알고 있다. 또한 너의 그런 의심과 경계에 편승하려는 일부 세력이 있다는 것도."

그 말에 대해서는 위려려가 황급히 각을 세웠다.

"전후 사정에 관계없이 오늘 제가 금지에 든 일은 분명 잘못이고, 이 일로 처벌하신다면 달게 받을 각오가 되어 있습니다. 그러나 방금 그 말씀에 대해서는 무슨 말씀이신지 저로서는 도무지 짐작조차 할 수가 없군요."

"장로계에서 이미 일찍부터 너의 편에 섰음도 알고 있다."

삼천주가 웃음기를 거두지 않으면서 하는 그 말에 대해 순간 위려려는 등에 식은땀이 흐를 정도로 놀라 아무런 반박도 하지 못하였다.

"그런데도 노부가 여태껏 묵인만 해온 것은, 때가 되지 않았다고 여겼기 때문이다."

"흥!"

　반사적이다시피 코웃음을 치며 위려려는 날카롭게 반문했
다.
　"그렇다면 이제야말로 그때가 되었다는 것인가요?"
　문득 미소를 거둔 삼천주가 무겁게 고개를 끄덕였다.
　"그렇다. 네가 이미 너무 많은 걸 알아버렸으니, 이제 더 이
상은 때를 미룰 이유가 없어졌다고 해야겠지."
　위려려가 터질 듯한 긴장에 호흡하는 것마저 힘에 겨운데,
삼천주가 천천히 덧붙였다.
　"한데 너는 군환에 대해 아직 잘 알지 못하는 부분이 있는
듯하구나."
　위려려가 흠칫 의아해하자, 삼천주는 다시금 온화한 미소를
떠올리며 말을 이었다.
　"군환이 너를 생각하는 마음이 어떠하다는 것은 노부도 익
히 알고 있다. 그러나 정인(情人)을 아끼는 마음이 아무리 각별
하다고 해도 공과 사를 구분하지 못한다면, 그것은 진정한 사
내라고 할 수 없을 것이다. 너는 혹시 군환에 대해 진정한 사
내의 그릇은 못 된다고 여기고 있는 것은 아니냐?"
　위려려가 설핏 상군환을 돌아보는데, 어느 틈에 담담한 기
색이 되어 있던 상군환이 가만히 고개를 끄덕여 보였다.
　"려매에게 이곳을 보여줘도 좋다는 조부님의 사전 허락이
있었소."
　"음!"
　위려려는 저도 모르게 당혹의 신음을 뱉고 말았다. 그러나

순간의 긴장과 당황이 극을 넘어선 까닭인지 한편으로는 차라리 마음이 가라앉기도 했다.

"좋아요. 기왕에 일이 이렇게 되었고, 삼천주께서도 때가 되었다고 하셨으니, 오늘 저는 오랫동안 품어왔던 의문 몇 가지를 드디어 풀 수 있을지도 모르겠군요."

위려려의 '삼천주' 라는 호칭에 대해 불편했던지 상군환의 미간이 가볍게 찌푸려졌다. 그러나 삼천주는 여전히 웃는 얼굴이었다.

"우선 석년(昔年) 제 조부님의 실종이 사실은 총수 거처에서 암습을 당하시고 흉수를 피해 필사의 탈출을 하셨던 것 아닌가요? 한데 정말로 그 사실을 아무도 몰랐던 건가요? 그래서 단순 실종 처리를 하고 말았나요? 그리고 이후로도 이렇다 할 조치를 취하지 않았나요?"

놀라는 기색으로 위려려가 쏟아내는 질문을 듣고 있던 삼천주가 일순 눈빛을 빛내며 물었다.

"그런 사실에 대해 어떻게 알았느냐?"

위려려의 눈빛이 아주 잠깐 흔들렸으나 이내 차갑게 코웃음을 쳤다.

"흥! 그럼 그분의 유일한 혈육인 제가 이십여 년이 지나도록 아무것도 모르고 있어야 하는 건가요?"

"허허! 그런 뜻이 아니질 않느냐? 그래, 네가 말한 것이 맞다. 그러나 당시 노부와 사천주가 뒤늦게 총수 거처를 조사하는 과정에서야 이천주님의 유고(有故)를 판단할 만한 일련의 흔적들을 발견할 수 있었을 뿐, 그전까지는 누구도 이천주께 변고가 생겼다는 사실조차 알지 못하였다."

위려려의 목소리가 격해졌다.

"제게 그 말을 믿으라는 건가요? 천하제일세인 수호천의 총수가, 다른 곳도 아닌 자신의 거처에서 암습을 받고 필사의 탈출을 하는 상황을 아무도 몰랐다는 게 도대체 말이 된다고 생각하세요? 그래서요? 이후에라도 상황을 판단하였다면서 범인을 색출하기보다는 애매한 실종으로 덮어버리고 만 이유는 또 뭔가요? 혹시 수호천을 장악할 기회로 삼았던 것은 아니었나요?"

순간 크게 놀란 상군환이,

"려매?"

하고 외쳤으나, 삼천주가 가벼운 눈짓으로 그를 제지하였다. 이어 삼천주는 차분한 얼굴로 위려려를 향했다.

"너의 그런 의혹들에 대해 노부가 진작에 해명하지 못하고, 나아가 내부에 갈등세력까지 생기도록 방치한 것은 어떻든 간에 총수로서 본 천을 제대로 이끌지 못한 것이니, 곧 노부의 불찰과 부덕의 소치이다. 그러나 당시의 정황에 대해서 노부와 사천주 두 사람만의 비밀로 지켜올 수밖에 없었던 사정이 분명히 있었음이다."

"흥! 궁금하군요? 과연 그것이 얼마나 대단한 사정인지 말이에요?"

"우선은 네가 의문을 가지는 부분에 대해서는 당시 노부와 사천주 또한 강한 의혹을 가졌었거니와, 총수 거처에서 발견한 몇 가지의 흔적으로 암습과 탈출의 정황을 추리한 뒤에는 곧바로 흉수에 대해 짐작해 볼 수가 있었다."

"아! 흉수가 누구인지 이미 당시에 짐작을 했었다는 건가요? 하면 누구인가요, 그 흉수가?"

"총수 거처 일대의 공간 전체를 일정 시간 동안 내력의 막으로 차단하는 것은 적어도 지탈경에 도달한 초월자가 아니고는 상상조차 할 수 없는 엄청난 능력이다. 그럼으로써 흉수가 누구인지는 저절로 밝혀진 것이나 진배없다고 할 것이다. 당금 강호에서 지탈경에 도달했으리라 추정이라도 해볼 수 있는 인물은 본 천의 일천주님과 잠마련의 전대 련주, 그리고 강호의 은자지문(隱者之門)인 야맥(野脈)의 노야(老爺)라는 인물뿐이기 때문이다."

"아아! 하지만 그처럼 엄청난 인물들이 왜……?"

"노부 또한 당시에는 그 이유를 도무지 짐작조차 해볼 수가 없었다. 그렇더라도 어떻게 대응해야 할지는 분명했다. 적어도 잠마련과 야맥 중의 하나가 개입되었다는 전제를 해야만 했고, 극단적으로는 그들 두 곳이 동시에 개입되었다는 전제까지도 해보지 않을 수 없는 상황이었으니 말이다. 일단은 모든 상황을 극비에 부치고, 암중으로 모든 수단을 동원하여 이천주님의 행적부터 쫓았다."

"그래서요? 결국은 어떤 실마리도 찾지 못하였고, 잠마련과 야맥이 두려워 웅크리고 있기로 했나요?"

"그렇지는 않다. 노부는 얼마 지나지 않아서 한 가지 엄청난 내막을 알게 되었다."

그러나 위려려의 안색은 문득 싸늘하게 굳었다.

"흥! 엄청난 내막이라고요? 전 차라리 듣지 않겠어요. 지금까지 들은 것만으로도 제가 무엇을 해야 할지 이미 분명해졌으니까요."

"어떻게 하겠다는 것이냐?"

"일단 이 모든 상황을 공개하겠어요. 모두에게 말이죠. 그리고 사건에 대한 전면적인 재조사를 통해 흉수를 밝히고, 흉수가 누구이든 그 배후가 어디이든 간에 반드시 복수할 것을 호소하겠어요. 전 믿어요. 수호천에 저를 믿고 도와줄 분들이 아직은 많다는 걸 말이에요. 자! 이제 절 막을 건가요? 혹시 절 막아야만 할 이유 같은 게 있지는 않나요?"

삼천주는 무거운 표정으로 위려려의 붉게 달아오른 얼굴을 한동안 바라보고만 있었다. 그러다 잠시 후 그가 담담한 목소리로 입을 열었다.

"네가 굳이 그리하겠다면 널 막을 생각은 없다. 그러나 노부가 하는 몇 마디 말을 더 듣고 난 다음에 그리해도 늦지는 않을 것이다."

"그럴 마음이 없다면요?"

"노부가 말하려는 내막이 바로 일천주님 그분께 직접 들은 것이라고 해도 말이냐?"

순간 크게 놀란 위려려가 급하게 반문했다.

"뭐라고요? 제 큰할아버님께 직접 들은 것이라고요? 그렇지만 어떻게……?"

"사실은 그런 때문에 노부가 때를 기다려 온 것이다. 우리 모두가 그 내막을 감당할 수 있을 때를 기다려 온 것이란 말이다. 그리고 오늘 드디어 노부는 이제는 시작해도 되겠다는 각오가 섰다. 바로 너로 인하여 말이다. 네가 천무조사님의 령과 소통을 이룸으로써 말이다. 자! 여기서 계속 이럴 게 아니라 자리를 옮겨 차분히 노부의 얘기를 들어보지 않겠느냐? 그분께서 노부에게 말씀해 주신 것에 대해 자세히 말하려면 제법 시간이 걸릴 테니 말이다."

第五十二章
내막(内幕)

1

　"노부와 사천주가 암담한 지경에 빠져 있을 때, 놀랍게도 그분께서 나타나셨지."
　삼천주는 담담하게 회상했다.
　지금으로부터 삼십 년 전 갑작스럽게 은거에 들어갔던—사실은 수호천에서도 그 종적을 알지 못하였고, 수호천이 존망을 걸고 치열하게 싸웠던 삼 년간의 정마전쟁 중에도 결국 나타나지 않아, 모두들 그의 귀천을 추측하기도 했던—일천주가 사라진 지 십 년 만에 불쑥 나타났던 순간을 회상하는 것으로 시작된 삼천주의 애기는 강호 천하를 경동시킬 실로 엄청난 내용을 담고 있었다.

그들 세 사람, 즉 수호천의 일천주 위상제(威上諸)와 잠마련의 전대 련주 혈마신(血魔神), 그리고 야맥의 노야(老爺)가 어느 날 서로 만나게 된 것은 차라리 운명으로 치부할 수밖에 없는 일이었다.

평생을 서로에 대해 철저히 배타적으로만 살아왔던 그들 세 사람이 한 가지 기상천외한 일에 대해 그처럼 우연히 공감하고 또 쉽게 합작하기로 뜻을 모았던 것이니, 운명이라는 말 외에 그 어떤 것으로 설명이 될 수 있겠는가?

그것은 욕망이었다, 세 사람의 일치된 욕망.

지탈경에 도달해 더 이상 나아갈 수 없는 한계에 부닥치고만 동시대의 절대자들이, 절망과 고독을 공감하면서 만들어낸 '절대' 그 이상의 것에 대한 욕망. 그들이 도달하지 못한, 도저히 도달할 수 없었던 무(武)의 경지, 바로 무의 궁극이라는 천탈경의 실체에 대해 간접적으로라도 확인해 보고 싶은 타는 듯한 갈증이었다.

전설이든 야사(野史)이건 천탈경에 도달했다고 알려진 존재는 고금을 통틀어 단 세 사람뿐이었다. 한 시대를 제패하는 데 그치지 않고 무의 진정한 궁극을 이루어, 마침내 신의 영역을 밟았다고 전해지는 위대한 무신(武神)들. 삼천 년 전부터 천 년의 간격으로 강호에 출현하여 오늘날까지도 강호를 지배하고 있는 거대한 무맥(武脈)의 시조(始祖)들. 바로 천무조사(天武祖師) 천무황(天武皇)과 마조(魔祖) 천마(天魔), 그리고 야맥시조(野脈始祖) 야황(野皇)이다.

위상제 등 세 사람이 합작하기로 뜻을 모은 기상천외의 일이란 놀랍게도 세 무신(武神)을 오늘날에 부활시켜 보려는 경천동지의 엄청난 시도였다. 만약 그 시도가 성공만 한다면 그토록 목말라 하던 그들의 갈증을 풀 수 있으리라는 염원이었다.

시도의 전제는 무신들이 인간의 한계를 초월했던 만큼 당연히 불괴지체(不壞之體)를 이루었을 것이고, 그렇다면 그 유체(遺體)가 분명 어딘가에 보존되어 있을 것이란 점이었다. 그 유체만 찾는다면, 그리고 세 사람의 힘을 한데 모은다면, 무신들을 부활시키는 일이 아주 불가능하지만은 않으리라는 기대에 그들은 온전히 공감하였던 것이다.

그들은 우선 세 문파에서 비전되어 오는 연혼술(練魂術)과 제련술(製鍊術)의 비결들을 공개하고 허심탄회하게 토론을 거친 끝에, 마침내 그 유래를 찾아볼 수 없는 한 가지 독특하고도 엄청난 결과를 도출하기에 이르렀다. 곧 천마밀혼대법(天魔密魂大法)이었으니, 죽은 자의 백(魄)을 깨우고 생전의 내공을 복원시키기는 공전절후의 연혼제련대법을 탄생시킨 것이다.

다만 이론적으로만 검증이 된 단계라 실제로 대법을 펼칠 때의 문제점들이 있을 가능성을 감수해야만 했고, 또한 세 사람의 무상신공(無上神功)인 천무신공(天武神功)과 천마지존공(天魔至尊功), 그리고 야밀천공(野密天功)을 동시에 펼쳐야만 대법

이 가능하다는 제약이 있긴 했다. 그러나 그러한 감수와 제약
은 한편으로 그들 세 사람이 끝까지 뜻을 같이해야만 한다는
보장이 되는 것이기도 했다.

3

　세 문파의 고대 묘역에 대한 발굴은 극비리에 진행되었다.
선조의 영혼들께 불경을 범한다는 죄책감은 자신들의 염원에
한층 가까워지고 있다는 뜨거운 흥분에 간단히 묻히고 말았
다.
　그런데 발굴이 진행되는 과정에서 세 사람은 뜻하지 않았던
과외의 소득들을 얻게 되었다. 그들이 찾는 무신유체는 아니
더라도, 또 다른 상당수의 불괴지체를 발견한 것이다. 곧 생전
탈경(脫境)에 달한 이들 가운데서 능히 불괴지체까지를 이룬
이들의 유체였다.
　길게는 삼천 년, 짧다고 해도 천 년의 세월 동안 강호에 군
림해 온 문파(門派)들이니, 그 선대들 중에서 탈경에 도달한 이
들의 수는 세인들이 상상하기 어려울 정도였다. 물론 문파별
로는 아무래도 차이가 있을 수밖에 없었는데, 우선 상대적으
로 드문 지탈급은 수호천이 네 구, 잠마련이 두 구, 야맥이 한
구였다. 인탈급의 경우에는 숫자가 많은데다 문파별로 차이도
더욱 컸기에, 균형을 맞춘다는 의미로 일단 각 문파별로 열 구
씩만 발굴하기로 합의를 하였다.

그리고 그들은 마침내 세 구의 무신유체를 발굴하는 데도 성공하였다.

발굴된 유체에 대해서는 무백(武佰)이라는 이름으로 총칭하기로 하였고, 생전의 경지를 기준으로 인급(人級)과 지급(地級), 천급(天級)의 세 등급으로 분류하였다. 그리고 천급인 세 구의 무신유체에 대해서는 다시 무황령(武皇靈), 천마령(天魔靈), 야황령(野皇靈)으로 별칭하였다.

세 사람이 일단은 인급부터 연혼제련에 착수하였는데, 그 과정에서 발생할 천마밀혼대법의 미비점을 완벽히 보완해가면서 지급, 천급의 순으로 연혼제련을 진행해 나가기로 하였다.

4

삼십 구의 인급무백(人級武佰)들에 대한 연혼제련은 비교적 순조롭게 완성이 되었는데, 결과는 만족을 넘어 놀라울 정도였다. 기본적으로 불괴유체에다 연혼제련과정을 거쳐 생전 인탈경에 달했던 내공이 되살아났으니, 그 자체만으로도 엄청난 위력을 지닌 하나의 병기가 탄생한 것이다.

인급무백이 정해진 과정을 거쳐 누군가와 소통을 이룰 경우, 사방 일 리(一里)의 범위 안이라면 언제든지 소통자와 교감하여 추종을 하게 되는데, 만약 소통자가 인급의 위력을 극대화할 수 있는 능력을 갖춘다면—아마도 소통자가 화경급은 되어야 할 것이지만—그때 인급무백의 위력은 능히 화경고수와 맞먹는 정도가 되는 것으로 평가가 되었다.

이어 행해진 지급무백(地級武佰) 일곱 구에 대한 연혼제련 과정에서는 몇몇 보완할 점들이 발견되긴 했지만, 또한 큰 어려움 없이 완성을 시킬 수 있었다.

지급의 경우에는 불괴지체와 지탈경의 내공을 복원시킨 것은 물론, 인급과 달리 미약하게나마 의지까지 되살아났다. 그에 따라 인급에 비해서는 한층 더 복잡하고 세밀한 소통 과정이 필요한데다, 소통자의 내공이 해당 지급무백의 내공에 대해 최소 오 할 이상이 되어야만 소통이 가능하다는 제약까지 뒤따랐다. 그러나 일단 소통을 이루게 된다면 인급과는 또 비교할 수 없는 위력을 지니게 되는 것이니, 일단 소통자는 사방 십 리(十里)의 범위 안에서라면 언제든지 해당 무백과 교감하여 다룰 수 있게 되고, 만약 소통자가 그 위력을 극대화시킬 수 있다면—그러려면 역시 소통자가 인탈경의 능력은 되어야 할 것이지만—그때 지급무백의 위력은 인탈경의 고수와 맞먹는 정도가 되는 것으로 평가되었으니, 실로 굉장한 일이 아닐 수 없었다.

문제는 이윽고 천급, 곧 세 구의 무신유체를 연혼제련하는 과정에서 발생했다. 일차적으로 백(魄)을 깨우고 생전 내공을 복원시키는 데까지는 무난하게 성공하였으나, 그다음의 소통을 시도하는 단계에서 난관에 봉착하고 만 것이다.

지탈경에 달해 있는 세 사람으로서도 도무지 소통의 시도

조차 가능하지가 않았다. 세 구의 천급 모두에는 마치 어떤 불파(不破)의 봉인이나 불가해(不可解)의 결계라도 있어, 소통의 시도 자체를 아예 원천적으로 차단하고 있는 듯했다.

그리하여 천급이 지닐 위력에 대해서는 이미 검증을 해본 인급과 지급의 예로 미루어 짐작을 해볼 수밖에 없었는데, 그 짐작만으로도 이미 엄청나다고 하지 않을 수 없었다.

불괴지체와 천탈경의 내공을 갖춘 데다, 소통자가 그 위력을 극대화시킬 수 있다면—그러려면 역시 소통자가 지탈경의 능력은 넘어야 할 것이지만—그때 천급의 능력은 가히 지탈경의 고수와 맞먹는 것이 될 터이니, 곧 당세제일(當世第一)을 다투는 그들 세 사람에 뒤지지 않는 또 다른 당세무적(當世無敵)의 절대고수들이 탄생하는 셈이 아니겠는가?

더욱 가공하고도 공포스럽기까지 한 추정이 한 가지 더 있었다. 바로 천급이 지급보다는 한층 더 명백한 의식을 가지게 될 것이라는 예측에 근거한 추정이었다.

그런데 그런 추정이 사실로 되고, 그로 인해 천급이 생전에 지녔던 무공의 상당부분을 펼칠 수 있게 된다면? 그야말로 천탈경의 고수가 부활하는 것이요, 나아가서는 삼천 년 전의 천마와 이천 년 전의 천무황, 그리고 천 년 전의 야황이 한꺼번에 현세에 부활하는 결과가 되지 않겠는가?

만약 정말로 그런 추정이 현실로 나타난다면, 그때는 그들 세 사람으로서도 감히 짐작하지 못할 엄청난 여파가 발생할 것이고, 그것은 아마도 결코 축복이 아닌 재앙이 될 가능성이 농후했으니, 그야말로 그저 상상만으로도 전율이 흐르는 추정이 아닐 수 없었다.

위상제 등 세 사람이 최초에 가졌던, 자신들이 도달하지 못한 경지에 대한 타는 듯한 갈증과 그 경지가 도대체 어떤 것인지 간접적으로라도 확인해 보고 싶다는 강렬한 욕망은, 각기 한 사람의 무인 된 입장에서는 차라리 순수했다고 할 수도 있을 것이다.

그러나 그들 세 사람이 순수한 열정으로 뜻을 모아 완성시킨 놀라운 결과물들과 가공스럽고 공포스럽기까지 한 추정으로 남길 수밖에 없는 미완의 결과물들은, 역설적이게도 그들을 결국 강호 천하의 패권을 다투는 거대 집단의 수장들로서의 입장으로 되돌아가도록 만들었다.

5

"더 이상은 해볼 수 있는 일이 없으니 우리는 이만 헤어지도록 합시다. 그리고 완성된 무백들과 미완의 천급은 각파 별로 나누어 보존하기로 합시다. 언젠가 천급에 대한 새로운 방법이 모색된다면 그때 다시 만나면 되지 않겠소?"

혈마신의 말에 대해 위상제가 의미심장한 미소로써 받았다.

"노련주(老聯主)는 혹시 그 새로운 방법에 대한 모색이 이미 끝나 있는 건 아니오?"

"허허! 어인 말씀이오?"

"혹시 천마비를 생각하고 계신 게 아닌가 해서 말씀이오."

"천마비라니요?"

"우리가 천급과의 소통 시도에 실패한 것은, 각 천급에게 상상 밖의 강한 자의식(自意識)이 봉인되어 있기 때문이리라는 데는 두 분 다 이의가 없을 것이오."

위상제가 눈짓으로 두 사람의 동의를 구한 다음에 다시 말을 이었다.

"또한 그 자의식을 강제로 깨우는 것에 대해서는 우리 중 누군가가 언젠가 천탈경을 이룰 수 있다면 또 모를까, 그렇지 않다면 현실적으로 불가능하다는 결론을 이미 낸 바도 있소. 그러나, 그러나 말이오. 만약 어떤 특정한 매개체가 있어서 어느 천급의 자의식에 강력한 자극을 줄 수 있다면? 그때는 천급이 스스로 깨어날 가능성을 기대해 볼 수 있지 않겠소? 그리고 삼천 년 전 귀 천마조사의 절대병기이자 신물이었으며, 항간에는 스스로 주인을 정하는 영물이라고 하는 소문까지 있는 천마비야말로 능히 그런 특정한 매개체가 될 수도 있으리라고 생각하지 않으시오?"

혈마신의 대춧빛 얼굴이 일시 더욱 붉은빛으로 변했다.

"하면, 지금 그것이 우려되어 노부가 천마조사의 유체를 모시고 가는 것에 반대하겠다는 것이오?"

두 사람의 말이 언쟁으로 번지려 하자 지켜보고만 있던 노야가 너털웃음으로 끼어들었다.

"허허허! 두 분의 말씀을 듣고 있다 보니 이거 입이 간질거

려서 도저히 참지를 못하겠습니다. 사실 그런 것에 관해서는 노부도 몇 가지 아는 것이 있는데… 천마비가 천마조사의 신물인 것은 맞지만, 가장 아끼던 물건은 아니었다고 하더이다.”

위상제가 호기심 반으로 슬쩍 장단을 맞추었다.

“허! 그렇소?”

“천마경(天魔鏡)이란 것이 있는데, 천마비와 더불어 천마이보(天魔二寶)로 꼽힌다고 하지요?”

자신을 향해 슬쩍 던지는 노야의 말에 혈마신이 가볍게 놀라는 기색이더니 이어 탄식조로 말했다.

“천하에 야맥이 모르는 일은 없다고 하더니 과연 그런 모양이오. 천마이보에 관해서는 본 련에서도 천마적통(天魔嫡統) 외에는 아는 이가 없거늘, 노야는 어찌 그런 걸 다 알고 계시오?”

“허허허! 이거 기왕에 칭찬을 받았으니 좀 더 아는 체를 하지 않을 수 없겠습니다. 천마비가 신비한 물건으로 알려져 있지만, 천마경은 더욱 신묘하다고 하지요.”

‘천마적통’을 앞에 두고 아예 본격적으로 천마지사(天魔之事)를 설명해 나갈 기세인 노야에 대해 위상제가 짐짓 솔깃한 체 다시금 장단을 맞추었다.

“신묘해요? 어떻게 말이오?”

“노부의 얕은 밑천으로 자세한 내용까지는 알지 못합니다. 그러나 어쨌든 천마이보 중 제일보(第一寶)가 천마비가 아니라 천마경이라는 것만 봐도 천마경이 더 귀중한 보물이라는 사실

은 확실한 것 아니겠습니까? 그런데 천마비야 잠마련에서 보
관 중인 것으로 알고 있지만, 천마경은 이미 수백 년도 더 이전
에 유실된 것으로 알고 있는데……."

노야가 주제넘다고 타박 맞을 것을 염려하기라도 하듯이 슬
쩍 혈마신 쪽을 돌아보았지만 정작 말을 멈추지는 않았다.

"천마조사에 관한 전설은 수도 없이 많지만, 그중에서 지금
우리가 관심을 두지 않을 수 없는 것이 하나 있지요. 바로 천
마조사가 귀천 직전에 자신의 혼백을 세 가지 물건에 나누어
남겼다는 전설입니다."

그때 혈마신의 미간이 설핏 찌푸려졌기에 노야의 말이 한층
빨라졌다.

"그 세 가지란 바로 천마비와 천마경, 그리고 천마조사의 유
체 자체를 말함인데, 이를 천마삼보(天魔三寶)로 칭한다고 하
더군요. 그러니 천마조사를 깨우기 위해서는 아마도 천마삼보
세 가지가 모두 필요할 것이란 게 노부의 추측입니다."

그제야 제 할 말을 다 했다는 듯이 빙그레 웃는 얼굴로 눈길
을 맞추어오는 노야에 대해 혈마신이 미간을 찌푸린 채로 두
어 번 고개를 가로젓고는 가벼운 한숨과 함께 입을 열었다.

"노야의 말씀은 거의 사실에 가깝소. 그러니 두 분은 염려하
지 않아도 좋을 것이오. 사실 이번 일이 아니더라도 본 련에서
는 오랜 세월에 걸쳐 가능한 모든 방법을 다 동원해서 천마경
을 찾아왔소. 그러나 그것의 행방에 관한 작은 단서조차도 찾
지 못하였으니, 그 물건이 세상에서 완전히 사라진 것으로 잠

정 결론을 지은 지 이미 오래요. 그러니 이제 각각 자파의 조사 유체를 모셔가기로 하는 데 있어서는 오히려 노부가 두 분에 대해 염려를 해야 할 판이오. 그렇지 않소? 천마조사께 천마이보가 있듯이, 귀 조사들께도 그런 것들이 없다고는 하지 못할 터. 한데 노부는 이미 천급을 확보하는 일이 가능하지 않게 되었고, 두 분의 경우에는 여전히 그 가능성을 가지고 있으니, 과연 누가 더 염려를 해야 하는 것이오? 더욱이 삼 파(三派) 중 수호천의 전력이 나머지 두 파에 비해 사실상 상당한 비교우위를 차지하고 있는 터에 만약 홀로 천급마저 보유하게 되는 경우에는 나머지 두 파의 명맥이 당장에 끊어지고 말 것은 너무도 자명하지 않겠소?"

분위기가 확연히 무거워졌을 때, 노야가 다시금 웃는 얼굴로 말을 끼어들었다.

"자자! 이런 쪽으로 얘기가 길어져서 좋을 일은 없을 것입니다. 그리고 애초에 우리 세 사람이 마음을 모았던 데는, 각자의 사소한 이해득실이나 명분들을 초월하여 진정한 무의 궁극을 확인해 보겠다는 원대한 뜻이 있었던 것 아닙니까? 한데 이제와서 서로의 이해득실을 따져야 한다면 참으로 구차스럽기 그지없는 일일 것입니다. 이렇게 합시다. 노부가 한 가지 중재안을 내어볼 터이니, 두 분은 한발씩 양보한다는 마음으로 들어주십시오."

두 사람이 일단은 수긍하는 기색인 것을 보고 노야는 자신의 중재안을 말했다.

"노련주께서 제안하신 대로 완성된 무백들과 미완의 천급들은 각파 별로 보존하기로 합시다. 다만 언젠가 우리 세 사람의 뜻이 다시 일치되지 않는 한, 우리 세 사람과 삼 파 모두는 각파가 보유하는 무백들을 어떠한 경우에도 사용하지 않을 것임과 더불어 천급에 대해서는 어떠한 추가적인 소통의 시도도 하지 않을 것임을 약조합시다."

잠시의 침묵이 흐른 후 혈마신이 무겁게 물었다.

"서로를 믿을 수 있겠소?"

노야가 빙그레 웃으며 답했다.

"노부는 일평생 한 번도 허언을 한 적이 없습니다."

그에 혈마신이 언뜻 불쾌한 빛이 되며,

"그것이야 노부 또한 마찬가지요."

하고 툭 쏘듯이 말을 뱉었고, 이어 위상제가 빙그레 웃으며,

"노부 역시 그렇소."

하고 말했다.

노야가 빙그레 웃으며 다시 제안했다.

"좋습니다. 그렇다면 우리는 서로의 약조를 보장하기 위한 최소한의 장치를 한 가지 해두도록 합시다. 즉, 만약에 우리 중 어느 하나가 약조를 어겼다는 사실이 밝혀질 경우, 이유 여하를 막론하고 나머지 두 파가 협공하여 즉시 응징하는 것으로 말입니다. 설령 어느 한쪽에서 천급과의 소통을 이룬 경우라고 해도, 다른 두 곳의 인급과 지급 무백들을 합친 전력이라면 결코 무시할 수 없을 것이니, 그럼으로써 최소한의 보장 장치

는 되지 않겠습니까?"

혈마신과 위상제가 수긍함으로써 세 사람 간에는 이윽고 합의가 이루어졌다.

6

"혈마신 등과 헤어진 이후 비밀리에 본 천으로 돌아오신 그분께서는, 이곳 동산(東山)에 묻혀 있던 천무가의 옛 지하비고(地下秘庫)에 무백들을 안치한 다음 일대에 천고의 절진과 금제들을 설치하셨다."

삼천주의 목소리는 담담하였다.

"그런데 이후 수련에 매진하던 중 갑작스러운 심마에 들게 되면서 내력의 이상폭증 현상을 겪게 되셨는데, 그 여파인지 간혹 이지미약(理智微弱)의 증세에 시달리게 되셨다고 한다. 그러나 나중에 정마전쟁이 발발하였고, 본 천과 잠마련 양측이 공멸의 위기로까지 몰렸을 때도 그분께서 끝내 외면하실 수밖에 없었던 데는, 그런 사정보다는 역시 혈마신과 노야가 또한 끝까지 그 전쟁에 관여하지 않았기 때문이라고 하셨다."

삼천주가 거기까지 말했을 때 위려려는 이윽고 참았던 숨을 내쉬며 물었다.

"제 할아버님의 변고를 아시고 나서는요? 그때 큰할아버님께서는 무어라고 하셨나요?"

"이천주님의 변고에 대해서는 그분께서도 역시 혈마신과

노야에게 용의를 둘 만하다는 말씀을 하셨고, 그렇다면 모든 것이 결국은 당신의 탓이라며 가슴 아파하셨다. 아울러 정말로 그 두 사람과 관련이 있다면 당신 외에 누가 나선들 어찌해 볼 수가 없을 것인데, 당신이 그럴 상황이 못 되니 성급함을 버리고 신중을 기하여야 할 것이라고 하셨다. 그리고 당신과 혈마신, 노야 등 세 사람이 한때의 어리석은 욕망에 사로잡혀 천리에 크게 역행하는 일을 저질렀으니 반드시 하늘의 응보를 받을 것이고, 더욱이 사람의 수명에는 한계가 있는 것이니 어차피 세 사람이 세상에 존재할 날이 얼마 남지 않았다고도 하셨다.”

일순 위려려의 눈빛이 매서운 빛을 띠었지만, 삼천주는 무거운 얼굴로 자신의 말을 이어갔다.

“또한 그분께서는 무백과 관련한 모든 일이 수호천이 아닌 천무가가 짊어져야 할 업보(業報)이니 천무가의 적통에게 그 업보를 넘겨야 할 것이라고 하셨으나, 막상 이천주께 그런 변고가 생기고 보니 그때 기껏 대여섯 살의 어린아이에 불과했던 너밖에 남지 않은 데 대해 크게 한탄을 하셨다. 더욱이 당신마저 점점 더 정신이 흐려져 가고 있는 상황이었던 터라 고심 끝에 일단 노부에게 사명(使命)을 남기셨다. 곧 우선은 노부가 모든 일을 일임해 있다가 후일 네가 장성한 다음에는 너를 도와 업보를 풀라는 것이었다. 노부가 때를 기다려 왔다고 했던 것은 바로 그런 사정에서였다.”

“업보를 푼다는 것이 구체적으로 어떤 의미인가요?”

"먼저는 잠마련과 야맥에서 무백을 남용할 것에 대비하고, 연후에는 그 두 곳의 무백들을 파괴할 것이며, 최종적으로는 우리의 것까지 폐기하는 것이다. 그럼으로써 애초부터 세상에 나오지 말았어야 할 이물(異物)들 모두를 제거하는 것이다."

마음속에서 차오르는 한줄기 격동을 누르기 위해 위려려는 지그시 이를 물었다.

삼천주의 말이 담담하게 이어졌다.

"그분께서 홀연히 떠나가신 이후 노부는 밀원으로 하여금 은밀하게 혈마신과 노야의 행방을 쫓도록 하는 한편, 내부적으로는 극비리에 엄선된 인재들에게 무백들을 할당하고, 그들로 하여금 무백과의 소통에 진력을 다하도록 하였다. 곧, 잠마련과 야맥에서 무백을 남용할 것에 대비하라는 그분의 첫 번째 명을 받들기 위해서였다."

위려려가 문득 눈빛을 빛내며 물었다.

"그중 지급무백 세 기는 누구누구에게 배정되었나요?"

삼천주는 주저없이 대답했다.

"노부와 사천주, 그리고 군환에게다."

"그렇군요. 그런데 제 큰할아버님께서 삼천주께 주신 사명은 일단 일을 주재(主宰)하다가 제가 장성한 연후에는 다시 제게 모든 것을 승계하라는 것이었는데, 삼천주께서는 미리 무백의 소통자들을 다 배정하셨다니 혹시 일찍부터 저에 대해서는 영 미욱하여 사명을 맡기기 어렵겠다는 판단을 하셨던 것인가요?"

위려려가 슬쩍 농담이라도 한다는 듯이 얼굴에 가벼운 웃음기를 떠올리며 하는 말에 대해 삼천주는 담담하게 고개를 가로저었다.

"너를 위해 지급의 무백 한 기는 남겨둘 수도 있었다. 그러나 지급과 완전히 소통하기 위해서는 소통자의 능력도 능력이지만 오랜 기간 교감 과정을 거치는 것이 필수적이니, 군환의 경우만 해도 지급 소통자로서의 무공 능력을 갖춘 지는 이미 오래이나 아직까지도 소유한 지급과 완전한 소통을 이루지는 못하고 있는 실정이다. 곧, 너에 앞서 그분의 유지를 받든 노부의 입장에서는 다만 한 기의 무백이라도 헛되이 방치해 둘 수는 없었음이다. 더하여 너에 대한 더 큰 기대가 있었음이니, 곧 무황령과의 소통의 실마리를 찾는 것은 오로지 직계 혈통인 너뿐이리라는 기대였다. 한데 오늘 마침내 그 기대가 현실로 이루어졌으니, 그분의 유지와 본 천의 장래를 위해서 이보다 더한 홍복은 없을 것이다. 이제 남은 것은 네가 얼마나 빨리, 그리고 완전하게 무황령의 능력을 발휘할 수 있느냐 하는 것이다. 그것에 앞으로의 모든 것이 달렸다고 할 수도 있는 것이다. 그런 만큼 너는 우선 네 스스로의 무공 능력을 높이고, 또한 천급과의 소통의 정도를 넓혀가는 데 모든 노력을 경주해야만 할 것이다."

위려려가 잠시 생각하는 기색이더니, 또한 농인 듯이 슬쩍 물었다.

"그런데 그간에 삼천주께서도 무황령과의 소통을 위해 어떤 시도도 해보시지 않았다고는 믿어지지 않네요."

삼천주가 실소하듯이 나직이 소리 내어 웃으며 대답했다.

"허허허! 사실은 불경을 무릅쓰고 몇 가지의 시도를 해본 바 있다만, 역시나 아무런 성과도 보지 못하였다."

이어 삼천주는 문득 정색을 하며 위엄을 세웠다.

"우리가 보유한 무백 세 기의 지급, 특히 천마령은 그 각각 이 절대의 무력이자 무적의 병기라고 할 수 있으니, 향후의 천하 대세를 판가름 지을 수 있는 본 천의 핵심 전력이라고 할 것이다. 그런 점에서 지급과 천급을 소유한 너희 두 사람의 책임이 얼마나 막중한지를 잠시라도 망각해서는 안 될 것이다."

7

"저도 모르고 있던 사실들까지 그녀에게 다 말씀하신 것은, 할아버님께서 이제 그녀를 완전히 믿기로 하신 때문입니까?"

상군환의 물음에 삼천주는 천천히 고개를 가로저었다.

"모름지기 일문(一門)을 책임지는 자리에 있는 처지로서 가져야 할 철칙 중의 하나는 누구든 완전히 믿어서도, 또한 완전히 믿지 않아서도 안 된다는 것이다."

"아!"

"그리고 지금까지 저 아이를 다스릴 방법이 없지 않았듯이, 앞으로도 그러할 것이다. 다만 이전까지는 무황령과 소통을 이룰 가능성을 염두에 두고 방관을 해왔다면, 이제부터는 무

황령의 위력을 온전히 우리의 것으로 활용하기 위해서 철저한
관리가 필요하다고 할 것이다. 그리고 그것을 위해 네게 중요
한 임무 하나를 추가로 부여해야겠구나!"

"……."

"지금으로서는 무황령에 대한 모든 것이 미지수이다. 그러
나 인급이나 지급과는 확연히 다를 것임은 분명하다. 이를테
면 완전한 소통을 이루는 데까지 걸리는 시간, 소통자의 능력
과 가지는 상관관계, 소통을 막 시작한 지금 당장의 위력, 소통
의 진전에 따른 위력의 발전 양상 등등의 모든 것이 말이다.
또한 그러한 불확실성들로 인해 우리의 대응 방향 역시 상당
한 영향을 받지 않을 수 없으니, 최선의 방도는 무황령에 대한
모든 것을 가장 가까이에서 파악하고, 그것을 토대로 가능한
한 신속하게 전체적인 대응 방향에 최적의 수정을 해나가는
것일 터이다. 곧 무황령의 가장 가까이에서 정확한 상황 파악
을 하는 것, 그것이 바로 네게 추가되는 임무이다."

"하지만… 저는 곧 천을 떠나야 하지 않습니까?"

"예측하건대 그 아이는 아마도 이번 너의 임무에 동참하려
고 할 것이다."

"안 됩니다, 그건!"

상군환의 단호한 투에 삼천주가 엷은 미소를 떠올리며 물었
다.

"그 아이가 위험해질까 염려스러운 것이냐?"

상군환이 선뜻 대답을 하지 못하는데, 삼천주는 문득 정색

이 되었다.

"비록 여아일지라도 여느 사내들보다 오히려 포부가 큰 아이다. 이제 무황령을 얻은 이상 일정 시간 동안 노부의 시야에서 벗어나 있을 필요성을 느낄 터, 과감한 결정을 할 수도 있지 않겠느냐? 어쨌거나 만약에 그 아이가 네게 그런 뜻을 비춘다면, 그때는 노부에게 다시 물을 필요 없이 함께 가도 좋을 것이다."

"아닙니다. 그렇더라도 그녀를 이 일에 동참시킬 수는 없습니다."

"허허허! 네가 염려하는 바는 알겠다만, 그 아이의 안전에 관한 한 너는 크게 걱정할 필요가 없을 것이다. 물론 인급과 지급의 경우로 비추어볼 때 그 아이의 내공이 화경급은 되어야 본격적으로 무황령을 다룰 수 있을 것이라고 짐작은 된다만, 그러나 역시 무황령인 이상에는 지금 당장 그 아이의 현재 능력만으로도 우리가 짐작하는 이상의 위력을 발휘할 가능성이 농후하니 말이다. 사실이 그렇다면 그 아이야말로 천하에서 가장 든든한 호위를 얻은 셈이 아니겠느냐?"

"설마… 그녀에게 무황령을 딸려 내보내실 요량이십니까?"

"노부의 요량이 아니라 그 아이가 스스로 나가려고 할 때는 필시 무황령과 함께 가고자 할 것이다. 혹은… 어쩌면 무황령이 독자적인 의지로 그 아이를 따라 나설지도 모르겠다만……."

"예?"

"인급이 소통자의 직접 명령에 의해서만 움직이는 데 비해,

지금만 해도 이미 약간의 백(魄)이 깨어 있어 소통자의 의지로
도 어느 정도는 움직일 수가 있지 않느냐? 그렇다면 천급의 경
우에는 한 단계를 더 나아가 소통자와의 심령감응(心靈感應)에
의해 움직일 가능성도 다분하다고 할 것이니, 그럴 경우에는
소통자와 일정 거리 이상을 떨어지게 되는 경우 무황령이 스
스로 소통자를 추종해 갈 수도 있으리라는 생각이다."

"그렇더라도… 다만 가능성이고 짐작일 뿐이지 않습니까?
더욱이 섣불리 무황령을 내보냈다가 만에 하나 저들에게 노출
이라도 된다면……?"

"가능성이나 짐작일 뿐이라도 그 결과로 얻을 수 있는 바가
크다면 그것은 곧 기회가 아니겠느냐? 그리고 무황령이 외부
에 노출되는 경우 역시 노부가 이미 생각하고 있는 경우의 수
중에 포함되어 있으니 너는 염려하지 않아도 좋을 것이다. 그
러니 너는 다만 노부가 이르는 대로만 따르면 될 것이다. 알겠
느냐?"

상군환이 여전히 공감하지 못하는 부분들이 남았으나, 일단
결정을 내린 이상에는 결코 번복하지 않는 조부의 엄격한 성
정을 익히 아는 터, 감히 불복의 기색을 표시하지 못하였다.

"예, 조부님."

第五十三章
공갈포(恐喝砲)

드래건스를 상대로 시즌 첫 승을 거둔 일이 불스 측에는 얼마나 감격적인 일대사건이었는지 몰라도, 막상 야구팬들 중에서 그런 사실에 그다지 크게 의미를 두는 사람은 별로 없었다. 그저 첫 승이었다. 겨우 첫 승이었을 뿐인 것이다.

그러나 누구도 몰랐다, 그 첫 승이 어느 한 팀에게 지독한 징크스가 되는 시작점이 될 줄은.

손강호의 접질린 발목은 근육이 놀라긴 했으나 다행히 인대를 상하지는 않아서 금방 회복을 했다.

그러나 진용철의 햄스트링(hamstring) 부상은 고질적인 병력이 있는 것이어서, 향후로 경기에 출장을 하더라도 절대 무리를 해서는 안 된다는 팀 주치의의 권고가 있었다.

어쨌든 그 두 사람의 부상이 걱정했던 것보다는 심각하지 않아서 불스로서는 천만다행이었다.

2

불스의 경기를 찾는 관중 수가 눈에 띄게 늘어나고 있었다. 불스가 유난히 악착을 부리는 드래건스와의 경기야 벌써부터 그렇다고 쳐도, 점차로 다른 팀들과의 경기에도 관중들이 늘어나고 있는 것이었다. 곧, 그만큼 불스의 인기도가 올라가는 있는 중이었다.

불스의 인기가 상승하고 있는 요인을 단적으로 말하자면, 불스에 야구팬들이 관심을 가질 만한 새로운 특징 인물들이 생겼기 때문일 것이다.

그들 몇몇의 새로운 특징 인물들은 제각기 뛰어난 재능을 가졌으면서도, 한편으로 어딘지 한두 군데씩은 모자란 구석을 지니고 있는 사뭇 묘한 캐릭터들이었다. 그럼으로써 더욱 사람들의 관심을 끄는 것이겠지만.

3

팬들이 붙여준 김승완의 별명은 ‘순둥스마’ 인데, 곧 ‘순둥이’ 와 ‘카리스마’ 를 합쳐 놓은 조어(造語)다.

　김승완이 2미터에 육박하는 큰 키에 살집 없는 호리호리한 체격에다, 곱상한 얼굴과 무엇보다도 경기 중 자주 보이는 여린 성격은 곧 '순둥이' 의 이미지가 되었다.

　사실 그 이미지만으로도 김승완은 여성 팬들에게 먼저 인기를 얻었다. 모성애를 유발했다고 할까? 어쨌든 두 번째 출장에서 벌써 피켓을 들고 응원하는 여성 팬이 생겼을 정도이다. 게다가 경기 중의 각 상황들에서 그가 보여주는 즉각적이고도 다양한 감정 표현들, 즉 상황마다에서 웃고 찡그리고 환호하고 아쉬워하는 솔직하고도 거침없이 감정을 내비치는 모습은 여성 팬들에게 가히 폭발적이라고 할 만큼의 인기를 끌게 되었다.

　그러나 한편으로 큰 키에서 내리꽂는 역동적인 투구 폼과 150을 훌쩍 넘는 화끈한 구속(球速), 그리고 일단 끼가 발동되면 '어디, 때릴 테면 때려봐라' 하듯이 덤벼드는 무모하리만치 거침없는 공격적 투구에 관중들은 매료되지 않을 수 없었다. 홈런과 장타도 맞고, 전력투구로 3회를 겨우 던지고는 체력이 소진된 모습으로 마운드를 내려오곤 했지만, 어쨌든 그 거침없고 화끈한 모습에서 관중들은 시원 통쾌함을 느끼는 것이었다. 그것이야말로 순둥스마를 이루는 또 하나의 단어 '카리스마' 의 근거가 되는 것이었다.

　김승완이 순둥스마의 별명을 얻으며 인기를 구가하게 된 데는 손강호의 덕이 컸다. 그의 치명적 약점인 배짱과 체력 문제를 손강호가 적절히 커버를 해주고 있는 것이다.

그리고 사실은 손강호로서도 김승완의 덕을 톡톡히 보고 있다고 해야만 했다. 요즘 그가 아예 김승완의 전담 포수 역할을 맞고 있는 때문이다. 즉, 보통 때는 기껏 대타로나 출장하거나, 혹은 늘 부상 재발의 부담을 안고 있는 진용철이 좀 무리가 된다 싶을 때 백업 포수로서 잠깐잠깐 출장을 할 수 있을 뿐이지만, 김승완이 마운드에 오르는 날이면 사정이 확 달라진다. 그 날만큼은 전담 포수로서 백업 요원이 아닌 주전이 되는 것이다.

그리고 출장 횟수가 늘어나면서 손강호는 점차 자신만의 독특한 매력으로도 소소하게나마 인기를 얻어가고 있었다. 강대웅에게나 최준덕에 비하면 밀리는 감이 있지만 그래도 0.1톤의 거구인 그가 쇄도하는 주자에 대해 조금도 두려워하지 않고 홈을 가로막고 서서 거칠게 블로킹을 감행하는 모습이라든지, 경기 내내 활기 넘치는 모습으로 '파이팅~!' 을 외쳐 댄다든지 하는 모습들이 그의 인기의 이유가 되었다.

"한 이닝만 더 던져 볼래?"

어느 날 삼진 다섯 개를 잡는 역투로 상대 타선을 압도하며 퍼펙트로 3회까지를 끝낸 김승완에게 장동국 감독이 불쑥 물었다. 그에 대해 김승완이 수줍게, 그러나 당황하는 기색도 없이,

"예!"

하고 넙죽 대답을 했다. 장 감독 또한 흔쾌히 고개를 끄덕였다.

"좋아!"

김승완의 투구 패턴이 크게 바뀐 것은 그때부터였다.

가장 큰 변화는 투구 수 조절에 요령이 붙기 시작한 것이다. 물론 손강호의 '지배'가 있었다.

배터리는 타자를 윽박지르기보다는 맞춰 잡는 경우를 늘렸다. 위기 상황이 아니라면 주로 140대 초, 중반의 구속으로 타자들을 상대했다. 그러나 구속은 떨어졌더라도 볼끝의 움직임은 오히려 좋아졌다. 그럼으로써 타자들의 방망이가 쉽게 나아왔으나, 막상은 정타를 때려내지 못하고 내야땅볼이나 플라이로 물러서기 일쑤였다.

배터리가 그런 요령에 어느 정도 자신이 붙고 난 다음에 다시 주무기로 장착한 것은 과감한 몸 쪽 승부였다. 물론 몸 쪽 승부에는 언제라도 사구(死球)의 위험이 따라붙는 것이니, 김승완이 처음에는 몹시도 망설였다. 그러나 동료들의 적극적인 호응(?)으로 금방 자신감을 찾았을 뿐 아니라, 얼마 지나지 않아서는 오히려 강타자와의 짜릿한 몸 쪽 승부를 즐기게까지 되었다.

호응(?)이란 바로 어쩌다 사구가 발생하여 타자가 김승완에게 흘깃 눈이라도 흘길라 치면 즉시로 포수가 앞을 가로막아서는 건 당연하였고, 내야수들 전원이 마운드로 뛰어와 김승완의 주위로 포진하는가 하면, 외야수들까지도 여차하면 마운드로 달려올 태세들이 되니, 상대 팀에서는 불스의 다른 투수에게는 몰라도 김승완에게만큼은 감히 시비를 붙어볼 작정을 하지 못했다.

자신만의 투구 요령 습득과 동료들의 적극적 보호에 자신감을 가진 김승완은 감당하는 이닝 수를 점차로 늘려가더니 이윽고는 6이닝, 7이닝까지도 책임을 지는 경우가 생겼다. 그리고 그런 경기에서는 등판 일정이 가장 먼 투수 조(組)에서 가볍게 1, 2이닝을 소화하고 마무리에게로 넘김으로써 쉽게 승리를 낚을 수 있었다.

그럼으로써 김승완은 자연적으로 3인 1조의 집단책임제와는 무관한 프리 선발로 뛰게 되었으니, 자연스럽게 팀의 에이스로서의 자리를 굳혀가고 있었다.

4

'뱃살킹'이란 별명은 유재웅의 뱃살을 그대로 빗댔다는 점에서 인신공격적인 측면이 있다고 하겠으나, 결코 야유가 아닌 호감이 담겨 있었다.

'그 몸집에 어떻게 그럴 수 있나?' 하는 감탄이 녹아 있기도 한 것이다.

선수 프로필에 그의 몸무게는 120kg으로 나와 있다. 그러나 그걸 믿는 사람은 거의 없다. 최소 140kg 이상, 대개는 150kg 대이리라고 추정하였다. 가히 코끼리의 허벅지에다 허리는 드럼통이고 배는 동산에 비유되었다.

그런 체형인데도 타격할 때만큼은 놀랄 만큼 유연하고도 정교하였다. 걸리면 장타로 연결되는 엄청난 장타력과 몸 쪽과 바깥쪽, 직구와 변화구를 가리지 않고 쳐내는 섬세한 감각. 정말 타격 능력 하나는 타고났다고 하지 않을 수 없었다.

유대웅의 타율은 4할대에 근접하고 있었다. 물론 아직 타석 수가 얼마 안 되고 또 대타로만 나와서 기록한 타율이라는 점에서 아직까지는 큰 의미가 없는 수치라고 할 것이다. 또한 야구의 요소를 '공수주(攻守走)'로 대분(大分)할 수 있을 것인데, 그중 '수주(守走)'가 취약하다는 것은 유대웅의 치명적 결함이라고 하겠다.

그러나 결정적인 찬스에 대타로 나와서 장타 한 방으로 승부를 갈라 버리는 그의 호쾌한 타격에 야구팬들은 열광하였다. 그리하여 경기 중 승부의 분수령이 된다 싶으면 감독의 대타 결정에 앞서 관중석에서 먼저 '뱃살킹!'을 연호하곤 하였다.

'아(我) 팀에는 활력! 타(他) 팀에는 공포!'

타선에 확실한 슬러거가 있다는 의미를 상징적으로 정의하면 그런 정도가 될 것이다.

강대웅의 치명적 결점에도 불구하고 장동국 감독은 결국 그에게 지명타자, 그것도 4번 타자의 중책을 맡겼다. 그 결정에 대해 기존에 4번 타자를 맡고 있던 최준덕은 흔쾌히 동의했다. 팀에 변혁을 시도하기 위해서는 그럴 수밖에 없다는 데 대해,

그리고 적어도 타격 능력에 있어서만큼은 강대웅이 자신보다 뛰어나다는 데 대해.

그럼으로써 팀 내의 다른 누구도 이의를 제기하지 않았다. 대신 장 감독은 강대웅에게 분명히 요구했다.

"팀의 4번 타자라는 것은 단순한 강타자라는 것 이상의 상징성을 가져야만 한다. 우선은 팀 동료들의 인정부터 받도록 노력해라. 그것은 곧 신뢰다. 이후 다른 팀으로부터도 인정을 받아야만 한다. 두려움을 주는 존재로서 말이다."

그리고 얼마 지나지 않아 감독은 다시금 요구 하나를 더했다.

"강대웅! 너 4번 타자 맞아?"

장 감독의 말은 대뜸 질책 조였다. 강대웅이 4번 지명타자로서 첫 번째 경기를 끝낸 뒤였다.

이날 강대웅은 네 번의 타석에서 두 개의 안타를 쳤다. 두 개 모두 2루타성의 장타였으나, 선행 주자가 없는 상태에서 그저 단타로 기록되긴 했다. 그렇더라도 어쨌든 멀티히터였다.

그러나 강대웅은 지레 주눅이 들어 고개를 숙이고 말았다. 감독의 말이 무슨 뜻인지 대번에 감이 온 까닭이었다. 오늘 그가 헛스윙과 범타로 날려 버린 나머지 두 번의 타석이 다 결정적인 득점 기회에서였던 것이다.

"네게 요구되는 건 멀티히터나 타율이 아니야! 그런 거 다 필요 없고, 오로지 결정적일 때 한 방 날려주는 거야! 그게 네가 우리 팀의 4번 타자인 이유야! 알아?"

무리한 요구였다, 그것도 너무 지나치게.

그러나 그것이 다른 타자들에게는 무리한 요구일지 몰라도 자신에게만큼은, 치명적 결점을 가진 그가 불스의 4번 타자 자리를 차지하고 있기 위해서는 당연히 요구될 수 있는 사항이란 점에 대해 강대웅은 공감할 수밖에 없었다.

"강대웅!"

"예, 감독님!"

"4번 타자는 어떻게 해야 한다고?"

"결정적일 때 한 방 날려야 합니다!"

잔뜩 굳어버린 강대웅에게 장 감독이 다시 다그쳤다.

"너, 우리 팀의 4번 타자 맞아?"

강대웅이 큰 소리로 대답했다.

"예, 맞습니다!"

5

불스가 드래건스에게 첫 승을 따낼 때 철민이 날린 9회 말 결승 투런 홈런은 야구팬들에게 사뭇 강한 인상을 심어주었다. 다만 불스 내부적으로는 그야말로 '소발에 쥐잡기' 정도로나 평가되었고, 그런 평가에 대해서는 철민 자신도 크게 이의가 없었다.

이후로 철민은 대타로서 그야말로 가뭄에 콩 나듯이 기용이 되었는데, 그나마도 역시나 이렇다 할 활약을 보이지 못하였다.

　그러니 팀 내에서 철민의 존재감이란 것은, 투타에서 괄목할 만한 활약을 보이고 있는 김승완이나 강대웅과 비교할 바가 못 되는 것은 물론이고, 이원체제이긴 하지만 포수로서 나름대로의 역할을 수행하고 있는 손강호에 비해서도 상대적으로 미미할 수밖에 없었다.

　다만 그런 중에 강대웅이 4번 지명타자로 자리를 굳히는 덕분으로 철민이 대타로 나설 기회가 좀 더 많이 생기게 되었고, 다시 그 덕분으로 운동장의 분위기와 타격에도 조금씩 적응을 할 수 있었다. 그리고 그런 과정에서 그 또한 별명 하나를 얻게 되었는데, 바로 '공갈포' 다.

　철민의 그 별명은 야구팬들이 붙였다기보다는 팀 동료들로부터 나왔기 쉬웠다. 이전 불스의 전훈 중에도 그에게는 그런 '뒷말' 이 따라붙었던 적이 있으니, 아마도 불스 선수들 중 누군가가 스포츠 기자들과의 공식, 혹은 비공식 접촉에서 그런 말을 흘렸기에 그것이 우연히 스포츠 매체에서부터 철민의 별명으로 붙게 된 것 같았다.

　어쨌거나 그런 별명으로 불리고 보니, 새삼 철민에게 '공갈스러운' 면모가 있어 보이는 측면도 있었다. '공갈스러운' 것을 '거짓스러운' 것쯤으로 정의하고, 다시 '거짓스러운' 것을 무언가 통상적이지 않아서 약간의 이상한 측면이 없지 않아 있다는 정도로 정의를 한다면 말이다.

　우선은 철민의 프로필부터가 부실하기 짝이 없었다. 나이가 서른이고, 신체 사항이 어떻다는 게 고작이었다.

그에 관해 공개된 몇 안 되는 자료들로부터 좀 더 세밀히 파고든다면, 그가 금년 불스의 스프링캠프 때 신고선수로 등록이 되었다는 정보를 얻을 수 있을 것이다.

그러나 역시 그것뿐이었다. 초중고교나 대학, 혹은 아마추어 경력 등, 더 이상의 그 어떤 이력이나 경력도 나와 있는 게 없었다. 한마디로 갑자기 만들어진 선수였다.

그러한 출신 성분의 모호함과 철민의 몇 가지 특징적인 면모가 더해지면서 묘하다면 제법 묘한 이미지가 만들어졌는데, 그것이 사람들의 호기심을 끌기에 충분했던 모양이다.

가장 특징적인 면모는 역시 타격 폼이었다. 공을 겁내는 듯이 홈 플레이트에서 최대한 멀찌감치 서서, 그러고도 부족해 엉덩이를 뒤로 쭉 빼고는 타이밍을 맞추려는 별다른 움직임도 없이 그저 맹하게 서 있는 참으로 독특한 폼. 그것은 무슨 타격 폼이라기보다 그냥 엉성함이었다. ‘촌티’ 날리게 엉성한 폼.

좀 더 솔직히 말하자면 영 아니었다. 그런데 그 ‘영 아닌 것’ 이 ‘나이 서른의 갑자기 만들어진 선수’ 와 합성이 되고 보니, 그렇게 ‘묘하다면 제법 묘한’ 이미지로 될 법도 하였다.

‘촌티야 날리든 말든 잘만 때리면 장땡이다’ 고 할 것이나, 그런 부분에서도 철민의 성적은 또한 영 아니었다.

철민의 주특기는 삼진이었다. 그중에서도 스윙 한 번 하지 않고 가만히 보고 있다가 얌전하게 루킹 삼진을 당하는 건 그의 전매특허였다.

그래도 간혹은 쳤다. 안 그랬으면 철민이 계속 대타로 기용될 이유가 어디에 있었을 것이며, 아무리 묘한 이미지를 지녔다고 해도 어떻게 야구팬들의 관심을 계속 끌 수가 있었겠는가.

간혹 잊을 만하면 하나씩 치는 타구가 파울이든 홈런이든 웬만하면 펜스를 훌쩍 넘어가곤 했으니, 바로 그가 공갈포인 까닭이 되었다.

사실 철민이 대타로 나오는 경우라면 정상적인 상황보다는 비정상적 상황이 많았다. 이를테면, 이미 점수를 많이 뒤지고 있어서 극적인 한 방이 아니면 경기를 뒤집을 수 없는 상황 말이다.

그런 만큼 그에게 기대되는 바 역시 정상적이기보다는 비정상적인 것에 가까웠다. 그야말로 '모 아니면 도', 홈런 아니면 삼진이었다. 화끈하게 삼진을 당해서 팀으로 하여금 승부에 대한 미련을 깨끗하게 접도록 하거나, 아니면 홈런을 때려서 경기의 흐름을 극적으로 돌려놓거나. 철민에게 그런 것 외의 다른 유형의 임무는 거의 맡겨지지 않았다. 사실은 안 시키는 것이었다. 번트를 포함한 작전 수행 능력이 거의 제로임을 익히 아는 까닭이다.

철민 또한 그런 기대와 평가에 점차로 익숙해졌다. 타석에서 아니다 싶으면 멀쩡히 선 채로 삼진을 당하고, 이거다 싶으면 무조건 풀 스윙을 했다.

구질에서는 직구라면 웬만큼 빠른 볼에도 어느 정도 자신이 있었지만 변화구에는 좀처럼 적응하기가 어려웠는데, 상대 투수들도 금방 그의 약점을 파악하고 거의 변화구 위주로 승부를 걸어왔다.

따라서 철민이 또한 대부분 변화구를 노리긴 했지만 그가 노릴 수 있는 변화구의 종류는 기껏 한두 개에 불과했다. 그런데 변화구의 종류가 어디 한두 개인가? 삼진이 주특기가 되고, 그중에서도 루킹 삼진이 전매특허가 될 수밖에 없는 이유가 바로 그런 데에 있었다.

그렇더라도 투수들이 철민에 대해 약간이라도 거리낌을 가지지 않을 수는 없었다.

철민이 워낙 직구에 강점이 있으니 투수들로서는 변화구 위주로 승부를 가져갈 수밖에 없는데, 변화구란 것이 원래 직구에 비해 제구의 정확도가 떨어지게 마련이었다. 자칫 실투하여 밋밋하게 들어간다든지, 혹은 제대로 제구가 되었는데도 그야말로 '소발에 쥐 잡히는 격'으로 하필이면 철민이 잔뜩 노리고 있던 공이라면 그냥 넘어가 버렸으니 말이다.

철민이 자신에 대한 기대와 평가에 익숙해지다 보니 한편으로는 뻔뻔해지는 면이 있기도 했다. 그 자신도 모르게 말이다.

이를테면 삼진을 당하고도 아무 미련 없다는 듯이 시원스럽게 돌아서서 성큼성큼 더그아웃으로 돌아가는 모습이 대표적인 뻔뻔함이었다.

그런데 그런 뻔뻔함은 다시 한편으로 차라리 당당한 것으로 비치기도 하는 모양으로, 아이러니하게도 불스의 더그아웃과 야구팬들 중에서는 통쾌하다고 반응하는 이들이 있기도 했다.

그럼으로써 철민은 공갈포라는 별명에 점점 더 잘 어울리는 이미지로 되어가고 있었다.

6

철민이 처음에는 자신만의 전용 배트라는 개념도 없었기에, 대타 지시를 받으면 그때그때 주변에 있는 아무 배트나 들고 타석으로 나가곤 하였다. 그런데 타석에 서는 일이 점차 늘어나다 보니 기왕이면 자신의 손과 몸에 보다 익숙한 느낌의 배트면 더 좋겠다는 생각을 하게 되었다.

손과 몸에 익숙한 느낌이란 것을 좀 더 구체화하자면 좀 더 길고 좀 더 무거웠으면 좋겠다는 것이었는데, 생각해 보니 웃기게도 그건 바로 매봉의 느낌이었다. 배트를 가까이 하고 휘두르는 일이 많아지면서 철민이 자신도 모르게 매봉과 그리고 매봉파에 대한 느낌이 살아났던 모양이다. 그 꿈속의 ‘도깨비방망이’ 와 ‘도깨비방망이 휘두르는 법’ 이 말이다.

이후로 철민이 기회가 될 때마다 ‘더 긴 것! 더 무거운 것!’ 타령을 해가며 이것저것 배트를 집적거리곤 했는데, 하루는 박태성 코치가,

“연장 탓하는 사람치고 실력있는 사람은 드물지!”

하고 타박을 주었다. 그러더니 이내 무슨 심사가 생겼는지,

“김 팀장, 진짜로 길고 무거운 거 필요해? 내가 한번 구해

볼까?”

하는데, 슬쩍 장난을 거는 투로 보이기에 철민이 역시 장난으로 받았다.

“하여간 재주도 좋으십니다. 그런 건 또 어디서 구할 수 있답니까?”

“장담할 수 있는 건 아니고, 우리한테 배트 납품하는 업체가 있거든? 내가 그 쪽 담당자하고 평소에 좀 친하게 지내는 사이라서 부탁은 한번 해볼 수 있거든. 뭐, 안 된다고 하면 ‘그래, 알았다’ 고 하면 되는 거고.”

“하하하! 그렇게 해주시겠다면 저야 좋죠.”

사실은 박 코치 역시도 철민과 장난 반으로 그렇게 주고받았는데, 나중에 언뜻 생각이 되기를,

‘정말로 한번 부탁을 해볼까? 만약 업체에서 만들어만 준다면 김 팀장이 진짜로 쓰지는 못할 테니, 팀 타선의 분발을 기원하는 마스코트로 삼아도 괜찮겠는데?’ 싶어지는 것이었다.

그런 중에 마침 업체 담당자가 배트를 납품하러 들어왔기에 박 코치가 간단히 사정과 취지를 설명하고,

‘크게 폐가 되지 않는다면 규격에서 허용하는 최장 길이, 최고 중량의 방망이를 몇 개쯤 제작해 줄 수 없겠느냐?’ 고 슬쩍 운을 뗐다. 그야말로 가볍게 ‘부탁이나 한번 해본’ 것이었다.

그런데 그게 배트 제작 업체로서는 아무래도 가벼울 수만은 없는 부탁이었던 모양이다. 얼마 후, 잘하면 마케팅 효과가 있을 것도 같다는 그들 내부의 의견도 있었다며 ‘주문이 안 밀리

는 시기를 잡아 한번 만들어보마' 하는 답을 내놓았다.

철민의 전용 배트는 그렇게 해서 생겼다.

"이건 엄청나다!"

'특제(特製) 방망이'가 들어왔을 때 호기심에 이리저리 만져 보고 휘둘러본 선수들의 거의 한결같은 반응이었다. 자신들이 평소 쓰던 방망이에서 다만 몇 밀리미터의 길이 변화와 몇 그램의 중량 변화에도 민감한 선수들이라, 1미터가 훌쩍 넘는 길이에 차원이 다른 무게에는 다들 고개부터 절레절레 젓는 것이었다. 그들에게 그건 숫제 야구 배트가 아니었다.

"어허! 그만들 만져! 그거 김 팀장 전용 배트라니까!"

선수들의 관심과 호기심에 대해 괜히 큰소리를 치면서도 내내 실실거리는 웃음을 지우지 못하는 박 코치에 대해 철민이 쓴웃음을 짓지 않을 수 없었지만, 기왕의 장난을 깰 생각은 또 없어서 그가 건네는 '특제 방망이'를 순순히 받아 들었다.

과연 다른 배트에 비할 수 없을 만큼 길었다. 그리고 특히 무거웠다.

픽! 철민은 참지 못하고 피식웃음을 웃고 말았다. 의외로, 상상외로 익숙한 느낌이 든 때문이었다.

신기하게도 딱 그 느낌이었다. 매봉을 손에 든 느낌, 꿈속에서의 그 익숙한 느낌, 너무도 익숙하여 차라리 그리운 그 느낌 말이다.

"그거 아주 괴물 방망인데요?"

옆에서 보고 있던 손강호가 철민의 피식웃음에 공감이라도 표한다는 듯이 빙긋 웃으며 말했다.

철민이 슬쩍 기꺼워지는 마음이 되었기에 씩 웃으며 받았다.

"괴물 방망이보단 도깨비방망이가 낫지요!"

"예? 도깨비방망이요? 하하하!"

손강호의 웃음소리를 등 뒤로 흘리며 철민은 성큼성큼 타격 연습장을 향해 걸어갔다.

"기계 좀 켜줘요!"

그물망 안에 선 철민이 외쳤다.

쉬익! 소리를 내며 공이 날아왔고, 도깨비방망이가 힘차게 돌았다. 붕! 사뭇 무거운 바람 소리를 내며.

딱! 경쾌한 소리가 났다.

"어어?"

"크다!"

"와! 엄청나다!"

타구가 그야말로 새카만 점으로 화하더니 끝없이 끝없이 날아갔다.

철민이 프로야구선수들이 사용하는 것 중에서 가장 길고 무거운 배트—아마 이번에도 또 팀 동료들 중의 누군가가 스포츠 기자들과의 공식, 혹은 비공식 접촉에서 말을 흘렸고, 그로 인해 금세 도깨비방망이라고 별명이 달려 버린—를 사용하면서부터 공갈포의 인기도 한층 높아졌다.

　체구가 그리 크지도 않은 그가 거창하다 못해 들고 있는 모습이 안쓰럽기까지 한 거대한 방망이를 들고서, 다시 그 특유의 '촌티' 날리는 폼으로 타석에 선 모습만으로도 이미 하나의 볼거리가 되는 것이었다.

7

　4월. 3승 19연패, 승률 0.136, 역대 최다 연패에 최저 승률.
　5월. 6승 19패, 승률 0.24.
　6월. 10승 15패, 승률 0.4.

　불스가 4, 5월에 거둔 성적에 비하자면 6월 한 달 동안에 거둔 성적은 참으로 놀라운 반전이라고 하지 않을 수 없었다. 물론 6월까지의 누계 성적으로 보자면 19승 53패, 승률 0.264로 7위와는 아직도 한참이나 차이가 나는 확실한 꼴찌였지만.

　그러나 6월 말부터 불스의 상승세는 다시금 둔화되고 있었다. 둔화의 원인은 분명했다. 바로 '반쪽짜리' 리라는 촌철(寸鐵)의 평가가 대변하는 타선의 문제였다.

　문제의 중심은 단적으로 강대웅이었다. 강대웅이 불스 타선의 핵심으로 떠오르며 잠깐 눈부신 활약을 보였지만, 상대 팀들은 이내 아주 손쉬운 대응책 하나를 마련했다.

　즉, 웬만하면 강대웅과의 승부를 회피하는 쪽을 선택하기

시작한 것이다. 사실 강대웅을 1루에 내보낸다 해서 꼭 부담만
되는 것은 또 아니었다. 그의 느린 발로 인해 오히려 수비가
용이해지는 측면도 있는 것이었다.

더욱이 승부의 고비 처에서 상대 팀들은 곧잘 강대웅 뒤의
5번 타자 최준덕마저 걸려 버리곤 했으니, 불스로서는 더욱
답답해질 수밖에 없는 노릇이었다. 상대 팀에서 강대웅과 최
준덕을 잇달아 걸릴 수 있는 건 그들 뒤를 받쳐 줄 하위 타선,
특히 6번 타순이 취약한 탓이었다. 주로는 진용철과 손강호가
6번을 맡았는데, 사실 그 둘의 타격 성적은 상대팀 투수들이
그다지 부담스러워하지 않아도 좋을 정도였다.

장동국 감독에게 마지막 카드가 없는 건 아니었다. 다만 그
카드가 역시나 '반쪽짜리' 카드였기에 차마 꺼내 들지 못하고
있을 뿐이었다.

장 감독의 마지막 카드란 바로 철민이었다.

철민이 도깨비방망이를 갖추고 난 다음부터는 더욱 공격적
이고 더욱 '모 아니면 도' 스타일이 되어, 그야말로 '공갈포다
운' 면모를 갖춰가고 있는 중이었다.

그러나 야수로서 그에게 맡길 포지션이 없다는 점에서, 철
민은 기껏 경기 후반부 승부의 고비처에서 딱 한 타석에만 쓸
수 있는, 그야말로 일회용 대타일 수밖에 없었다. 강대웅과 마
찬가지의 확실한 '반쪽짜리'인 것이다.

장동국 감독의 고민은 어떻게 하면 그들 두 '반쪽짜리'의
효용성을 최대화할 수 있느냐 하는 것일 수밖에 없었는데, 가

장 이상적인 답은 역시 '도든 모든' 어쨌든 누구도 무시할 수 없는 강력한 한 방을 가지고 있는 도깨비방망이를 6번 타순에 고정 배치하는 것이었다. 그렇게만 된다면 웬만한 팀 부럽지 않은 나름대로의 짜임새와 특히 강력한 파워를 갖춘 타선을 구축할 수 있게 되는 것이었다.

그러나 현실적으로 그들 '반쪽짜리' 둘 다를 정규 타선에 넣을 방도가 없다는 점에서 장 감독의 고민은 계속 제자리를 맴돌고만 있었다.

"강대웅! 너 본래 포지션이 뭐였냐?"

6월의 마지막 날, 홈경기를 마치고 마무리 훈련을 하던 강대웅에게 장동국 감독이 불쑥 물었다.

"1루수였습니다."

"그래? 그럼 어디 한번 1루에 가서 서봐라!"

강대웅을 1루에 세워놓고서 배팅 볼 몇 개를 쳐서 보내고, 또 내야 각 포지션에서 송구를 해보았는데, 강대웅의 포구는 의외로 안정적이었다.

다시 배팅 볼의 강도를 키우고, 내야에서의 송구도 높고 낮게, 혹은 땅볼로 던지면서 테스트를 했는데, 이번에도 강대웅은 제법 잘 소화를 해내는 것이었다.

내야수들의 평가도 그런대로 괜찮았다. 강대웅의 덩치가 워낙 크다 보니 송구하기에 오히려 안심이 된다고도 하였다. 송구 실책을 하더라도 1루에서 몸으로라도 막아줄 듯하다는 것이었다. 게다가 짧거나 원 바운드성의 송구에 대해 강대웅의 다리가 쭉쭉 찢어지는 모습은 지켜보던 사람들로 하여금 절로 탄성을 터뜨리도록 만드는 데가 있었다.

다만 그렇더라도 강대웅에게 정상적인 1루수의 수비 범위를 다 감당하라고 하는 것은 아무래도 무리였다. 1루 베이스 근처에서의 수비는 제법 괜찮았지만, 워낙 몸이 무겁다 보니 베이스에서 좀 떨어졌다 싶으면 역시 움직임이 미치지 못하였다.

장 감독은 마침내 마지막 카드를 꺼내 들었다.

유대웅을 1루수로 세우고 철민에게 지명타자를 맡김으로써, 두 '반쪽'을 모두 '온 쪽'으로 활용해 보자는, 그야말로 마지막 카드였다.

대신 기존에 1루수를 맡고 있던 최준덕은 3루로 보내고, 그럼으로써 생기는 1루와 3루의 수비 약점은 2루수와 유격수의 수비 범위를 최대한 확대시키는 것으로 보완해 보기로 했다.

어쨌든 장동국 감독은 막힌 데가 확 뚫리는 기분이었다.

물론 수비에서의 취약한 부분이 생기긴 했으나, 그보다는 3번 이종찬, 4번 유대웅, 5번 최준덕, 6번 김철민으로 이어지는 중심 타선의 안정성과 파워는 어느 팀과 견주어도 뒤지지 않을 것이라는 기대를 해볼 수 있게 된 것이다.

8

"이봐, 김 팀장! 이제부터는 '도 아니면 모' 식이어서는 곤란해! 야구는 혼자 하는 게 아니라 팀플레이거든! 안타를 치고 홈런을 치는 것만이 능사가 아냐! 포볼이든 사구(死球)든 일단 진루를 하겠다는 각오가 있어야 하는 거고, 아웃을 당하더라도 앞선 주자만큼은 진루를 시키겠다는 자세가 되어야 한다는 거야! 최소한 나한테서 기회가 끊기지는 않도록 하란 얘기야!"

철민에 대한 장동국 감독의 요구가 갑자기 많아졌다.

"우선은 컨택 능력부터 좀 키워보라고! 뭔 얘긴지 알아? 무조건 풀 스윙으로만 휘두르지 말라는 얘기야! 적어도 투 스트라이크 이후에는 파워와 스윙 폼을 좀 줄이라는 거야. 그래서 노리는 공이 오면 정확하게 때리고, 노리는 공이 아니더라도 스트라이크존 비슷하다 싶으면 일단 커트를 해내라는 거지. 노리는 공이 올 때까지 열 개, 스무 개라도 파울을 친다는 끈질긴 근성을 가지라는 거야!"

그런 요구에 대해 철민은, 그것이 다만 장동국 감독의 욕심이라고 생각했다. 그런 게 말처럼 쉽다면 세상에 프로야구선수 못할 사람이 어디 있겠는가?

그러나 어쨌든 철민은 최소한의 성의는 보여야겠다는 생각이었다. 장 감독에게가 아닌 팀 전체에 대한 성의였다. 이제는 그도 팀원이었다. 얼마 전까지만 해도 그저 시늉일 뿐이었을지 모르지만 이제는 아니었다. 지금의 그는 대부분의 시간을 그들과 함께하고 있었다. 시간만이 아니었다. 그가 생각하고 느끼는 대부분 또한 그들과 관련되고 공유되는 것이었다. 그럼으로써 지금 그에게 가장 중요한 것은, 바로 그들과 함께하는 것이었다. 적어도 지금 현재는. 그리고 그것만으로도 그가 최소한의 성의를 보여야 하는 이유로서는 충분하다고 할 것이다.

'공의 최종 궤적은 홈 플레이트를 통과할 즈음에야 확인할 수 있다. 그러나 그 때 배트를 휘두르기는 이미 늦다. 그렇다면 결국 예측으로 공을 맞추는 수밖에 없다는 애긴데… 만약 예측의 범위를 좀 더 넓힌다면? 공이 홈 플레이트에 당도하기 전에 공의 잔여 궤적을 일정 범위화하는 개념으로 표준화할 수 있다면? 그리고 배트 컨트롤로 그 일정 범위를 커버할 수 있다면?

소위 '컨택 능력'을 키우기 위해 철민이 나름대로 찾은 해법의 출발점은 매봉파였다. 엉뚱하게도 말이다.

매봉파가 매봉을 휘둘러 실시간으로 모든 방위를 다 점유하는 수법이니, 야구공이 홈 플레이트 근처에서 일으키는 상하좌우 기껏 한 뼘이나 될 변화 범위를 커버하는 정도야 문제도 아닐 것이다. 다만 그것이 꿈속에서나 가능한 일이라는 게 문제가 되는 것이지만.

그러나 철민은 해보기로 했다. 꿈속에서나 가능한 일일지라도 아예 시도해 볼 무엇조차도 없는 것보다는 나았으니까.

그리고 철민은 이미 '엉뚱한 일'을 시도해 본 경험이 있기

도 했다. 바로 헤드록과 재활체조 말이다. 더욱이 그중 헤드록
에 대해서는, 처음에는 통하지 않을 거라고 생각했었지만 꾸
준히 다듬은 결과 제법 만족스러울 정도의 효과(?)가 있지 않
던가? 비록 재활체조는 여전히 긴가 민가 하는 정도지만.

第五十四章

헤드록

불스는 드래건스와 주중 홈 3연전을 치르고 있는 중이었다.

그런데 불스는 지난 이틀간의 경기에서 누구도 기대하지 못했던 일대 이변을 만들어냈다. 치열한 열전 끝에 두 경기를 내리 따낸 것이다. 불스의 홈 팬들은 아연 열광했다.

불스가 여전히 꼴찌를 탈출하지 못하고 있음에도, 홈 팬들이 열광하지 않을 수 없는 이유는 상대가 바로 드래건스이기 때문이었다.

시즌 초반 이후 불스가 드래건스를 만나기면 하면 필사적으로 엉겨 붙음으로 인해 형성된 일위와 꼴찌 간의 기묘한 앙숙 관계에 대해, 대부분의 야구팬들은 그저 약간의 흥미를 가지는 정도였었다.

그런데 이번의 이변에 대해서는 야구팬이라면 누구라도 '화들짝!' 관심을 가지지 않을 수가 없었다. 불스가 6월 초에야 겨우 대(對) 드래건스 전에서 시즌 첫 승을 거둔 것까지도 그저 우연으로 치부할 수 있겠으나, 이번에 다시금 2연승을 거둔 것은 어느 누구도 예상하지 못했던, 그야말로 파격인 결과였다. 더욱이 지난번 첫 승에 이어 내리 3연승을 이어가고 있음에야.

스포츠 매체들부터 법석들이었다.

[불스! 드래건스의 징크스가 되다!]

[이틀간의 경기는 불스에게는 뭘 해도 다 되는 경기였고, 드래건스는 뭘 해도 안 되는 경기였다!]

[불스! 드래건스에 파죽의 4연승을 거둘 것인가? 최대 이변을 만들어낼 것인가? 드래건스의 천적으로 거듭날 것인가?]

양 팀 간의 3차전을 앞두고는 E시 전체가 들썩이는 듯했다. 경기를 몇 시간 여 앞두고 벌써 표가 매진되는 초유의 사태가 벌어졌다. 그랬다. 그야말로 초유의 사태였다. 불스의 홈경기에서 표가 매진되는 경우가 몇 년인지 만에 처음이고, 주말이 아닌 평일 매진은 그야말로 초유의 일이었다. 불스가 이처럼 홈 팬들을 열광시키는 일이 다시 있을 거라고 과연 누가 기대했을 것인가?

2

‘공의 궤적을 어떻게 표준화할 것인가?’ 하는 것은 지난 이틀 내내 철민의 화두였다.

정답이 따로 있을 리는 없었다. 눈으로, 감으로 직접 체감하는 수밖에는.

타석에 많이 서보는 게 가장 좋은 방법이겠지만 그것이야 철민 마음대로 되는 게 아니었으니, 철민은 더그아웃에 있을 때도 내내 집중했다. 상대 투수는 물론 불스 투수들의 투구 내용 하나하나에.

그런 철민의 몰입에 대해 이종찬은 ‘바짝 얼어붙은 것’으로 간주한 모양으로, 경기 중 틈날 때마다 철민에게 농담을 하고 장난을 거는 나름의 ‘성의’를 보였다.

그러나 철민의 ‘몰입 모드’를 깨지는 못하였다.

3

3차전은 양 팀 모두가 결코 놓칠 수 없는 경기였다.

세 경기 모두를 놓칠 수는 없는 드래건스의 입장이야 말할 것도 없었으니, 투수로테이션에 약간의 무리를 감수하면서까지 부동의 에이스인 페드로의 선발을 예고했다.

이미 2승을 낚았더라도, 불스 역시 조금도 투지가 흐트러지지 않았다. 사실 이번 3연전에 임하는 불스의 처음 각오는 앞선 두 경기를 놓치는 한이 있더라도 마지막 3차전만큼은 반드시 잡는다는 것이었고, 그런 필승의 각오로 김승완의 등판일정을 맞추어놓았었다.

　이윽고 결전은 시작되었다.
　5회까지 게임 스코어는 0—0.
　팽팽한 투수전 양상이 이어졌다. 그러나 역투하던 김승완은 6회 들어 급격히 구위가 떨어지면서 불의의 스리런 홈런을 맞고는 강판당하고 말았다. 게임 스코어 0—3.

　7회 말 불스 공격.
　드래건스 선발 페드로에게 꽁꽁 묶여 있던 중에 유대웅의 솔로 홈런 한 방이 터졌다. 게임 스코어 1—3.

　8회 말 불스 공격.
　선두 타자 4번 강대웅이 왼쪽 담장 바로 앞에서 잡히는 플라이 아웃. 이어 5번 최준덕이 초구 높은 공을 성급하게 건드려 파울 플라이 아웃. 2사. 경기는 그대로 기우는가 싶었다.
　그런데 6번 타자 철민의 타석에서부터 기묘한 반전이 시작됐다.
　파울의 행진이었다. 볼 카운트 1—2에서 시작된 파울은 13구까지 연속으로 열 개가 이어졌다. '기어코 출루하겠다!' 는 타자와 '절대로 포볼은 안 주겠다' 는 투수간의 치열한 기 싸움이었다. 14구째 볼로 볼 카운트 2—3가 된 상태에서 다시 파울 행진이 이어졌다. 그리고 결국 18구째 볼로 철민은 기어코 포볼을 얻어냈다.

드래건스 투수코치가 마운드로 올라갔다. 페드로는 이미 한계 투구 수에 도달해 있었다. 그러나 코치가 의사를 묻기도 전에 페드로가 먼저 강하게 고개를 저었다. 끝까지 던지겠다는 단호한 의지였다. 코치가 어쩔 수 없다는 듯이 고개를 끄덕였다. 페드로의 표정과 몸짓에서 화가 비쳐 나오는 건 걱정이 되었으나, 에이스의 자존심을 살려주기 위해서라도 일단 이번 이닝까지는 맡겨두어야 하는 분위기였다. 남은 아웃카운트는 하나였다.

철민이 1루로 걸어나가자 1루 베이스코치인 유승곤 코치는 힐끗 벤치부터 보았다. 그러나 대주자가 나올 기미는 없었기에 유 코치는 곧바로 긴장상태로 접어들었다. 소위 '주루 젬병' 들인 유대웅과 철민의 출루는 주루코치들을 초긴장 상태로 만드는 데가 있었다. 특히 그중에서도 철민의 경우가 더했다. 강대웅이 발은 늦어도 야구 센스는 있는 편인데 반해, 철민에게는 그런 것조차 기대 난망이었으니 순간순간 상황의 흐름을 도통 읽지를 못했다. 그저 주루코치가 뛰라면 뛰고 서라면 서는 식이었으니, 자칫 횡사(橫死)를 당하지 않으려면 코치로서는 그야말로 초긴장 상태로 돌입하지 않을 수 없었다.

7번 손강호의 타석. 1루 주자의 움직임이 활발했다. 다른 때 같았으면 베이스에서 감히 한 발짝도 떼지 못한 채로 주루코치만 쳐다보고 있을 철민인데, 지금은 제법 빈번한 베이스플레이를 펼치고 있는 중이었다. 물론 그것이 딱 한 발의 리드

폭으로 베이스를 밟았다가 떠났다가 하는, 소위 깔짝대는 소심플레이에 불과했지만.

유 코치는 잔뜩 긴장한 얼굴로 잠시도 철민에게서 눈을 떼지 못했다. 그러면서도 차마 철민을 말리지 못하는 것은, 그것이 기회를 살리려는 철민 나름의 성의라는 걸 알기 때문이며, 더욱이 돌아가는 분위기상 철민의 그러한 성의가 아주 효과가 없는 것 같지는 않았기 때문이다.

드래건스 1루수 호간은 안 그래도 험상궂은 인상을 잔뜩 일그러뜨린 채 연신 어깨를 으쓱대는 몸짓으로 철민에 대해 영 같잖고 성가시다는 반응을 보이고 있는 중이었고, 배터리는 배터리대로 신경 거슬려 하는 눈치들이 다분해 보였다.

페드로가 손강호를 상대로 던진 초구가 스트라이크존 바깥쪽에 살짝 걸치는 듯했지만, 주심은 볼 판정을 했다. 페드로가 같은 코스로 다시 던졌지만 이번에도 주심은 고개를 가로저었다. 3구째 다시 똑같은 코스로 던진 페드로의 공에는 판정에 대한 불만이 고스란히 실려 있었다. 하지만 이번에야말로 공한 개 정도가 빠지는 확연한 볼이었다. 볼 카운트 0—3. 페드로의 입매가 사납게 일그러졌다.

쉭~! 얼굴을 향해 휘어져 들어오는 속구에 손강호는 화들짝 놀라며 뒤로 누워버렸다. 다행히도 볼은 그의 헬멧을 가볍게 스쳤고, 포수가 글러브를 던지다시피 하여 겨우 근처에다 볼을 떨어뜨렸다.

다분히 노골적인 빈볼이었지만 어쨌든 다치지 않았고, 무엇보다도 기회를 연결시켰다는 점에서 굳이 문제를 일으킬 필요는 없다는 생각이었기에, 손강호는 일어나면서 잠시 투수를 노려보았을 뿐 이내 툭툭 엉덩이를 털면서 1루로 걸어나갈 참이었다.

그러나 바로 다음 순간 손강호는 격분하고 말았다. 무덤덤하게 그를 쳐다보고 있던 페드로가 문득 벙싯거리는 얼굴을 보였기 때문이다. 마치 조롱하는 듯이.

손강호가 곧장 페드로를 향해 달려나갈 태세이자, 포수와 심판이 재빨리 그의 앞을 가로막았다. 손강호가 웬만하면 그쯤에서 한 번은 더 참았을 것이다. 그런데 그때 페드로가 갑자기 손가락으로 그를 가리키며 뭐라고 소리를 지르며 격한 몸짓을 보이기 시작하는 데야, 손강호로서도 이것저것 생각하고 가릴 형편이 아니었다. 포수와 심판을 양팔에 매달고서 끌다시피 하며 마운드를 향해가는 손강호의 괴력에 대해, 페드로가 그제야 움찔한 모양으로 엉거주춤 뒷걸음질을 치기 시작했다.

1루의 호간이 갑자기 마운드를 향해 달려간 것은 바로 그때였다. 맹렬히 달려오는 호간의 목표가 바로 자신이란 걸 깨달은 순간 손강호는 일단 멈춰 섰다. 그리고 그때까지도 그의 양팔을 붙잡고 있던 포수와 심판을 천천히 밀어낸 다음, 차분하게 응전할 태세를 갖추며 호간을 기다렸다.

"우~!"

"우우~!"

관중석에서 야유가 일었다. 그러나 비난보다는 오히려 흥분이 짙게 녹아든 야유였다. 흑마왕 호간의 악명이야 익히 알려진 바이고, 그에 크게 뒤지지 않는 거구인데다 평상시의 파이팅 넘치는 경기 모습에서 터프가이의 이미지를 가진 손강호의 충돌은 기대하지 못했던 뜻밖의 볼거리가 아닐 수 없었다.

안 그래도 앙숙관계인 양 팀 선수들이 일제히 더그아웃을 뛰쳐나오자 관중석은 이내 흥분의 물결이 번졌다. 그런데 한순간,

"와~!"

"와아~!"

하는 함성이 터져 나왔다. 또 하나의 뜻밖의 광경에 대한 놀람의 탄성과 환호였다. 손강호와 호간이 격돌하기 직전에 누군가 뒤에서 호간을 덮치고 있었기 때문이다.

철민이었다. 그는 상황을 지켜보던 중이었는데, 돌연히 호간이 달려나가는 걸 보고 아연해하다가 그 목표가 손강호임을 짐작하는 순간 앞뒤 가릴 겨를 없이 반사적으로 호간의 뒤를 쫓았고, 두 사람이 격돌하기 직전에 몸을 날려 호간을 덮친 것이었다.

'고목나무에 붙은 매미' 까지는 아니더라도, 어쨌든 호간과 철민은 비교가 안 되는 체급이었다.

그런데 지금 두 사람이 만들어내는 광경은 뭔가 좀 이상했다. 호간은 철민이 양팔로 만든 고리에 머리가 낀 채였는데, 거칠게 버둥거리면서도 그 묘한 구속에서 쉽사리 빠져나오지 못

하는 모습은 마치 그 거구가 철민의 날씬한 체구에 매달려 있다시피 한 모양새였다.

헤드록이었다. 철민은 지금 호간의 두꺼운 목과 턱을 한꺼번에 휘감아 조이면서 그 커다란 덩치를 능히 제압하고 있었다.

손강호는 차라리 구경꾼 같았다. 철민을 거들 생각은커녕 말릴 생각조차도 없는 것 같았다. 뒤늦게 양 팀의 선수들이 주변으로 몰려들면서 드래건스 선수 중 몇몇이 그 기묘한 싸움을 뜯어말리려고 했을 때 손강호는 오히려 그들의 앞을 막아섰다. 그리고,

"막아!"

하는 손강호의 나직한 한마디에 그의 뒤에 섰던 강대웅이 조금의 망설임도 없이 앞으로 나서며 대뜸 양팔을 한껏 벌리며 버티고 섰다. 그렇게 두 거구가 적극적으로 저지를 하고 나서자 주위의 누구도 섣불리 끼어들 엄두를 내지 못하였다.

그리고 철민과 호간의 싸움이 사실은 그다지 싸움 같지도 않았다. 따지고 보면 철민은 지금 싸움을 하는 것이 아니라, 싸움을 말리기 위해 잔뜩 흥분한 호간을 붙잡아놓고 있는 중인 것이다.

"항복!"

호간이 뱉은 그 소리는 제법 또렷한 발음이었다. 그러나 당장에는 그것이 한국말이리라고 생각지 못한 철민이,

"홧(What)?"

하고 묻자 호간이 다시,

"항복!"

하고 외쳤다. 그제야 철민이,

"리얼리(Really)?"

하고 되물었고, 호간은 급하게 고개를 주억거렸다. 아니, 철민의 '철통 고리' 안에서 주억거리려고 힘겹게 애를 썼다.

소란이 일단락되었을 때 소란의 당사자들은 물론이거니와 양 팀에서도, 심판도, 경기 운영위원들도, 그리고 관중들까지도 굳이 문제를 삼으려는 분위기는 아니었다.

단지 작은 소란이었고, 잠깐의 볼거리가 펼쳐졌던 정도로 가볍게 넘어가자는 분위기였다.

모두의 공감대 속에서 소란이 마무리될 즈음, 불스의 더그아웃에서 한 사람이 슬그머니 불펜으로 나갔다. 소란의 와중 내내 벤치의 한쪽 구석에 앉아만 있던 이대헌이었다.

경기가 속개되었다.

그런데 분위기가 사고를 친다고 하더니 손강호에 이어 나온 8번 타자 김창수가 정말로 대형 사고를 쳤다. 홈런을 친 것이다. 시즌 첫 홈런이자 프로 십이 년차인 그의 통산 5호를 기록하는 귀한 홈런이었다. 또한 게임 스코어 4-3으로 단번에 승부를 뒤집어 버리는 역전 스리런 홈런이었고, 나아가 불스에게는 '뭘 해도 되는' 기조를 굳히는 홈런이었고, 반대로 드래건스에게는 불길한 징크스를 각인시키는 홈런이었다.

9회 초 드래건스의 마지막 공격.

불스의 마무리 투수 임희건은 불펜을 나서면서 힐끗 뒤를 돌아보았다. 그곳에서는 그와 함께 더블 스토퍼(Double Stopper)로 불스의 마무리를 책임지고 있는 이대헌이 몸을 풀고 있었다. 팡! 팡! 이대헌의 공에서는 묵직한 힘이 느껴졌다.

사실 정상적이라면 오늘은 이대헌이 마운드에 올라야 했다. 지난 이틀간 드래건스와의 치열한 박빙의 혈투에서 연달아 구원승을 따내는 동안 공 한 개 한 개마다에 그야말로 혼신을 다해 던졌기에 임희건은 지금 체력에 상당한 부담을 느끼고 있는 중이었다. 더욱이 오늘로 삼 일 연달아 그의 공을 접하는 드래건스 타자들이 이제쯤에는 구질에 익숙해졌을 거라는 불안감은 그를 더욱 부담스럽게 했다.

마운드에 오르는 임희건의 어깨가 다른 때보다도 처져 보이는 데 대해 장동국 감독은 입맛이 썼다. 이대헌 때문이었다. 이대헌은 본래 계투요원이었는데, 지난번 두 차례의 불미스러운 사건 이후 이런저런 우여곡절을 거친 끝에 마무리로 보직을 조정하였다. 사실은 겨우 130대 중반에 불과한 최고 구속에다 타자들을 농락할 정도의 기교파도 아닌 이대헌에게 맡길 역할이 마땅하지 않다 보니 그렇게 된 것이었다. 그런데 결과적으로는 그게 이대헌에게는 오히려 전화위복이 된 측면이 있었다. 마무리 보직을 맡은 뒤 이대헌은 이전과는 사뭇 다른 면모를 보였는데, 우선은 성격부터 변했다. 급하고 까칠한데다 후배들에게는 이기적이고 권위적이기만 하던 성격이 확연히 유연하고도 부드러워진 것이다. 차갑게 굳어 있던 그가 어느 순간부터는 자주 웃는 모습을 보였고, 훈련 때면 후배들을 위해 배팅 볼을 던져 주기도 하고 궂은일들을 솔선해서 하기도 했다. 투구 성향에 있어서도 이대헌은 또한 기대하지 않았던 새로운 면모를 보여주었다. 크게 기대하지 않고 마무리로 등판시켰던 몇 경기에서 그는 기존의 성급한 승부 스타일 대신 노련하고도 끈질긴 승부를 벌였다. 게다가 의외로 다양한 변화구를 보유하고 있었고, 위기에서도 좀처럼 흔들리지 않는 두둑한 배짱까지 선보였다. 그랬기에 긴가민가하며 몇 경기를 지켜보던 감독과 코치들도 이윽고는 '이대헌의 새로운 발견!'이니 '잠자고 있던 마무리 본능을 깨웠다'는 평가를 했을 정도다. 어쨌든 그런 덕분으로 이대헌은 최근의 경기들에서 임희건과 번갈아 마무리로 등판하며 꽤나 괜찮은 성적을 거두고 있는 중이었다. 그렇더라도 이대헌에게는 아직 넘지 못한, 그러나 반드시 넘어야만 하는 마음속의 벽 하나가 존재하는 것 같았다. 그때의 사건들 이후로 그는 지금까지도 드래건스와의 경기를 한사코 회피하고 있었다.

선두 타자를 맞아 2―3 풀 카운트 끝에 볼넷으로 내보낸 임희건은, 다음 타자에게 투수 옆을 스치는 중전안타를 허용하며 무사 1, 2루 상황을 만들고 있었다.

다음은 4번 타자 호간이었다. 한 방이면 다 잡아놓은 고기를 놓치고 말 판국으로 몰리고 만 것이다. 무엇보다도 임희건은 오늘 영 제 컨디션이 아니었다.

장 감독은 힐끗 불펜 쪽을 봤다. 불펜에는 등판 일정이 가장 먼 조의 투수들이 급하게 투입되어 몸을 풀고 있는 중이었다. 장 감독은 쓰게 입맛을 다셨다. 그들 중에 섞여 느긋하게 몸을 풀고 있는 이대헌을 보고서였다.

그러나 당연히 이대헌은 아니었다. 그 스스로도 드래건스 전을 회피하고 있을뿐더러, 그가 마음의 벽을 극복해 내는 데 얼마간의 시간이 더 필요하리라는 점에 대해서는 감독 자신 또한 충분히 공감하고 있는 바였다.

"감독님, 제가 던지겠습니다!"

그 말은 감독에게서 이미 등판 지시를 받은 서진웅이 새삼 스럽게 꺼낸 것이 아니었다. 이대헌이었다. 언제 불펜에서 나 왔는지 그가 등판을 자청하고 있었다. 뜻밖의 일이었지만, 그 렇더라도 장 감독은 오래 고민하지 않았다.

'다름 아닌 호간의 타순이다. 그렇다면 더욱이 나가게 해주 어야 한다'. 장 감독이 짧은 순간에 굳힌 생각은 그랬다. 결국 은 이대헌 스스로의 힘으로 넘어야 할 벽인 것이다. 누구의 강 요가 아닌 그 스스로의 의지로라면, 가능한 한 빨리 시도할수 록 좋을 일이었다.

"좋아! 호간만 잡고 들어와!"

교체투수의 연습 구를 다 받고 나서 손강호가,

"화이팅~!"

하고 힘껏 소리쳤다. 그의 고함은 수만 관중들의 소음을 뚫 고 그라운드 끝까지 전해졌다. 지금 그의 파이팅은 오로지 이대헌을 위해서였다.

　1구 볼. 2구 볼. 잇달아 두 개의 볼이 들어왔지만, 손강호는 이대헌이 흔들린다고 보지는 않았다. 1구의 가운데서 왼쪽으로 휘어져 들어오는 슬라이더와 2구째 완만하게 포물선을 그리며 들어오다가 아래로 뚝 떨어지는 파워 커브는 오히려 완벽한 컨트롤이었다. 이대헌이 직접 사인을 냈고, 그 사인대로 정확히 들어온 것이다.

　그러나 무사에 주자 1, 2루 상황이었다. 다시 포볼로 주자 만루 상황으로 가는 건 너무 지나친 무리수였다.

　'스트라이크존 바깥쪽 직구!' 이번에는 손강호가 먼저 사인을 냈다. 그러나 이대헌은 곧바로 고개를 흔들며 자신이 직접 사인을 냈다.

　'가운데 높은 직구!' 다시 유인구였다. 타자가 속지 않으면 스리볼로 가자는 것이니, 손강호로서는 쉽게 동의하기가 어려웠다. 언뜻 이대헌이 지금 호간을 피해가려 하는지도 모르겠다는 생각까지 드는 것이었다.

　그러나 어쨌든 이번 공 한 개는 더 이대헌의 생각을 따를 수밖에 없었다. 아무리 포수로서의 손강호의 신념이 '투수의 지배를 통한 경기의 지배'에 있다고 하지만, 이대헌은 그가 쉽사리 지배할 수 있는 상대가 결코 아니었다.

　팡! 가슴 높이로 들어오는 빠른 직구에 호간의 배트가 움찔 따라 나오다가 멈추었다. 손강호가 재빨리 1루심에게 콜을 외쳤으나, 노 스윙 판정이었다. 볼 카운트 0—3.

그때였다. 1루의 강대웅이 쭈뼛쭈뼛하며 1루를 벗어나 마운드를 향해 걸어온 것은.

"타임!"

손강호가 당황스럽다 못해 차라리 황당한 중에도 얼른 타임을 요청했다. 정말로 느닷없는 짓이었다. 주장도 아니고 고참급도 아닌, 기껏 얼마 전에야 처음으로 1군 무대를 밟은 새카만 신참이 타임이 요청된 것도 아닌 경기 중 상황에서 감히 독단으로 마운드로 올라가다니! 그것도 대선배가 던지고 있는 마운드로 말이다.

강대웅은 지금 어떤 묘하고도 강력한 충동에 휩싸여 있는 중이었다. 뭐랄까? 지금 이대헌이 겪고 있을 극도의 불안과 혼란, 격동과 격정에 대해 마치 그 자신이 똑같이 그런 지경에 처해 있는 듯한 느낌에 빠졌다고 할까? 그를 위해 작고 미미한 무엇이라도 해주지 않으면 안 될 것 같은 간절한 안타까움에 홀리고 말았다고 할까? 마운드 바로 아래까지 와서야, 그리고 이대헌의 부릅뜬 두 눈과 마주치고 나서야 강대웅은 퍼뜩 스스로의 도취에서 깨어났다. 동시에 자신이 지금 얼마나 주제넘고도 어이없는 짓을 벌이고 있는지에 대해 절감하지 않을 수 없었다.

"너 뭐야, 인마?"

이대헌의 짧은 다그침에 강대웅은 대번에 바짝 얼어붙고 말았다. 사실 그는 이대헌과 개인적으로도 결코 친한 사이는 못 되었다. 요즘에 들어 이대헌이 많이 변했다지만 그래도 손강

호나 철민과는 아직 편한 사이가 아니었고, 강대웅의 경우에
는 아무래도 손강호와 철민의 계파(系派)로 분류되는 게 사실
이었으니 말이다.
　"저… 선배님."
　덜덜 떨리는 목소리로 겨우 그 말만 꺼내놓고는 뭐라고 뒷
말을 잇지 못하는 강대웅에 대해, 이대헌은 저도 모르게 피식
웃고 말았다. 그 웃음에 겨우 용기를 얻었던지 강대웅이 불쑥
내뱉었다.
　"선배님, 끝나고 소주 한잔 사주십시오!"
　이대헌의 두 눈이 다시 부릅떠졌고, 그 서슬에 강대웅의 두
눈이 덩달아서 커졌다. 그런 강대웅의 표정에서는, 생각없이
불쑥 뱉어놓고는 뒤늦게 제가 무슨 말을 지껄인 줄을 깨달은
모양이 확연했다. 강대웅이 허둥대며 얼른 1루의 제자리로 도
망치려는 참인데,
　"야!"
　하고 이대헌이 불러 세우는 바람에 화들짝 놀란 강대웅이,
　"예?"
　하며 화들짝 돌아섰다. 이대헌이 씩 웃으며 말했다.
　"너하고 둘이서만 무슨 재미로 마시겠냐?"
　"예?"
　"손강호하고 김 팀장도 같이 한잔하자고 그래라."
　"예?"
　"야, 인마! 넌 할 줄 아는 말이 '예?' 밖에 없냐?"

"예? 아, 아닙니다."

"가봐! 1루 수비 잘하고! 실수하면 나한테 콱 찍힐 줄 알아?"

"예! 예!"

잰걸음으로 돌아가는 강대웅의 뱃살이 힘겹게 출렁거렸다. 그러나 그의 얼굴은 연신 벙싯거리고 있었다. 그와 이대헌이 무슨 얘기를 나누었는지는 누구도 모를 것이다. 무려 수만 명이 지켜보고 있었지만, 누구도 상상조차 하지 못할 것이다. 다만 같이 마운드에 있었으면서도 한마디도 거들지 않은 손강호를 제외하고는.

아까부터 경기 속행을 독촉한 끝에 이윽고는 경고라도 줄 듯이 격한 표정이 되어 있는 주심에게 굽신 허리를 숙여 보이며 손강호는 서둘러서 다시 마스크를 썼다. 그리고 얼른 글러브로 마스크를 가렸다. 자꾸만 실실 비어져 나오는 웃음이 바깥으로 비치면 안 될 것 같았기에.

4구는 체인지업이었다. 좀 전 3구와 동일하게 가슴 높이로 들어오다가 홈 플레이트에서 갑자기 뚝 떨어지며 스트라이크존을 통과하는 공을, 호간은 속절없이 바라보고만 서 있었다. 볼 카운트 1-3.

5구는 1구에서 보여준 바 있는, 가운데로 들어오다가 왼쪽으로 휘어지는 슬라이더였다. 그러나 조금 덜 휘어지면서 바깥쪽 스트라이크존에 걸치는 볼이었기에 이번에도 호간은 그냥 흘려만 보냈다. 볼 카운트 2-3.

6구째.

'커브!' 이대헌은 1구째 던졌던 파워커브를 다시 던지겠다는 사인을 냈다. 물론 이번에는 스트라이크존에 걸치는 코스였다. 그러나 손강호는 곧바로 고개를 가로저었다. 이대헌의 속셈은 짐작할 만했다. 호간을 철저히 농락하겠다는 것 아닌가? 그러나 손강호의 생각은 달랐다. 우선은 지금 이대헌의 컨디션이 아무리 좋다고 해도 본래 변화구 중에서도 가장 제구가 까다로운 축에 들어가는 구종이 바로 커브였다. 보통 어떤 구질에 대해 제구가 된다는 평을 받으려면 열에 일곱 내지는 여덟의 성공률을 가져야 하는 법인데, 커브의 경우는 극단적으로 열 개 중에 다섯 개만 성공해도 제구가 된다는 말을 들을 정도로 까다로운 구질인 것이다. 그리고 볼 배합도 영 느낌이 좋지 않았다. 지금까지의 배합이 3구까지 볼로 던졌던 코스들을 역으로 되짚어 스트라이크로 던지는 형식이었으니, 이제쯤에는 호간도 커브를 노리고 있을 수 있는 일이었다. 즉, 포볼로 밀어내기 점수를 주든지, 아니면 호간의 노림수에 걸려들어 장타를 맞을 확률이 크다는 판단이었다.

'내 말대로 해!' 이대헌이 다시 사인을 보냈으나 손강호는 이번에도 완강하게 고개를 저었다.

'이 자식이?

이대헌의 인상이 확 일그러졌지만, 손강호는 물러설 생각이 조금도 없었다. 두 사람이 그렇게 시간을 끌고 있자 호간이 타임을 요청하고 타석에서 물러났다. 주심이 이대헌에게 시간을 끌지 말라는 주의를 준 다음 호간이 다시 타석에 들어섰다.

‘인코스 직구!’

이번에는 손강호가 먼저 사인을 냈다. 순간 이대헌의 표정이 설핏 굳어졌다. 그럴 만도 했다. 140에도 미치지 못하는 구속에, 더욱이 인코스 스트라이크존으로 정직하게 들어가는 직구라면, 호간 같은 슬러거에겐 가볍게 당겨 치는 것만으로도 훌쩍 담장을 넘겨 버릴 수 있는 소위 ‘밥’ 인 것이다.

그러나 이대헌은 거부하지 않았다. 아니, 거부하지 못했다. 포수마스크 사이로 손강호의 두 눈이 강렬하게 외치고 있었기 때문이다.

‘제대로 한번 부딪쳐 봅시다! 정면으로 부딪쳐서 깨부수잔 말입니다!’

팩! 무릎을 맞추려고 작정이라도 한 것처럼 위협적으로 날아와 ‘팡!’ 하고 포수글러브에 꽂히는 속구에 호간은 반사적으로 움찔하며 엉덩이를 뒤로 뺐다. 이어 그는 사납게 투수를 노려보았으나, 감히 발작하지는 못하였다. 다만 거칠게 배트를 집어 던진 다음에 짐짓 거만한 걸음걸이로 1루를 향해 나아갔다. 그런데 그때였다. 그의 등 뒤에서 주심이 크게 외쳤다.

“스트라이크!”

삼진이었다. 호간이 마치 달려들기라도 할 듯이 거칠게 항의를 했으나, 주심은 상대조차 하지 않았다. 누구도 이의를 제기할 수 없으리만큼 몸 쪽 꽉 찬 코스의 분명한 스트라이크였던 것이다.

드래건스 더그아웃에서조차 아무런 반응이 없는 걸 보고 호간은 이내 무색해지는 모양새였다. 뭐라고 혼잣말로 분통을 터뜨리며 더그아웃으로 퇴장하면서 힐끗 마운드를 노려보는 호간에 대해 마침 마운드의 이대헌도 그를 보고 있었다. 이대헌의 눈길은 잔잔했다. 그러나 승자의 여유를 오롯이 만끽하는 눈길이었다.

장동국 감독은 약속을 지키지 않았다. 처음 이대헌에게 호간만 잡고 들어오라고 하더니 교체할 기미가 전혀 없었다.

사실은 이대헌도 당연하게 여겼다, 이 경기를 자신이 마저 끝내야 한다는 것에 대해.

좌익수 플라이 아웃, 그리고 1루수 파울플라이.

깨끗한 마무리였다. 그라운드의 야수들이 환호하며 일제히 이대헌에게로 달려갔다.

환하게 웃으며 야수들 하나하나와 하이파이브를 나눈 이대헌이, 마지막으로 어색하게 다가온 강대웅의 어깨를 툭 치며 나직이 말을 건넸다.

"어이, 뱃살킹! 약속 잊은 건 아니겠지?"

4

프로야구의 시즌 전반기가 끝나고 각 구단은 4일간의 올스타 브레이크에 들어갔다.

전반기에 94경기를 치른 불스는 30승 64패, 승률 0.319의 성적을 거두었다.

196 몽상가

　결국 꼴찌를 면하지 못했지만, 시즌 초만 하더라도 누구도 기대하지 못했던 수준의 성적이었다.

　더욱이 불스의 승률은 경기를 치를수록 가파른 상승세를 달리고 있는 중이었다. 7월 한 달간 치른 22경기에게 11승11패 승률 0.5로, 월간 성적만 놓고 보자면 여덟 개 구단 중 4위에 해당하였으니, 가히 놀라운 상승세라고 하지 않을 수 없었다.

　거기에다 리그 선두 드래건스와의 묘한 앙숙 관계는 금년 시즌 프로야구 최대의 흥밋거리로 떠올랐으니, 불스는 요즘 최근 몇 년간을 통틀어서 한 번도 누려본 적이 없는 가히 선풍적인 인기를 구가하고 있는 중이었다.

第五十五章

동행(同行)

1

　한낮의 관도를 일행으로 보이는 네 사람이 걷고 있었다. 여인 하나와 사내 셋이다.

　서너 발짝 앞서 걷고 있는 사내 둘은 무던한 회색의 무복을 입었는데, 등 뒤에 멘 봇짐과 발목에서 무릎까지를 야무지게 묶은 옷차림에서는 먼 여정을 떠나는 각오가 비쳤다. 한편 그런 점에서 그들은 뒤를 따르는 한 쌍의 남녀와는 다소간 부조화의 느낌이 있었다.

　그 여인은 발등 어림에서 찰랑거리는 옥색의 치마를 입었고, 그 옆에서 나란히 걷는 사내는 남빛의 장삼 차림이었다. 남녀의 차림새는 돋보일 만큼 화려하다고는 할 수 없었지만 앞의 두 사내에 비해서는 한결 가볍고 여유 있어 보일 뿐만 아니라 어딘지 모르게 멋들어지고 귀해 보이는 데가 있었다.

그들은 바로 예인후와 철민, 그리고 상군환과 위려려였다.

지금 상군환과 위려려는 역용을 하고 있었기에 감쪽같이 다른 사람들이 되어 있었다. 그러나 타고난 기품 탓인지, 혹은 늘 다른 사람들의 선망의 대상이 되는 데 익숙해진 데서 붙은 기질 탓인지, 그저 평범한 겉모습이 어딘지 모르게 다소간 어색해 보이는 느낌이었다.

예인후와 철민이 수호천을 떠난 지 며칠 후에 상군환이 그들에게로 합류한 것은 미리 정해져 있는 수순이었다. 그러나 다시 반나절쯤이 지났을 때 위려려가 불쑥 나타난 것은 적어도 예인후와 철민에게는 전혀 뜻밖의 일이었다.

처음에 위려려가 일행에 합류하겠다고 했을 때 예인후는 그녀의 사정을 들어볼 것도 없이 일언지하에 불가함을 표했는데, 그때 상군환이 그녀의 합류가 이미 총수의 허락을 득한 것임을 말했다. 그 말에 대해 예인후가 혼란스러워했음은 물론이고 위려려 역시도 언뜻 놀라는 기색을 감추지 못하였다.

어쨌거나 예인후는 우선의 확인을 위해 위려려에게 임무에 관해 간단히 몇 가지를 물었고, 과연 그녀가 대강의 사항을 숙지하고 있음을 확인하고는 일단 그녀의 합류를 받아들이는 것으로 상황을 정리했다.

그리고 예인후는 일행 모두에게 한 가지를 못 박았다. 이후로 임무의 완수 시점까지 어떤 상황에서든 모든 결정은 자신이 한다는 것을. 그것이 총수로부터 임명받은 임무조의 조장

으로서 권한이자 책임이니 이를 부정하는 사람은 지금이라도
수호천으로 돌아가라고.

상군환은 떨떠름해하는 기색이 뚜렷했으나 이의를 제기하
지는 않았고, 위려려는 쌩끗 웃는 것으로 대답을 대신했다.

그리고 철민은 괜히 뿌듯해졌다.

2

예인후는 내내 무거운 얼굴이었다. 그런 게 아마도 그에게
주어진 임무가 그만큼 막중하여 부담이 큰 때문이리라 철민은
짐작하였고 또한 이해할 만했다.

다만 철민이 가지는 작은 불만이 있다면, 일행 사이에 은연
중 흐르고 있는 어색하고도 불편한 분위기였다.

우선은 예인후와 상군환 사이의 보이지 않는 묘한 대립 때
문이었다. 안 그래도 자의, 타의로 진작부터 '라이벌' 구도를
이루어온 두 사람인데, 이제 어쩔 수 없는 상황에서 같은 목적
으로 먼 길을 함께 가야만 하는 입장이 되었으니, 그들이 서로
에 대해 느낄 불편함이야 오죽하겠는가?

더욱이 그들의 라이벌 구도에 어쩌면 가장 큰 원인일 위려
려까지 함께하고 있으니 어쩌다 눈빛이라도 마주칠라 치면 그
야말로 불꽃이 튀길 것은 당연할 일이었다.

철민의 입장에서도 상군환과 위려려에게는 말 한마디 건네
는 것조차도 영 내키지를 않았으니, 그런 저런 이유로 일행이

면서도 네 사람이 함께 어울리거나 말을 섞는 일은 거의 없었
다.

　그렇더라도 그런 약간의 어색함과 불편함에만 익숙해지거나
혹은 무감각해지고 나면, 그런대로 빠듯하지는 않은 여정(旅程)
이었다.

　그새 계절은 완연히 겨울로 접어들어 있었다. 한낮인데도
날씨는 차가웠고 바람마저 매서웠다.

　그러나 철민은 추위에 움츠리기보다는 오히려 흥이 났다.
사실 그다지 추위가 느껴지지 않는다는 게 이상하긴 했다. 특
별히 내복 같은 걸 입은 것도 아니고, 무슨 상품(上品)의 방한
복을 걸친 것은 더더욱 아니며, 그저 거칠고 투박한 옷감의 무
복을 걸친 게 다인데도 말이다. 그렇지만 그런 정도의 사소한
이상함은, 이제는 마치 오래 사귄 친구와도 같이 믿음과 정이
가는 예인후와 나란히 걸으며 주변 풍경들을 구경하는 재미에
금방 묻히고 말았다.

　'제길! 연애놀음은 둘이 있을 때나 하던가 하지?' 하고 철민
이 속으로 괜한 투덜거림을 뱉고 마는 것은, 역시나 자꾸만 신
경 거슬리게 만드는 두 청춘 때문이었다. 상군환과 위려려 말
이다.

　무슨 애깃거리가 그리도 많은지, 아니면 일부러 보라는 것
인지 어깨가 맞닿을 듯이 붙어 걸으면서 쉴 새 없이 조잘대고
있으니, 보고 있는 또 다른 청춘의 눈꼴이 사나워지지 않을 수
는 없었다.

그들 두 사람이 차라리 눈부시게 잘생긴 본 얼굴들이었을 때는 절세미남, 절세미녀의 특권으로 그럴 수도 있겠다 하고 지레 인정이라도 하고 말겠지만, 이건 그 얼굴이나 내 얼굴이나 거기서 거기가 되고 보니 봐주기가 영 껄끄러웠다(하긴 얼굴이야 평범하다고 하더라도 두 사람의 탄탄하고 늘씬한 몸매만으로도 괜히 보는 사람을 주눅 들게 만들고, 혹은 슬쩍슬쩍 곁눈질하게 만들긴 하지만).

그러나 그런 심사야 다만 철민이 그렇다는 것이지 정작 예인후는 별다른 기색을 비치지 않고 있었다.

"조장님, 이 길이 맞습니까?"

철민이 짐짓 목소리를 높이자 예인후가 대번에 머쓱해하는 기색이 되고 말았다. 바로 옆에 있는 그에게 묻는 말치고는 지나치게 컸고, 더욱이 '조장' 이라는 말에 유난히 힘이 들어가 있었기 때문이리라.

예인후가 쑥스러운 듯이 웃고 마는 것으로 대답을 대신했지만, 힐끗 돌아보는 상군환의 얼굴에는 슬쩍 불편한 기색이 스쳤다.

"조장님, 오늘 밤은 어디서 묵을 겁니까?"

철민이 다시 큰 소리로 외쳐 묻자 상군환의 얼굴이 이윽고는 설핏 찌푸려지고 마는 걸 보았는지, 툭 예인후가 가볍게 철민의 어깨를 부딪치며 미간을 좁혀 보였다.

철민이 힐끔 뒤쪽을 살피자, 마침 위려려의 얼굴에 짧은 웃음기가 스치고 있었다. 역용한 얼굴의 입가에 그려진 미소는

그저 그랬으나, 수정같이 맑은 눈망울에 반짝 서렸다가 이내
사라지고 마는 웃음기만큼은 어쩔 수 없이 황홀하고도 아쉬웠
다.

3

　철민 일행이 작은 고을을 만난 것은 노을녘이었다.
　도중에 강호인들과의 접촉은 가능하면 피해가자는 것이 예
인후의 방침이었으나, 마침 준비해 온 먹을거리가 떨어진 터
라 보충하기 위해서였다.
　마침 장이 서는 날인지 고을의 시전(市廛)은 제법 사람들로
북적이고 있었다. 철민이 낯선 물건들과 광경들에 이리저리
시선을 빼앗기지 않을 수 없었는데, 그런 것은 상군환과 위려
려도 마찬가지인 듯했다. 두 사람이 점잖은 체를 하면서도 수
시로 눈길들이 옮겨 다니는 걸 보면, 강호 초출(初出)로서의 어
쩔 수 없는 호기심과 들뜸 같은 게 있는 모양이었다.
　어느 순간 무엇을 보았던지 상군환의 미간이 설핏 좁혀졌
다. 그의 시선은 저쪽 건너편에서 이쪽을 건너다보고 있는 한
사내에게로 꽂혀 있었다. 짐승 가죽으로 만든 듯한 얼룩무늬
의 털옷을 걸친 그자는 얼굴이 온통 시커먼 구레나룻으로 덮
인 데다 허우대도 제법 우람하여서 한눈에 힘깨나 쓴다고 광
고를 하는 듯하였다.
　털보사내는 지금 사뭇 넋을 놓은 듯한 기색으로 위려려에게

서 시선을 떼지 못하고 있는 모습이었다. 하긴 위려려가 평범한 얼굴을 하고 있는 중이기는 하지만, 그렇더라도 그 늘씬한 몸매만으로도 이런 작은 고을에서는 구경하기가 쉽지 않은 미색일 터였다.

이윽고 상군환의 눈매가 날카로워졌다. 털보가 이쪽으로 다가오고 있었던 것이다. 시종 위려려에게로만 시선을 고정시켜 놓은 채 곧장 거리를 가로질러 오는 모양새에서 털보는 그대로 위려려를 낚아채기라도 할 듯한 기세였다.

그러나 털보가 서너 걸음 가까이까지 다가오도록 기다린 상군환이 문득 앞으로 미끄러져 나가며 가볍게 어깨를 부딪쳐 갔고, 순간 털보는 어떤 대단한 힘에 떼밀리기라도 한 듯이 그대로 뒤로 튕겨 나가 '철퍼덕' 하고 땅바닥에다 엉덩방아를 찧고 말았다.

땅을 박차고 벌떡 일어선 털보가 한바탕 성질을 폭발시키려는 기세이더니, 무엇을 보았는지 순간적으로 얼굴색이 변하고 말았다.

상군환이 슬쩍 장삼 자락을 열어 보이고 있었는데, 그 안쪽 허리춤에 둘러진 것이 한 자루의 연검이라는 사실을 털보는 알아본 모양이었다. 혹은 더하여 그때쯤에는, 상대적으로 작은 체구의 상군환과 그저 가볍게 어깨를 부딪쳤을 뿐인데 정작 자신이 뒤로 나가떨어지고 말았다는 데도 털보의 경각심이 미쳤으리라. 상대가 강호의 무인이라는 것에 대해.

"하하하!"

“훗!”

황급히 허리를 굽실대고는 도망치듯 사람들 사이로 사라지는 털보의 뒷모습을 보며, 마침 눈길이 마주친 상군환과 위려려가 나직이 소리 내어 웃었다. 그러나 두 사람과는 달리 예인후는 가볍게 얼굴을 굳혔다. 상군환이 벌인 그 잠깐의 소란에 사람들이 우르르 몰려들었기 때문이리라.

육포 등의 건량(乾糧)들을 어느 정도 구하고 보니 겨울의 짧은 해가 어느 틈에 서산마루 뒤로 넘어가고 있는 중이었다.

만약 위려려가 아니었다면, 해가 떨어졌다고는 해도 당장에 잠자리부터 챙기지는 않았을 것이다. 일단 가는 데까지는 가다가 다시 인가(人家)를 만나면 다행이고, 아니면 노숙이라도 마다하지 않았을 테니까. 지난 며칠간 예인후와 철민이 그렇게 해왔듯이 말이다.

그러나 그런 거친 환경에서 밤을 보내 본 적은 한 번도 없었을 두 사람에게, 더욱이 위려려에게 긴 여정의 첫날부터 그런 거친 잠자리를 강요하지는 못하겠던지 예인후는 선뜻 객잔을 잡자고 했다. 내일부터는 고된 여정이 될 거라는 다짐을 먼저 두고 나서.

4

객잔은 몹시 허름하였다. 그러나 고을에 하나밖에 없는 곳이었으니 다른 선택의 여지는 없었다. 세 개밖에 없는 방에 먼저 든 손님이 없는 것이 그나마 다행이었다. 방부터 예약한 다음 일행은 일단 식사부터 하기로 했다.

시골 객잔에서 고급 요리를 찾을 것도 아니어서 간단하게 주문을 했건만 음식이 나오는 데는 꽤나 시간이 걸렸다. 한산하기만 하던 객잔은 마침 저녁 시간이 되어서인지 하나둘 손님들이 들기 시작하더니 이내 북적거렸고, 작은 고을이라 대개는 서로 아는 사이들인 듯이 왁자지껄한 풍경이 만들어졌다.

이윽고 음식이 나왔을 때, 며칠 만에 처음으로 제대로 된 음식과 술까지 한 병 올라온 걸 보고 철민은 절로 입맛부터 다셔졌다. 그런데 철민이 다른 세 사람의 젓가락까지 챙겨주었음에도 예인후는 다른 사람들이 먼저 시작하기를 바란다는 듯이 점잔을 빼고 있었고, 상군환과 위려려 또한 젓가락을 들 생각을 않고 가볍게 얼굴을 찡그리고 있는 것이 음식이 별로 반갑지 않다는 기색 같았다.

그때였다.

—애송아! 강호의 음식은 잘 살펴서 먹는 것이 좋다!

난데없이 머릿속이 울린 것은 철민이 돼지고기볶음이지 싶은 것에다 막 젓가락을 대려는 순간이었다.

일령이었다. 그때 임시 휴전하기로 합의를 한 이후로 내내 침묵하고 있었고, 철민 또한 연속적으로 일어난 일련의 변화들로 인해 거의 잊고 지냈는데, 일령이 지금 갑자기 불쑥 자신의 존재를 인식시키고 나선 것이었다.

그러나 철민의 입장에서야 여러 사람의 눈이 있는 중에 뭐라고 반응을 해줄 수도 없었으니, 그냥 무시할 수밖에 없는 노릇이었다. 철민이 볶은 고기 한 점을 집어 입으로 가져가는데, 일령은 곧바로 까칠하게 반응했다.

―이 우매한 인간아! 그래, 실컷 먹고 확 뒈져 버려라! 하긴 네가 죽고 나서도 내가 이 안에 갇혀 있어야 하는 것은 아닐 테니 차라리 빨리 뒈져 버리는 게 나을 수도 있겠다!

순간 철민은 멈칫하고 말았다. 그런 독설까지 들은 다음에야 찜찜하지 않을 수 없었던 것이다.

철민이 음식을 집은 채로 멈추고 있자, 상군환 또한 없던 경계심이 언뜻 일어나는 모양이었다. 문득 소매 속에서 가느다란 은침을 하나 꺼내더니 음식마다 슬쩍슬쩍 찔러보는 것이었다. 그러나 은침의 색은 조금도 변하지 않았다.

철민이 쑥스러움을 면하기 위해서라도 들고 있던 고기 한 점을 얼른 입에 넣을뿐더러, 다시 잇달아서 몇 점을 더 우겨 넣었다. 그런데 철민이 우적우적 씹어 삼키는 모습에 문득 식욕이 돌았던지 상군환과 위려려도 이윽고는 젓가락을 드는 것이었다. 그리고 그제야 예인후도 젓가락을 들었다.

상군환과 위려려가 음식을 먹는 모습에서 느긋한 여유와 품격 같은 것이 느껴진다면, 예인후의 먹는 모습에서는 진중한 절제 같은 것이 느껴졌다. 다소간 느리다 싶게 음식을 집어 입에 넣고 오래도록 씹은 다음에야 삼키는 예인후의 식사 모습에 대해서는 철민이 이제는 좀 익숙해졌다지만 예전 한동안은 무척이나 이상하고 답답함을 느꼈을 정도다.

　어쨌든 철민이 여유와 품격, 혹은 진중한 절제와 같은 것들에 대해서는 크게 상관할 이유가 없었으니, 그저 젓가락이 가는 대로 이것저것 집어먹고 술도 두어 잔 따라서 마셨다. 그러다 보니 어느 틈에 배가 든든해지는데, 언뜻 시선이 마주친 예인후가 슬그머니 웃음기를 비쳤다. 그러고 보니 예인후는 그새 기껏 서너 번 정도나 젓가락질을 한 것 같았다.

　철민이 괜히 민망하기도 하여 술 한잔을 권하였는데, 예인후는 다시금 빙그레 웃더니 자신이 술병을 넘겨받아서는 철민의 잔을 채워주었다. 예인후가 본래 술을 그다지 좋아하지 않는 줄 알기도 하지만, 지금 철민에게 예인후의 그런 모습은 역시 일행의 조장으로서 조심하고 경계하는 모습으로 비쳤다. 하긴 이즈음에 철민이, 예인후에 대해서라면 무엇이든 좋게 보려는 경향이 되어 있다는 데 대해 자인(自認)하고 있긴 했다.

　그런데 그때였다. 돌연 예인후가 안색을 급변시키더니 다급하게 외쳤다.

　"잠깐! 음식에 이상이 있는 것 같소!"

　모두가 흠칫 놀라고 마는 중에 상군환이 재빨리 품속을 뒤져 작은 자기병 하나를 꺼냈다. 마개를 열고 거꾸로 들자 자기병 속에서는 콩알만 한 검은색 환약들이 손바닥에 쏟아졌는데, 금세 진한 약향이 주위로 번졌다. 상군환이 그중 한 알을 위려려에게 건넨 다음 자신도 한 알을 입에 넣었다. 그리고는 다시,

"보명환(補命丸)이오!"

하고 나직이 외치며 예인후와 철민에게도 한 알씩을 건넸다.

예인후도 보명환에 대해서는 알고 있는 듯이 주저없이 받아서 입에 넣었기에 철민으로서도 망설일 여지는 없었다. 환약은 입에 들어가자마자 그대로 녹았는데, 대번에 청량한 향이 입 안 가득히 번지며 상쾌한 느낌이 들었다.

그런데 그때 다시 객잔 안의 손님들이 일제히 자리를 박차며 일어서더니, 일행을 향해 뚜렷한 적의를 드러내며 몰려드는 것이었다. 일행이 극도의 당황과 긴장 상태로 되고 마는 중에 상군환이 돌연,

"저놈은?"

하고 외치며 한쪽을 노려보았는데, 그의 시선이 향한 곳에는 얼굴이 온통 검은 구레나룻으로 뒤덮인 거구의 사내 하나가 누런 이를 드러낸 채 웃고 있었다. 옷차림이 바뀌었더라도 아까 시전에서 보았던 바로 그 털보였다. 그제야 대강의 사정이 어떻게 돌아가는지 감을 잡은 상군환이 자리를 박차고 일어서며 차갑게 호통 쳤다.

"가소로운 놈들! 네놈들이 감히!"

그러나 상군환은 호통을 채 맺지도 못하고 몸을 휘청거렸다. 놀란 위려려가 황급히 일어서며 상군환을 부축하였으나, 그녀 또한 휘청거리며 중심을 잡지 못하더니 두 사람은 함께 제자리로 털썩 주저앉고 말았다.

"흐흐흐!"

"으하하하하!"

객잔 내에 비웃고 의기양양해하는 웃음소리가 왁자하니 번졌다. 그로써 저녁 시간을 맞아 정겹게 북적거리던 시골 객잔 안의 풍경은 돌연히 살벌하기 그지없는 것으로 바뀌고 말았다. 그때,

"물러서라!"

한소리 우렁찬 호통과 함께 자리에서 일어선 예인후가 성큼 앞으로 나섰다. 그러나 그 또한 몸에 이상이 있는 듯이 내쳐 나아가지는 못하고 그 자리에 버티고 섰다. 그렇더라도,

챙! 봇짐에서 그대로 뽑아 든 예인후의 검이 차가운 울음소리를 토하며 허공에다 한 가닥 날카로운 빛을 뿌려내자 낄낄거리며 다가서던 무리들이 대번에 멈춰 섰다.

"목숨이 아깝지 않은 자는 나서라! 가차없이 목을 베어줄 것이니!"

이어 터진 호통에 무리는 주춤 한 걸음씩을 뒤로 물러섰다. 그러나 바로 뒤에 선 철민은 우뚝 버티고 선 예인후의 두 다리가 가늘게 떨리는 걸 볼 수 있었다. 옆을 돌아보니 상군환과 위려려가 힘겹게 의자에 기대어 있었는데, 부릅뜬 두 사람의 눈빛에서는 극도의 당황과 초조함이 비치고 있었다.

철민은 선뜻 앞으로 걸어나가 예인후의 옆으로 섰다. 예인후가 당장에 놀라고 다급한 눈빛이 되었지만, 막상 말을 하거나 몸을 움직이지는 못하였다. 그런 모습에서 철민은 그가 이

제는 버티고 서 있는 것조차도 힘겨운 상태라는 걸 짐작해 볼
수 있었다.

철민은 두 걸음을 더 나아가 예인후를 등 뒤에다 두고 섰다.
무슨 책임감이나 정의감 같은 것은 아니었다. 그런 건 예인후
같은 사람에게나 어울리는 덕목이지 그와는 결코 어울리지 않
는다는 건 그 스스로가 잘 알았다. 정의롭기에는 그 자신이 너
무 계산적이라는 것도.

그렇지만 철민이 지금은 이렇게 할 수밖에 없었다. 예인후
가 책임감이나 정의감을 발휘할 수 없는 상황인데다, 다른 모
두에게 이상이 생겨 있는데 그 혼자만 멀쩡하였으므로. 그럼
에도 불구하고 나서지 않는다면 그가 진심으로 '잘난 인물' 로
인정한 예인후에게 부끄러워질 것이므로.

철민이 앞으로 나섰지만 예인후에 비하면 오히려 만만해 보
였던지 무리가 다시금 움직이기 시작했다. 더욱이 철민이 저
도 모르게 움찔하고 말자, 무리는 돌연 기세를 돋우며 성큼성
큼 다가섰다. 철민이 당황하여 힐끗 뒤를 돌아보았지만 물러
설 데가 없다는 사실만 재차 확인하였을 뿐이다.

"와아아~!"

흥분한 고함과 함께 무리가 우르르 몰려왔다. 철민이 질끈
이를 악물었다.

"쳐라!"

"밟아라!"

악다구니들이 난무하는 무리의 거친 틈바구니 속에서 철민

은 무작정으로 주먹을 쳐냈다. 한 발짝도 물러설 수 없다는 각오 외에는 그 자신도 어떻게 주먹을 뻗고 치는지 느끼지 못하는, 그야말로 무작정의 좌충우돌이었다.

그러나 이내 철민은 자신이 제법 잘 버티고 있다는 인식을 가질 수 있었다. 그는 제법 빠르게, 그리고 제법 위력적으로 무리를 상대하고 있는 중이었다. 그의 방식은 역시 재활체조였다. 그리고 그는 무조건적이고 반사적인 수준을 넘어서 점차로 능동적으로 재활체조를 펼쳐 볼 수 있었다.

퍽! 팍!

"악!"

"어이쿠!"

타격 소리와 비명, 그리고 거친 숨소리가 급하고도 질펀하게 어울리는 중에 누군가 날카롭게 외쳤다.

"죽여라!"

순간 철민과 얽혀 있던 무리가 우르르 물러났고, 그 뒤쪽에서 언제 꺼내 든 것인지 짧은 칼과 손도끼 등을 앞세운 수십 명이 살기를 번들거리며 달려들었다. 순간 철민은 소름 끼치는 공포를 느꼈다. 그가 저도 모르게 주춤주춤 물러설 때였다. 문득 등에 와 닿는 뾰족한 느낌에 철민이 화들짝 놀라며 뒤를 돌아보았다.

"철형! 검!"

힘겨운 목소리는 예인후였다. 힘겹게 들고는 있으되 막상 건네줄 기력도 없는 듯 그는 눈으로 자신의 검을 가리켰다. 생

각하고 말고 할 여지는 없었다. 예인후의 손에서 검을 낚아챈
철민은 그대로 검을 휘두르기 시작했다.

윙! 윙!

검에서는 무겁고 둔한 바람 소리가 일어났다. 검에서 그런
소리가 난다는 것은 물론 철민이 검을 바르게 쓰지 못하고 있
기 때문이다. 마치 쇠몽둥이를 휘두르듯이 하고 있으니 말이
다. 바람 소리만 그런 것이 아니었다. 실제의 위력 또한 마치
쇠몽둥이 같았다.

캉! 카캉!

칼이든 손도끼든 철민의 검과 부딪치는 족족 튕겨나고 있었
다.

"어헛!"

"아앗!"

다급한 비명이 잇달아 터져 나왔다. 무작정으로 휘두르는
철민의 검 놀림이었지만, 한정된 실내 공간에서 그다지 잘 훈
련되지는 않은 다수의 무리를 상대로 해서는 능히 대단한 위
력을 발휘하는 것이었다.

그런데 그때 누군가가 다시 뾰족하게 외쳤다.

"암기를 던져라!"

무리가 우르르 물러났다. 그리고 철민이 미처 숨을 돌리기
도 전에 무엇인가 작은 물체들이 무수히 날아들기 시작했다.
그것들 중에 표창과 쇠구슬 따위가 섞인 것을 보고, 철민이 더
는 어떻게 해볼 수가 없겠다는 체념의 심정이 되지 않을 수는

없었다.

그러나 그렇더라도 도망칠 생각이 들지 않는 것에 대해 철민은 차라리 우습기까지 했다. 없던 책임감이나 정의감 따위가 갑자기 생긴 것은 당연히 아니었고, 다만 그의 등 뒤에 있는 예인후 때문이었다.

더 이상 생각을 굴릴 여유는 없었다. 철민은 버티고 선 채로 최대한 휘두르기 시작했다. 그런데 순간 언뜻 스치는 또 다른 생각 하나.

'매봉이었다면! 아니더라도 묵중이라도 되었다면!'

물론 그것들이 있다고 해서 무슨 철벽을 만들 수 있는 건 아니겠지만, 그렇더라도 있었으면 하는 괜한 간절함이었다.

위이잉! 위이윙!

철민이 죽어라 검을 휘둘렀지만, 메뚜기 떼처럼 날아드는 암기에는 소용이 없었다. 쇠구슬같이 몸을 때리고 지나가는 종류들이야 그나마 견딜 만했다. 그러나 단검이나 표창 종류처럼 몸에 상처를 내는 것들로 인해 온몸에서는 연신 따끔거리고 쓰라린 통증이 피어났다. 다만 그런 중에도 몸에 제대로 박혀드는 암기는 없는 것 같았는데, 그런 데 대해서는 다행인 한편으로 의아하기도 했다. 그렇더라도 상황은 조금도 희망적이지 않았다. 남은 문제는 그가 언제 쓰러질 것인가 하는 것뿐이었다.

펑! 펑!

바깥에서 무언가 시커먼 덩어리들이 날아들어 터진 것은 바로 그때였다. 몇 군데에서의 폭발과 함께 시커먼 연기가 뭉클뭉클 뿜어졌고, 객잔 내부는 빠르게 짙은 연무로 채워졌다.

"컥!" "커억!" "콜록!"

이내 곳곳에서는 호흡 곤란을 호소하는 소리와 괴로워하는 기침이 터져 나왔다.

철민도 얼떨결에 연기를 한 모금 마셨는데, 대번에 코와 목이 따가워지며 숨 쉬기가 힘들었다. 게다가 눈물콧물이 마구 흘러내리는데, 마치 최루가스를 마실 때와 비슷했다.

무리가 금세 당황과 혼란에 빠졌는데, 자욱한 연무 속에서 누군가 다급한 공포를 담아 외쳤다.

"독연탄(毒煙彈)이다! 숨을 멈추고 즉시 바깥으로 나가라!"

그 한마디에 무리가 앞다투어 우르르 객잔의 출입구로 몰려나갔고, 밀고 밀치며 필사적으로 바깥을 향해 뛰쳐나갔다.

그렇더라도 철민이 여전히 버티고 선 채로 눈물콧물을 짜내며 컥컥대는 중에, 문득 연무를 뚫고 이쪽으로 다가서는 사람의 형체들을 발견하고는 흠칫 긴장하며 검을 겨누었다. 그러나 그는 이내 놀라 외치고 말았다.

"야, 너?"

뒤이어 그의 뒤에서 예인후가 역시나 놀란 외침을 힘없이 토했다.

"인화야!"

그들에게로 다가오고 있는 두 사람 중의 하나는 놀랍게도 바로 예인화였다.

모두는 예인화가 나누어 주는 단약(丹藥) 한 알씩을 받아서 급하게 입으로 털어 넣었다. 철민 역시도 일단 입에다 털어 넣고 보았는데, 그 맛이 좀 전 상군환의 보명환과는 아주 달라 몹시 쓴 데다 비릿하기까지 하여서 절로 인상이 찡그려졌다. 그러나 다시 뱉을 수는 없어서 철민이 두 눈을 질끈 감고는 꿀꺽 삼키고 말았다.

모두가 짧은 운공에 들어간 틈을 타 예인화는 철민의 상처를 살펴주었다.

철민에게는 새삼 익숙한 손길이었다. 물론 예전 그때에 비하자면 지금 그의 상처는 아주 가벼운 것에 불과했지만, 그래도 예인화는 심각한 것처럼 잔뜩 얼굴을 찌푸린 채였다. 그때처럼.

그렇더라도 철민은 철민대로, 예인화는 예인화대로 쑥스러움을 느끼지 않을 수는 없었다. 아무리 다들 자신들의 일에 바쁜 중이라고 해도 어쨌든 여러 사람들이 함께 있는 상황이 아니던가.

한편 두 사람은 또 한 가지 이상한 점에 대해서는 별 대수롭지 않게 넘기고 있었다. 바로 철민의 상처에 대해서였다. 철민의 온몸에 난 상처는 촘촘하다고 해야 할 정도였으나, 그 모두가 가벼운 자상(刺傷)이나 열상(裂傷) 정도에 불과했으니, 좀 전 철민이 처했던 상황에 비추어보자면, 그러한 상처의 가벼움에 대해서는 약간이라도 의구심을 가져보는 것이 당연한 일일 터인데도 말이다.

'예쁘다!'

며칠 만에 보는 반가움 때문인지 예인화의 얼굴을 보면서 철민은 새삼 기꺼웠다. 간편한 바지 차림에 긴 머리를 깡뚱하니 올려 묶은 모습이 사뭇 달라 보이기도 했다. 만약 그때 운공을 마친 예인후의 목소리가 아니었다면 그는 언제까지고 예인화를 바라보고 있었을지도 몰랐다.

"놈들이 일단 물러갔다고는 하나 필경은 금방 다시 돌아올 것이니 일단 이곳에서 벗어나도록 합시다!"

"바깥에 그자들이 지키고 있다면 어떻게 하지요?"

철민의 걱정을 상군환이 분기 띤 목소리로 눌렀다.

"그깟 벌레보다 못한 비루한 놈들, 단칼에 베어버리면 될 일!"

그때 다른 목소리 하나가 차분하게 끼어들었다.

"아까 저들 중에 독연탄에 대해 아는 자가 있었으니, 아마도 저들은 지금쯤 해독을 위해 분주할 겁니다."

그제야 낯선 사내의 존재를 새삼 인식하고 철민이,

"엇?"

하고 놀란 소리를 냈고, 다른 이들도 퍼뜩 경계의 눈초리를 보냈다. 사내는 초립을 눌러써 얼굴을 가리고 있었는데, 양손에는 손목까지 올라오는 엷은 황색의 장갑을 끼고 있었다. 철민이 놀란 것은 사내의 목소리가 어딘지 익숙하다고 느낀 때문이었다.

예인후가 또한 잠깐 당황의 빛을 보였지만, 이내 침착하게 일행을 독려했다.

"자! 모두 서두릅시다!"

6

일행이 급한 걸음을 멈추고 잠시 숨을 돌린 것은 고을을 빠져나와 제법 가파른 고갯마루 하나를 넘고 나서였다. 그때까지 뒤를 쫓는 움직임은 없었다.

"동생, 함께 온 사람은 누구야?"

위려려가 내내 예인화의 곁에 붙어서 따르는 초립사내를 눈짓하며 예인화에게 물었다. 그러자 사내는 문득 모두를 향해 꾸벅 허리를 숙이고 나서 초립을 벗었는데, 우선 눈에 뜨이는 것은 덥수룩하게 수염을 길렀음에도 그 밑으로 완연히 푸르게 비치는 피부색이었다.

그때 상군환이 대뜸 노한 호통을 쳤다.

"율도린! 네가 감히?"

그랬다. 사내는 율도린이었다.

상군환이 당장에 손을 쓰려는 기세인데도 율도린은 조금의 대항 의지도 없는 듯이 가만히 서 있기만 했다. 그러나 두려워하는 기색은 없이 다만 담담하고 차분하여서, 이전의 율도린과는 사뭇 다른 면모가 느껴지는 것 같았다.

"그만두시오!"

예인후가 제지했으나 상군환이 곧바로 반발하며 대갈하였다.

"그만두라니! 저자에 대해 수배령이 내려진 사실을 모른단 말인가?"

예인후가 차분하게 상군환을 직시하며 말을 받았다.

"지금 우리에게 수배자를 체포하는 일이 중요한 것은 아니지 않소? 더욱이 그를 체포한다고 한들 그다음엔 어떻게 할 것이오? 천까지 압송이라도 해갈 것이오?"

상군환이 억지로나마 한풀을 꺾는 듯하더니, 이내 차갑게 반문하였다.

"그럼 저들을 어떻게 처리할 생각이오?"

그때 예인화가 급한 손짓으로 예인후에게 무언가를 설명하였는데, 예인후가 잠시 보고는 곧바로 단호하게 고개를 가로저었다.

"불가하다. 우리는 지금 중요한 공무를 수행하고 있는 중이니, 다른 사람을 동행시킬 수는 없는 일이다. 그러니 너와 율형은 곧바로 천으로 돌아가도록 해라."

그러자 듣고 있던 위려려가 안 될 말이라는 듯이 나섰다.

"이미 수호천에서 멀리 와버렸는데, 무공도 모르는 인화 동생더러 이대로 돌아가라니요? 그런 무모한 말이 어디 있어요? 물론 우리와 계속 함께하기는 어렵다고 해도 아무런 대책도 없이 무작정 돌아가라고 하는 건 결코 안 될 말이에요.”

예인후는 굳은 얼굴을 풀지 않은 채 모두를 한번 돌아보았다. 그리고는 천천히, 그러나 단호한 투로 말했다.

“어떤 일도 우리의 임무보다 우선할 수는 없소. 그리고 조장으로서 나는 이미 결정을 했으니 더 이상 어떤 이의도 달지 말기를 바라겠소.”

예인후가 그렇게까지 말을 하는데는 위려려도 곧바로 거스르기는 그랬는지 묵묵히 입을 닫고 말았다.

철민은 다소간 상반된 느낌이었다. 잔뜩 어두워진 예인화의 얼굴은 안타까웠지만, 한편으로 예인후에 대해서는 무언지 모르게 뿌듯해지는 느낌 같은 게 있었다. 그때

[어떻게 좀 해보세요!]

문득 속으로부터 속살거리는 소리에 철민이 반사적이다시피 중얼거렸다.

“뭐? 뭘 어떻게 해보라는 거야?”

그러나 다른 이들이 모두 의아하게 그를 돌아보는 바람에 철민은 슬쩍 자리를 피하며 다른 쪽으로 등을 졌다.

[저는 결코 돌아가지 않을 거예요.]

전해지는 결심의 강도만으로도 철민에게는 이미 협박이나 마찬가지였는데, 예인화는 다시 혹을 붙이고 있었다.

[그리고 저분 율 공자는 지금 저의 환자예요.]

“환자라고? 그건 또 무슨 얘기야?”

[자세한 얘기를 할 수는 없지만, 어쨌든 지금은 저의 도움이

절대적으로 필요해요.]

"그래서? 저 친구까지 같이 가게 해달라고? 허! 이거야, 원! 아니, 예 형 성격은 나보다 네가 더 잘 알 거 아냐? 너 혼자도 아니고 엉뚱한 친구까지 끼워달라니, 그게 도대체 씨알이나 먹힐 소리야?"

그러나 막상 그렇게 쏘아붙이고 나니 이내 안된 마음이 들었기에 철민은 금방 누그러진 투가 되고 말았다.

"알았어. 일단 말이나 한번 해보지, 뭐."

[그리고 율 공자는 당신을 위해서도 한 가지 수고를 마다하지 않았어요.]

그 소리에 의아해진 철민이 언뜻 뒤를 돌아보는데, 율도린이 그를 향해 성큼성큼 걸어오고 있는 중이었다.

율도린이 등에 지고 있던 봇짐 속에서 꺼내 불쑥 내미는 것은 천에 싸인 길쭉한 물건이었다. 철민이 얼떨결에 받아 들었는데, 천을 풀어볼 것도 없이 받아 드는 순간의 묵직함만으로도 그것이 무엇인지를 짐작할 수 있었다.

묵중! 바로 그것이었다.

철민이 묵중에 대해 반가운 마음이 드는 것만큼이나 가볍지 않은 물건을 굳이 여기까지 짊어지고 와준 율도린의 수고에 대해서도 고마운 마음이 들지 않을 수는 없었다.

"고맙소."

철민의 다소간 어색한 치사에 대해 율도린은 그저 엷게 웃기만 하였다.

"조장님, 여기까지 찾아온다고 힘들고 지쳤을 텐데, 일단 몸이라도 추스른 다음에 가라고 하든지 말든지 합시다."

철민이 예인후에게 슬쩍 운을 떼보았는데, 예인후는 역시나 단호하게 고개를 가로저었다. 예인화가 그만 바라보고 있는 중에, 철민이 잠시 생각을 굴린 끝에 그가 할 수 있는 가장 강력한 카드를 꺼냈다.

"정히 안 된다면 내가 두 사람을 수호천까지 데려다 주고 오지요."

그 말에는 예인후가 퍼뜩 난색이 되고 말았다. 그리고 상군환이 또한 설핏 미간을 좁히고 마는 중인데, 위려려가 쌩끗 웃으며 끼어들었다.

"밤은 깊어가고 추워 죽겠는데 언제까지 예서 이러고들 있을 건가요? 복잡한 문제는 천천히 고민해도 늦지 않을 것이니, 일단 어디든지 추위를 면할 만한 곳부터 찾아보도록 해요."

예인후가 마지못한 듯이 받았다.

"달이 밝아 밤길을 갈 만하니 일단은 좀 더 가보기로 합시다."

7

"늦었지만 고맙소, 철 형."

달빛에 의지해 걷는 중에 예인후가 작은 소리로 건네는 말에 대해 철민은, 그가 무엇에 대해 고맙다고 하는지 언뜻 감을

잡기 어려웠다. 그래서 그냥,

　“뭘요.”

　하는 정도로 받고 말았다. 그렇더라도 무언가 뿌듯한 느낌
이 드는 건 있었다. 왠지, 혹은 괜히 예인후가 그의 성의를 알
아주는 듯한 그런 느낌이었다.

第五十六章
도중(途中) I

몽상가

1

　밤길이라 방향을 잘못 잡았는지 가도 가도 계속 길만 이어지고 있었다. 게다가 가는 눈발까지 날리기 시작하고 보니 안 그래도 잔뜩 움츠린 채 힘겹게 한 걸음씩을 옮기고 있던 예인화의 가녀린 어깨가 이윽고는 눈에 띄게 덜덜 떨리고 있었다.

　철민이 진작부터 예인화에게서 안쓰러운 눈길을 떼지 못하고 있던 중인지라, 더는 두고 보지 못하여 사람들이 보든 말든 겉옷을 벗어 내밀었다.

　사람들 시선 때문에라도 한 번 권하는 걸로는 받지 않을 줄 알았더니, 예인화는 선뜻 옷을 받아서 제 몸에다 걸쳤다. 그만큼 추위를 견디기 어려웠던 것이리라. 그러나 기껏 거친 질감의 겉옷 하나로 살을 에는 추위를 막을 수 있을 것도 아닌데다 몹시 지치기까지 하였으니, 철민이 보기에 금방이라도 쓰러지고 말 듯이 영 불안하기 짝이 없었다.

'망할 자식, 지가 하지!'

철민이 내심으로 괜히 투덜거려 보는 것은 아까부터 계속 눈치를 주고 있는 율도린에 대해서였다. 그렇더라도,

'힘겨워하는 예인화에 대해 무슨 조치를 좀 취하지 않고 무얼 하고 있느냐?' 하는 사뭇 노골적인 율도린의 눈총에 대해, 철민이 정말로 기분이 상하거나 싫은 것은 아니었다. 오히려 그를 제쳐 두고 율도린이나 다른 사람이 예인화를 돕겠다고 나섰다면 기분이 상했을 것 같았다. 그것이 남매지간인 예인후였다고 해도 말이다.

"업혀!"

무덤덤한 체 등을 내미는 철민에 대해 예인화는 순간 당황스러워하는 기색이었다. 그러나 이내 배시시 수줍은 미소를 짓고는 순순히 업혔다.

"힘들지 않게 제대로 잡아!"

철민이 예인화의 몸을 한껏 추어 올린 다음에 엉덩이 아래를 두 손으로 단단히 받치면서 괜히 한마디를 퉁겼다. 딴에는 부끄러워하지 말라고 마음을 쓴 것이지만 그 때문에 사람들의 눈길이 죄다 두 사람에게로 향하고 말았으니, 예인화가 이윽고는 부끄러움을 참지 못하겠던지 철민의 등에다 얼굴을 파묻었다.

예인화의 작은 몸은 가벼웠다. 그리고 차가웠다. 아주 꽁꽁

얼어붙은 것 같았다. 다행히도 조금 지나자 그의 체온인지 그녀의 체온인지, 혹은 둘의 체온이 합쳐진 것인지 그녀와 맞닿은 부분부터 따뜻해져 왔다. 그녀가 한결 따뜻해하고 편안해하는 느낌이 전해져 왔으므로 철민의 마음도 비로소 편안해졌다.

눈발은 좀 더 굵어졌기에 예인후는 일행을 멈춰 세웠다. 더 이상은 갈 수 없겠다고 판단한 모양이었다.

가까운 주변을 살핀 끝에 예인후는 한곳을 지정했다. 몇 개의 커다란 바위가 둥글게 병풍처럼 솟아 있는 곳이었는데, 그 아래쪽으로 제법 넓은 틈새 공간이 형성된 곳이었다.

예인후와 율도린이 근처의 소나무 가지들을 꺾어 와서 틈새 주변으로 바람막이를 세우고, 또 얼기설기 지붕을 만드는 등 분주하게 야영 준비를 할 때, 철민은 그들의 일손을 돕기보다는 예인화를 틈새 공간의 가장 안쪽 자리에 내려서 쉬게 하고 급히 주변의 마른 나뭇가지와 땔감을 모아서 모닥불부터 피웠다. 대강 연기가 잦아들자 예인화를 불 옆으로 끌어다 앉혔는데, 꽁꽁 얼었던 예인화의 얼굴에 금세 발그레한 화기가 돌아왔다. 그 모습이 정말 보기 좋았기에 철민은 불을 지킨다는 핑계로 불 옆을 떠나지 않았다.

한쪽에서 어색하게 쭈뼛거리고 있던 위려려와 상군환이 슬그머니 모닥불 주변으로 다가오는 걸 보고 철민이 살짝 심사가 꼬이기는 했지만, 그렇더라도 순순히 불 주변으로 앉을 자리를 내주었다. 편하게 자리를 깔아주기를 기다리는 것 같아

얄밉기는 하였지만, 한편으로 생각해 보면 이런 쪽으로 경험
이 있을 리 없는 두 사람이니 선뜻 일을 돕겠다고 나서지도 못
하고 눈치만 보고 있는 것도 마음이 편할 리는 없을 게 아닌가
싶었다. 두 사람이 과연 그런 마음이었던지 불 바로 가까이로
는 다가서지 않고 두어 걸음이나 떨어져 서 있었다.

위잉! 갑자기 세찬 바람이 불어 닥치자 날리는 눈발이 모닥
불 근처까지 날아들었고, 예인화가 움찔 어깨를 웅크렸다. 철
민이 한 움큼 마른 나뭇가지를 불 위에 올리고 그 밑을 들어 올
려 바람구멍을 터주자 불길이 확 일어났다. 그 바람에 놀랐다
는 듯이 움찔 뒤로 몸을 기울이며 힐끗 쏘아보는 예인화에 대
해 철민은 싱긋 웃음을 흘렸다.

'그렇게 곱게 집에나 있을 것이지 누가 사서 고생을 하라
든?'

2

예인후와 율도린이 작업을 마치고 모닥불 근처로 왔기에 철
민이 얼른 일어나며 자리를 만들어주었다.

그러나 예인후는 조금 떨어져 서 있는 위려려와 상군환에게
모닥불 옆으로 앉을 것을 권했다. 두 사람이 못 이기는 체 자
리를 잡고 앉자 예인후는 이어 율도린에게도 앉을 것을 권하
였다. 그러고 보니 율도린의 얼굴은 푸른빛이 더욱 선명하게
비쳐서 마치 얼어버린 것처럼 보였다. 사양하는 율도린을 예

인후는 좀 전에 철민이 앉았다가 비켜준 자리로 기어코 주저
앉혔다. 그리고는 슬쩍 돌아보며 웃기에, 철민이 정확한 의미
는 몰랐어도 또한 싱긋 웃어줄 수밖에 없었다.

모닥불의 따뜻한 훈기는 모두의 언 몸을 녹여주었지만, 서
로 간에 흐르는 어색한 분위기는 그리 오래는 공유하고 있을
것이 못 되었다.

상군환이 특히 불편했던지 슬그머니 일어서려는 기색인데,
예인후가 먼저 몸을 일으키더니 공간의 가장자리로 걸어갔다.
땅바닥에는 평평한 곳을 골라 여섯 장의 모포를 깔아놓았는
데, 오늘 밤 각자를 위한 잠자리인 셈이었다. 예인후가 차지한
것은 모닥불에서 가장 먼 쪽이었다.

모두가 잠깐의 묵묵한 침묵을 공유하는 중인데, 율도린이
벌떡 자리에서 일어섰다. 그러더니 마치 누구에게 빼앗길 것
을 겁내기라도 하듯이 서둘러 가서는 예인후의 옆자리를 차지
하는 것이었다. 모닥불에서 두 번째로 먼 위치였다.

그다음의 모닥불에서 세 번째로 먼 자리는 철민이 잡으려고
했다. 남자다운 체를 하자고 하는 게 아니라 철민은 정말로 그
다지 춥지가 않았다. 이상하게도.

그러나 그때 휭 하니 걸어간 상군환이 그 자리를 차지해 버
렸다. 그렇더라도 철민이 그리 나쁜 기분은 아니었다. 모닥불
바로 옆에 예인화와 위려려를 위한 자리가 있고 보니, 그녀들
에게서 가장 가까운 자리를 그가 차지하게 된 셈이었다. 절대
의도한 바는 아니었지만 말이다.

예인후와 상군환은 어느 틈에 가부좌를 틀고 앉은 것이 운공에 들어간 것 같았고, 율도린은 잠을 청하는지 새우처럼 잔뜩 웅크리고 누운 채 머리끝까지 모포를 뒤집어쓴 모습이었다.

철민이야 운공이니 조식이니 하는 것들과는 무관한데다 차디찬 바닥에 눕기보다는 좀 더 모닥불의 온기를 쬐고 싶었기에 남들이 어떻게 생각할까 하는 데 대한 껄끄러움을 무릅쓰고 그냥 불 옆에 눌러앉아 있는 중이었다. 그런데 위려려 또한 운공보다는 모닥불의 온기를 즐기기로 한 모양인지 그와 예인화까지 세 사람은 계속 모닥불 주위를 지켰다.

한쪽은 그저 예뻤고, 다른 한쪽은 비록 역용한 얼굴이었으나 그 실체가 얼마나 눈부신지를 알고 있으니 철민이 문득,

'내가 언제 또 이들 두 여인을 이처럼 가까이에 두어볼 것인가?' 하는 심히 같잖은(?) 감회가 드는 것이었다.

철민이 안 보는 척 훔쳐보고 있자니 두 여인이 다 무심 내지는 무표정인데, 예인화야 원래부터 표정 짓는 것에 인색해 왔으니 차라리 익숙하였지만, 변장한 위려려의 얼굴은 새삼 낯설기만 했다. 특히나 불빛에도 변하지 않는 그 창백함이 바깥의 매서운 눈보라보다도 더욱 시린 느낌인데, 그녀가 얼굴에 쓰고 있는 인피면구인지 하는 것의 재료가 진짜 사람의 가죽이라고 하니—정말인지는 모르겠지만—문득 온몸으로 으스스한 한기가 스치는 듯도 하였다. 그 때문이었는지 철민은 저도 모르게 시선이 예인화에게로 옮겨갔다.

불빛에 비친 예인화의 모습은 역시나 그저 예뻤다. 특히나 발그레하게 물든 두 뺨에서는 사람의 마음을 감미롭게 만드는 따뜻한 온기가 전해지는 듯하여 절로 마음이 편안해지는 느낌이었다.

그런데 불빛의 일렁거림 때문이었을까? 철민의 마음속에서 문득 예인화도 일렁거리는 듯하였다. '애'에서 언뜻언뜻 정말로 '여인'으로 살짝살짝 비치기도 하고, '그저 예쁘다!'는 느낌에서 신비롭도록 아름다운 느낌으로 슬쩍슬쩍 변하기도 하고.

'지금까지 신비롭도록 아름다운 여인은 바로 위려려였고, 예인화는 그저 예쁘기만 했는데…….'

철민은 문득 혼란스러워지는 느낌이었다.

그러나 싫지 않았고, 또한 마다하고 싶지 않은 혼란스러움이었다. 굳이 비교할 필요도 없었다. 지금 예인화의 '신비롭도록 아름다운' 면모는 위려려의 그것과는 또 다른 성질의 것이었고, 그럼으로써 설령 위려려와 비교를 한다고 해도 예인화 나름대로 충분히 돋보이는 것이기 때문이었다.

예인화의 그런 '돋보임'은 사실 원래부터 그녀에게 있었던 것인데, 다만 철민이 미처 제대로 알아보지 못한 것 같았다. 그러고 보면 가히 절세의 미녀인 위려려의 곁에 서 있을 때도 예인화는 늘 그녀만의 느낌을 주었다. 천하제일미녀의 눈부심에 결코 빛바래지 않고 늘 그녀만의 독특함을 드러내고 있었던 것이다. 다만 확연히 도드라지지 않았을 뿐이고, 그래서 철민이 미처 제대로 알아보지 못했던 것이리라.

탁! 타닥!

이따금씩 불꽃이 튀는 소리가 났지만, 불빛이 비치는 범위까지를 제외하고 사방은 온통 캄캄한 적막 속에 잠겨 있었다.

그렇더라도 아름다운 밤이었다. 모닥불의 온기와 그 불빛에 물든 예인화의 두 뺨을 훔쳐보고 있는 것만으로도.

3

꼬르륵! 그 소리는 모두의 상념을, 특히나 철민의 '아름다운 밤'을 일시에 깨버리고 말았다. 그리고 삭막하고 팍팍한 현실로 돌아오자마자 마주친 별빛처럼 시린 한 쌍의 눈빛에 철민은 움찔했다. 위려려가 그를 응시하고 있었다, 언제부터인지도 모르게.

'씁! 뱃속에서 저절로 나는 소리를 어쩌라고?'

민망함과 함께 철민은 문득 허기를 느꼈다. 생각은 곧장 낮에 시전에서 산 육포로까지 미쳤기에 철민은 민망함을 면할 겸 얼른 봇짐을 뒤졌다.

육포 몇 점을 불 위에 얹자, 이내 고기 굽는 냄새가 코를 미치게 만들었다. 그 때문인지, 혹은 마침 그때쯤 운공을 끝냈는지 상군환이 정좌를 풀고 일어서더니 설렁설렁 모닥불 쪽으로 왔다. 뒤이어 예인후가 몸을 일으켰고, 그러자 사실은 그때까지 잠들지 못하고 뒤척이고만 있었던 모양으로 율도린까지 따라 일어섰다. 그렇게 여섯 사람은 다시 모닥불 곁으로 모였다.

율도린은 당연히 자신이 할 일이라는 듯이 철민에게서 육포 굽는 일을 넘겨받았다. 그리고 앞뒤로 뒤집어가며 정성스럽게 구운 육포 한 점을, 또한 당연한 듯이 예인화에게 먼저 내밀었다.

예인화는 언뜻 당황스러워하였으나 곧 방그레 웃으며 받았다. 그녀의 볼이 더욱 발그레해지는 것 같았다. 정말로 예뻤지만, 그 웃음만큼은 영 철민의 마음에 들지 않았다. 평소에 보기 힘든 웃음이었고, 그런 만큼 남들에게는 계속 보기 힘든 것으로 남겨두고 싶은 욕심이었다. 유치한 줄은 알지만.

율도린이 다음으로 육포를 건넨 것은 위려려에게였는데, 그녀가 움찔 망설이는 기색이 되는 걸 보고서 사람들은 자연히 그녀의 시선을 따라가 보게 되었고, 그제야 모두는 율도린이 여전히 장갑을 낀 채라는 걸 알게 되었다. 예의 그 손목까지 올라오는 검은 장갑 말이다.

위려려는 아마도 그 검은 장갑이 주는 이질감 내지는 나아가 율도린이란 존재 자체에 대해서도 상당한 거부감을 가지고 있는 듯했다. 그러나 위려려의 망설임은 아주 잠깐이었다. 육포를 입속에 넣고 맛있게 오물거리고 있는 예인화를 흘긋 보고나서 그녀는 선뜻 육포를 받아 들었다.

율도린은 근처에서 넙적한 돌멩이 하나를 들고 와 그 위에다 나머지 육포를 올려놓았다. 그러나 상군환과 예인후는 선뜻 손을 내밀 기색이 아니었기에, 철민이 체면불구하고 먼저

한 점을 집어 들었다.

과연 기막힌 맛이 났다. 철민이 너무 실감나게 맛을 음미한 때문인지 보고 있던 상군환이 슬쩍 한 점을 집어 입속에 넣었는데, 씹기 전에 잠시 맛을 음미하는 듯하더니 이내 우물거리기 시작했다.

그러고 나니 육포는 이제 두 점밖에 남지 않았는데, 율도린이 눈짓으로 예인후에게 권했다. 그에 예인후가 한 점을 집어 입에 넣고는 남은 한 점을 마저 집어서는 율도린에게 권했다. 그러자 율도린이 손까지 내저으며 사양하다가는 예인후가 빙그레 웃으며 계속 권하자 마지못해 받아서는 입으로 가져갔다.

오래 씹을 것도 없이 저절로 목구멍으로 넘어가 버리고 만 육포의 아쉬움에 대해 철민이,

"감질나네."

하는 소리가 절로 튀어나왔다. 예인후에게 좋은 소리 못 들을 것을 각오하고 짐짓 해보는 소리이기도 했다. 며칠은 두고 먹을 요량으로 산 것을 하룻밤 요깃거리로 해치워 버리려는 데 대해.

그러나 웬일로 예인후는 빙긋이 웃고만 있었다. 그에 철민이 얼른 봇짐에서 한 움큼의 육포를 더 꺼내서는 율도린에게 넘기자, 율도린도 주저하는 기색 없이 곧바로 불 위로 올렸다.

탁! 타닥! 고기가 익으면서 기름이라도 흘렀는지 불이 튀는 소리가 났다. 그리고 다시금 은은하게 번지는 구수한 냄새에

철민이,

　"술 한잔 생각나네."

　하고 한 번 더 실없는 소리를 뱉어보았다. 술이 있는 것도 아니지만, 그냥 그런 분위기였으면 괜찮겠다는 바람에서였다. 그런데 율도린이 불쑥,

　"싸구려 소골주(燒骨酒)라도 괜찮다면 한 병 있긴 합니다만……."

　하고 말을 받는 것이었다. 통 말이 없는 그였는데 말이다. 철민이 좋다고 해야 할지 그냥 해본 말이니 됐다고 해야 할지를 두고 잠깐 헷갈렸지만, 기왕에 실없는 짓을 시작한 김에,

　"그럼 어디 맛이나 한번 봅시다."

　하고 짐짓 호기를 부렸다.

　율도린이 두말없이 자신의 봇짐으로 가서 작은 술병 하나를 꺼내왔는데, 마개를 여는 순간에 주위로 독한 주향(酒香)이 확 번졌다.

　역시나 기왕에 호기를 보인 마당이니 철민이 반가운 체 술병을 받아서는 그대로 입으로 가져갔는데, 순간 그는 그만 입안에 부었던 것을 확 뱉어버릴 뻔하였다. 뜨겁고 화끈거리는 것이 마치 불을 머금은 것 같았다. 그러나 차마 뱉지는 못하고 두 눈 질끈 감고 삼켜 버렸는데, 한 가닥 용암 줄기 같은 화기가 목젖을 타고 위장까지 흘러내리는 지독한 화끈함이라니!

　"크으으!"

　절로 비명이 토해지는 중에 철민은 '술이 아니라 독이다' 라

고 고함이라도 치고 싶은 심정이었다. 그런데 불에 덴 듯이 화끈거리던 느낌은 이내 마비라도 된 것처럼 얼얼해졌고, 금방 또 알싸한 느낌에 휩싸이더니 연이어서는 온몸으로 훈훈한 기운이 번져 나가며 꽤나 괜찮은 기분으로 되는 것이었다. 철민이 엄지손가락을 치켜 올리자, 율도린은 아주 잠깐 싱긋 웃음기를 떠올렸다.

철민은 선뜻 예인후에게 술병을 건넸다. 남의 술 가지고 선심 쓰는 건 좀 그랬지만, 예인후라면 과연 어떤 반응을 내놓을까 갑자기 궁금해지기도 해서였다.

예인후가 마지못한 듯이 쓴웃음으로 받아 들긴 했으나, 순순히 술병을 입으로 가져갔다. 순간 예인후의 두 눈이 조금 커지는 듯했으나, 이내 천천히 입 안의 것을 삼키고는 가만히 뜨거운 숨을 토해냈다. 그리고는 빙그레 웃는 예인후의 모습에 대해 철민이 '과연!' 하는 감탄을 금치 못하였는데, 힐끗 주위를 보니 마침 위려려의 눈길도 예인후에게 맞춰져 있었다.

"저도 한잔할까요?"

위려려의 그 소리에 철민이 언뜻 아쉽다는 생각을 떠올리고는, 곧바로 손발이 오그라드는 듯한 유치함을 느끼고 말았다. 직전에 술병에 입을 댄 주인공이 예인후가 아닌 자신이었으면 하는, 참으로 유치하기 그지없는 속물근성이라니!

역시 예인후는 달랐다. 누구와 같이 속물스럽지 않았다. 그는 손을 내민 위려려에게 술병을 건네는 대신에 담담하게 말을 건넸다.

"소골주는 거의 희석을 거치지 않은 주정 상태에 가까운 술로 주당들 사이에서도 거칠고 독하기로 소문이 자자한 독주입니다. 하니 위 소저에게는 결코 어울리지 않습니다."

위려려가 그런 줄은 몰랐다는 듯이 가볍게 고개를 끄덕일 때였다.

"려매, 내게 양보하시오."

상군환이었다. 그런데 지금 힐끗 예인후를 스쳐 보는 그에게서 철민은 문득 약간의 득의 같은 것을 느껴볼 수가 있었다.

철민의 짐작에 상군환의 그 득의는, 바로 방금의 '려매'라는 호칭에서 나왔지 싶었다. 즉, 예인후의 '위 소저'라는 호칭에 대해, 위려려와 그와의 한결 가깝고도 친밀한 거리감을 과시하는 데서 나오는 득의이지 싶은 것이었다. 그냥 그런 느낌과 짐작이었다. 철민이 예인후의 열렬한 '추종자'가 아니었다면 결코 가져보지 않았을지도 모를.

이어 상군환은 위려려에게 한쪽 눈을 찡긋하며 농담이라는 듯이 덧붙였다.

"술병이 저처럼 작으니 만약 려매가 먼저 마신다면 내게까지 돌아올 술이 없지 않겠소?"

예인화가 쌩끗 웃으며 고개를 끄덕였고, 상군환은 호기롭게 술병을 기울였다. 벌컥벌컥 세 번쯤 목젖이 꿈틀거리더니 불빛에 비친 상군환의 얼굴이 확 붉어졌다. 기침이라도 토할 듯이. 그러나 상군환은 느긋한 여유를 보이며 술병을 다시 율도린에게 건넸다.

그렇더라도 철민은 상군환이 그다지 유치해 보이지가 않았다. 달리 뭐라고 표현하기는 어려웠지만, 그냥 그런대로 괜찮은 느낌이었다. 나쁘기보다는 좋았다. 모닥불의 온기와 술기운과 추운 겨울밤을 함께 보낼 사람들이 있다는 것 등등의 모든 것이 다.

4

이른 새벽. 사위는 미처 다 물러가지 못한 어둠과 밤새 내린 순백의 눈이 만들어내는 사뭇 차가운 흑백의 대비에 점령당해 있었다.

철민이 잠에서 깨 자리에서 일어났을 때 모두는 곤히 잠에 빠져 있었는데, 다만 가장 바깥쪽 예인후의 자리만 이미 비어 있었다.

철민이 다른 사람들을 깨우지 않으려 조심하며 틈새 공간의 바깥으로 나갔을 때, 앞쪽에 한 사람이 등을 보인 채로 서 있다가 문득 뒤를 돌아보았다. 예인후였다.

"같이 주변이나 한 바퀴 돌아볼까요? 눈이 제법 쌓였으니 혹시 운 좋게 눈먼 토끼라도 한 마리 만날지 모르겠습니다."

가벼운 농으로 아침 인사를 대신하는 예인후의 얼굴이 밝아 보였다.

"그럽시다."

철민이 실없이 웃으며 따라 나서려는데, 뒤쪽에서 다시 기척이 났다. 율도린이었다. 그리고 그가 무작정으로 따라 나설 기색인데 대해, 예인후는 선선히 고개를 끄덕였다.

세 사람이 정말로 눈먼 토끼를 찾아 헤맬 일이야 없었기에, 그저 산보 삼아서 설렁설렁 숲 속을 걷고 있는 중이었다.

그런데 철민이 보니 율도린이 자꾸만 그의 눈치를 살피는 모양새가 아무래도 예인후에게 따로 할 말이 있는 것 같은 낌새였다. 철민이 알아서 멀찍이 빠져 주려는데, 마침 예인후도 눈치를 채고 있었던지 손짓으로 철민을 부르는 한편으로 율도린에게 말했다.

"율 형, 제게 하실 말씀이 있으면 해도 좋소. 그리고 여기 철 형은 제가 친형처럼 여기고 있는 분이니 무슨 말이든 안심하고 하셔도 괜찮소."

예인후의 그 몇 마디에 철민이 괜히 가슴이 뿌듯해지고 마는데, 율도린이 돌연 예인후를 향해 깊숙이 허리를 숙였다.

"보잘것없는 저의 한 목숨을 연명하기 위해 고귀하신 인화 소저께 감히 큰 폐를 끼치고 있으니 이 죄를 어떻게 청해야 할지 모르겠습니다."

순간 철민은 율도린에게 자신의 도움이 절대적으로 필요하다던 예인화의 말이 떠올랐기에 곧바로 말이 튀어나가고 말았다.

"인화에게 폐를 끼치다니, 무슨 폐를 말하는 거요?"

흘깃 쏘아보는 율도린의 눈길이 매서웠거니와, 친혈육관계인 예인후를 앞에 두고 한 주제넘은 소리였기에 철민이 움찔 어깨를 움츠리고 말았는데, 그런 그를 보고 빙그레 떠올리는 예인후의 미소를 보고서야 다시 어깨를 펼 수 있었다.

예인후는 막상 율도린에 대해서는 가만히 고개를 가로저었다.

"지난번 인화가 율 형을 치료할 때부터 율 형에게 어떤 특별한 사정이 생겼다는 것은 이미 짐작했던 터이고, 또한 사람이 살다 보면 피치 못할 사정도 생기게 마련인 것이니, 그것에 대해서라면 새삼 언급을 할 필요가 없을 것이오. 오히려 그 아이가 지닌 작은 재주가 율 형에게 그처럼 도움이 되고 있다니 참으로 다행스러운 일이오."

율도린이 다시금 깊숙이 허리를 숙이는 것에 대해 가볍게 손을 내저으며 예인후가 덧붙였다.

"그리고 어제 제가 율형과 인화에게 천으로 돌아가라 매정하게 말한 것에 대해 혹시 서운하셨다면, 그것은 지금 저와 철형 등이 가고 있는 이 여정에 막중한 임무와 험난하기 이를 데 없는 위험이 놓여 있기 때문에 그런 것이니 마음을 푸시기 바라오."

율도린은 잠시 격동을 추스르는 듯한 모습이었다. 그러더니 문득 품속에서 뭔가를 꺼내 예인후에게 건넸다.

의아한 얼굴로 그 손바닥만 한 크기의 책을 받아 들며 예인후가 물었다.

"인급술요(人級術要)? 이게 무엇이오?"

"저도 모릅니다."

"율 형도 모르는 물건을 어찌하여 제게 주시는 것이오?"

"어쩌면 굉장한 내력을 지닌 물건일 수도 있겠다 싶어서…
대주님께 혹시 어떤 소용이라도 될까 하고……."

"그래요? 좀 더 자세한 말씀을 해주시겠소?"

"제가 진호양에게 복수하기 위해 저질렀던 짓은 대주께서
도 알고 계실 겁니다."

"음! 진호양에 대한 율 형의 분노를 이해 못할 바는 아니나,
그래도 그리 한 것은 너무 지나쳤다고 하지 않을 수 없소."

예인후가 정색으로 질책하는 데 대해 율도린은 잠시 무거운
얼굴이다가 다시 말을 이었다.

"당시 한바탕 소란을 일으켰지만, 저는 도망을 칠 생각은 없
었습니다. 진호양 그자가 제게 가한 잔인한 짓거리들에 비하
자면 저는 그자에게 기껏 망신을 준 것에 불과하였으니, 차라
리 제 스스로 총사원에 출두해서 과연 누구의 죄가 더 큰지 밝
혀달라고 탄원이라고 하고 싶은 심정이었습니다. 그러나 그때
제 몸 상태는 사람들 앞에 나서기 어려울 정도로 비정상적이
었고, 더욱이 최소한 며칠간은 햇빛을 쏘여서는 안 되는 피치
못할 사정이 있었기에 미리 마련해 둔 은신처로 피신을 하여
야만 했습니다. 그런데 얼마 지나지 않아 일단의 무리가 저의
은신처 근처까지 추격을 해왔는데, 놀랍게도 그들은 삼전(三
殿)의 고수들이었습니다."

"삼전이라니? 본 천의 천수지장인왕 삼전을 말하는 것이
오?"

"예! 분명 그곳 소속의 고수들이었습니다. 만약 그때 제가 은신해 있던 곳이 일 장(一丈) 반 이상의 깊이로 파놓은 수직의 토굴이 아니었다면, 그리고 혹여 산짐승들의 접근을 경계하여 미리 은신처 주변의 흔적을 세심히 지워놓지 않았더라면 필시 그들에게 발각이 되고 말았을 것입니다. 그런데 그들이 물러가고 난 다음에 아무리 생각을 해봐도 진호양이나 천룡단이라면 또 몰라도 삼전의 고수들이 직접 나섰다는 사실을 도저히 납득할 수가 없었습니다. 기껏 저 하나를 잡으려고 말입니다. 그래서 다시금 곰곰이 짚어본 결과, 그 까닭이 될 만한 유일한 한 가지를 유추해 낼 수 있었습니다. 바로 그 책입니다. 그 책은 당시 진호양의 품속에 있던 것입니다."

"음! 도대체 이 책자가 무엇이기에……."

예인후가 미간을 깊게 찌푸린 채 천천히 책장을 넘겼다. 그리고 끝까지 넘긴 다음에는, 처음부터 다시 넘기기를 두 번을 더 반복하고 나서 예인후는 문득 담담한 얼굴빛으로 돌아왔다.

"율 형의 말씀 중에서 삼전의 고수들과 관련된 것은 어쩌면 다만 우연이었을 수도 있겠다는 생각이오."

"예? 하지만 우연이라고 하기에는……."

"물론 어찌 된 내막인지는 저 또한 짐작조차 하기 어렵지만… 그러나 잠시 생각해 보니 이 책이 그처럼 중요한 것이었다면 총수께도 보고가 되지 않았을 리 없고, 그렇다면 어제 상단주가 율 형에 대해 어떤 특별한 조치를 취하지 않고 그 정도로 넘어갔을 리 만무하지 않았겠소?"

예인후의 그러한 유추에 대해서는 율도린도 당장에 반박을 하지 못하였다. 예인후가 정색을 하며 다시 물었다.

"율 형, 정말로 이 책자를 제게 주겠소?"

"물론입니다."

율도린이 당연하다는 듯이 크게 고개를 끄덕이자 예인후는 문득 양 손바닥 사이에 책을 놓더니 가볍게 비볐다. 순간 책은 한 줌의 가루로 화해 공중에 흩날렸다.

율도린이 크게 놀라는 중에 예인후가 담담하게 말했다.

"이 책자에 정말로 뭔가 중대한 비밀이나 내막이 있다면, 우리는 지금 당장 충분히 안전한 방법으로 이 책자를 천으로 되가져가야만 하오. 그러나 당면한 처지에서 그런 조치는 결코 가능하지가 않소. 그렇다면 이 책의 중요성으로 인해 역으로 천에 어떤 중대한 위험을 유발시키느니 차라리 파쇄해 버리는 것이 낫겠다는 판단을 했소."

율도린이 뭐라고 말을 받지 못하는데, 예인후가 덧붙였다.

"자! 율 형은 책자를 제게 맡겼고, 저는 그러한 판단 하에 책자를 파쇄해 버렸소. 그러니 책자에 관한 앞으로의 모든 책임은 제게 있는 것이오."

율도린이 크게 당황해하며 황급히 고개를 가로저었다.

"아, 아닙니다! 결코 그럴 수는 없는 일입니다."

그러나 예인후는 싱긋 웃고 나서는 율도린에게서 몸을 돌려 철민을 향하며 짐짓 큰 소리로 말했다.

　"자, 철 형! 눈먼 토끼가 정말로 있나 우리 다시 한 번 훑어
봅시다!"

5

　예인후와 철민 등이 숲 주변을 어슬렁거려 보았지만 역시나
토끼는커녕 쥐새끼 한 마리도 볼 수가 없었다. 그러던 중 비탈
을 타고 내려가던 세 사람은 아래 쪽 계곡에서 물을 만났다.
　"예서 세수나 하고 그만 돌아갑시다."
　예인후가 먼저 소매를 걷어붙이고 푸푸거리며 시원하게 얼
굴로 물을 끼얹었다. 이어 율도린이 세수를 하는데, 수염투성
이의 얼굴에 물이 닿자 방울방울 맺히는 모습이 꼭 작은 얼음
알갱이들이 들어붙은 듯 보였다.
　물가 쪽으로는 제법 두꺼운 얼음이 얼어 있는 터라 철민이
물에 손 담그는 것이 영 내키지를 않는데, 예인후가 연신,
　"어! 시원하다!"
　하고 호기를 부려대고, 율도린까지 별일 아니란 듯이 가볍
게 세수를 끝낸 다음이니 혼자만 약한 모습을 보이기는 또 그
래서 마지못해 고양이세수 흉내를 냈다.
　물은 생각보다 깊어서 오 미터쯤 되는 폭의 가운데쯤은 깊
이가 이 미터는 족히 되어 보였다.
　"어?"
　철민이 언뜻 뱉어낸 놀람 소리에 예인후와 율도린의 시선이

언뜻 그에게로 쏠렸다.

"고기다!"

밑바닥에 가라앉은 낙엽이며 은빛 모래가 훤히 들여다보이는 투명한 물살 속으로 손가락 두 개를 합친 정도의 제법 굵은 물고기들이 유유히 헤엄쳐 다니고 있었다.

"쩝!"

철민이 다만 입맛을 다셨을 뿐인데, 예인후의 반응이 재빨랐다.

"토끼 대신 물고기도 나쁘지 않겠습니다?"

"어떻게……?"

철민의 반문은 당연히 어떻게 잡을 거냐는 뜻이었다. 낚시나 그물, 혹은 기타의 고기 잡는 도구가 있는 것도 아니고, 한겨울의 얼음물 속에 풍덩 뛰어들어 무작정 휘저을 것도 아니었으니 말이다.

그런데 예인후는 휘적휘적 숲으로 가더니 긴 나뭇가지 하나를 꺾어 와서는 설명도 없이 빙글거리며 철민에게 건넸다.

"……?"

철민이 도무지 감을 잡지 못하는데 예인후는 물가에 서서 사뭇 느긋하게 고기들의 움직임을 살폈다. 그리고 어느 한순간 그는 오른 손바닥을 편 채로 강하게 앞으로 밀어냈다.

펑! 요란한 폭음과 함께 커다란 물보라가 일며 사방으로 물방울을 튕겼다.

철민이 펄쩍 뛰다시피 튕기는 물방울을 피하면서도 그제야 퍼뜩 감이 잡히는지라 일렁이는 수면에서 눈을 떼지 못했다. 잠시 후 수면이 잔잔해지자 과연 물 위로 떠오르는 것들이 있었다. 물고기였다. 장풍의 충격에 기절했던지, 아니면 사망하고 말았던지, 하여간 대여섯 마리나 되는 물고기가 허옇게 배를 뒤집고 수면 위로 떠오른 것이었다.

철민으로서는 놀랍기도 하고 어이없기도 한 광경이었다. 전방의 군부대에서 수류탄을 터뜨려 고기를 잡는다는 얘기는 들어봤어도 장풍으로 고기를 잡다니? 까맣게 잊고 있던 사실 한 가지가 문득 확연하게 일깨워지는 순간이었다. 그랬다. 꿈이었다. 그는 지금 꿈속에 있는 것이었다. 그러나 역시 생생한 현실이었다. 어찌 되었거나 지금은.

"뭐 하십니까, 철 형?"

예인후가 재촉했기에 철민은 그제야 그가 들고 있는 나뭇가지의 용도에 대해 확연히 깨달을 수 있었다.

나뭇가지로 건져 낸 물고기는 총 다섯 마리, 제법 씨알이 굵은 놈들이다.

그러나 부작용이 있었다. 그토록 많던 고기가 죄다 사라져 버린 것이다. 아마도 건너편의 바위─아니, 숫제 거대한 암반이었다─틈새 속으로 숨어버린 것이리라. 한참을 기다려도 고작 한두 마리 정도가 정찰하듯이 샐쭉 나왔다가는 이내 다시 모습을 감춰 버릴 뿐이니, 그 한두 마리 잡자고 '고급 기술'인 장풍을 난사할 수도 없는 일이었다.

게다가 한동안이나 물속만 뚫어져라 쳐다보고 있자니 슬슬 추워졌다. 철민과 예인후는 아니더라도 율도린의 얼굴색은 점점 더 선명한 푸른색으로 변해가도 있는 중이었다. 사실 이따금씩 계곡을 타고 불어오는 바람은 유난히 매서운 데가 있었다.

"어이구! 추워라! 이러다 얼어 죽기 전에 그만 갑시다! 그런데 요걸 가지고 누구 입에다 붙일지 고민되네?"

철민의 엄살과 푸념에 예인후 또한 머쓱했던지 싱겁게 웃고 마는 모습이었다. 율도린이 슬그머니 바짓가랑이를 걷어 올린 것은 그때였다.

'어라? 저 친구는 또 뭘 하려고 저래? 설마 물로 뛰어들겠다는 거야?'

철민이 의아해했지만, 그의 '설마'는 정말이었다.

율도린은 무릎이 잠기는 깊이까지 천천히 걸어 들어가서는 두 손을 모아 쥐고 가만히 섰는데, 지켜보고 있는 철민과 예인후는 그저 의아하고 어리둥절할 수밖에 없는 일이었다.

"엇?"

예인후가 문득 짧은 탄성을 토해냈기에 철민이 얼른 보니, 율도린이 서 있는 주위로 지금 희한한 일이 벌어지고 있었다. 고기 몇 마리가 배를 뒤집고 물 위로 떠오르고 있었던 것이다. 철민이 덩달아서,

"어엇?"

하고 놀란 소리를 뱉어냈는데, 그것이 다가 아니었다. 두 마리, 세 마리 단위로 고기들이 잇달아 떠오르기 시작하더니 이

내 수십 마리 단위로 떠올랐고, 이윽고는 수면이 온통 하얗게 될 정도로 고기들의 천지가 되었다.

도무지 어떻게 된 영문인지를 몰라 철민이나 예인후나 그저 입만 벌리고 있을 수밖에 없는데, 율도린이 이윽고 물 밖으로 걸어나왔다.

발이 몹시도 시렸던지 얼른 바짓가랑이부터 내려 시퍼렇게 변한 다리 피부를 덮으며 율도린이 철민을 향해 툭 뱉었다.

"뭐 합니까?"

힐끗 수면 위를 눈짓하는 모양새가 물고기 안 건져 내고 뭐 하고 있느냐는 재촉이었다.

그러나 철민이 고기 건져 내는 건 나중의 문제고 일단은 궁금함이 우선인지라 '도대체 어떻게 한 거냐?' 고 막 물어보려는데, 문득 뒤쪽의 비탈 위에서 일단의 인기척이 들렸다. 돌아보니 상군환의 모습이 앞에 보이고, 그 뒤로는 예인화를 부축한 위려려가 따르고 있었다.

아침에 일어나서 예인후 등이 안 보이자 적잖이 당황하였을 것이고, 게다가 그들을 찾아다니느라 눈밭을 꽤나 헤맸던지 상군환의 얼굴에는 화가 비치고 있었다. 그런데다 비탈을 내려와 목격한 광경이 한가한 고기잡이였으니 더욱이 어이없고 못마땅하다는 기색이 확연했다.

그러나 뒤이어 비탈을 내려온 두 여인은 눈앞의 광경에,

"와!"

"와아!"

하고 환성부터 터뜨렸다. 수면 가득히 고기들이 둥둥 떠다니는 모습이 자못 신기한 모양이었다.

철민이 나뭇가지로 고기들을 건져 내서 물가 얼음 위에다 모으는데, 그의 옆으로 바짝 붙어선 두 여인이 연신 감탄과 '까르르!' 웃음소리를 쏟아냈다.

예인후는 멀찌감치 떨어져서 싱거운 웃음을 짓고 있고, 율도린 또한 저 홀로 멀찍이 떨어져서 아예 먼 곳에다 시선을 던져 두고 있었다. 그런 중에 상군환은 여인들 곁을 지키며, 그러나 짐짓 여인들에게는 무관심한 체 뒷짐을 지고 어슬렁거리며 계곡 풍경을 구경하는 모습이었다.

고기를 다 건져 놓고 보니 커다란 무더기로 쌓인 것이 아예 넘칠 만큼이었다. 그런데 여인네들이나 상군환은 그렇다고 치더라도, 그리고 예인후까지도 또 그렇다고 치더라도, 율도린마저도 철민만 바라보고 있는 눈치였다.

'나더러 손질까지 하라고?'

그러나 잡다하게 할 줄 아는 게 많을 것 같던 율도린조차도 그런 건 생전에 안 해본 눈치였으니, 철민이 다른 수가 없었다. 그가 마무리까지 하는 수밖에는.

물가에 쪼그리고 앉아 철민이 고기 배를 따기 시작하는데 그게 또 무슨 큰 구경이라고 예인화와 위려려가 양옆으로 쪼그리고 앉아서 들여다보았다.

덕분에 철민이 손 시린 티도 내지 못하고 열심히 고기 손질을 할 수밖에 없었다. 사실은 별로 손이 시리지도, 더욱이 어렵

지는 않은 일이었다. 고기 배를 꾹 눌러서 터뜨리고, 내장과 부
레 따위를 한 번에 쭉 훑어내면 끝이었으니까. 그런데도 두 여
인은 연신,

"어머!"

"어머머!"

징그럽다는 듯이 호들갑이었다. 그러면서도 끝내 그의 곁을
지키고 있는 건 또 뭔지. 그러나 철민이 아무튼 할 만은 했다.
모든 사람들의 시선이 그에게로 집중되고 있다는 것만으로도,
특히 두 여인의 시선을 독점하고 있다는 사실만으로도.

그런데 하여간에 율도린과는 궁합이 좀 안 맞는 것 같았다.
철민이 한창 고기 배 따는 일에 재미를 들이고 있는 판에 언제
다가왔던지 불쑥 끼어드는 것만 봐도 말이다. 철민이,

"다해가는데, 괜히 손 버리려고?"

하고 슬쩍 눈치를 줬는데도 율도린은 대꾸도 없이 대뜸 고
기 한 마리를 집어 들었다. 꾹 눌러서 배를 터뜨리고, 다시 쭉
훑어서 내장을 제거하는 율도린의 손질은 제법 깨끗했다. 그
런 걸 보면 역시 손재주는 있는 친구였다.

간단히 한 마리를 해치우고 힐끗 돌아보는 율도린에 대해
철민은 싱긋 웃어주는 수밖에 없었다. 그리고 그는 슬그머니
일어나 뒤로 물러났다.

6

철민이 여인들로부터 멀찌감치 떨어져서 예인후와 함께 율도린의 고기 손질하는 광경을 구경하다가 둘이만 있게 된 김에 슬쩍 가슴에 담고 있던 말을 꺼냈다.

"아까 그 책자 말입니다."

"예."

예인후가 빙그레 웃어 보였다. 마치 철민이 무슨 말을 하려는지 이미 알고 있다는 듯이.

"전에 사천주… 님의 말로는, 율 형이 수호천의 안위를 뒤흔들 수 있는 극비의 사안과 관련이 되어 있다고 했는데, 혹시 그 책자와 관련이 있는 것은 아닐까요?"

"아마도 그럴 것입니다."

예인후가 여전히 웃는 얼굴로 수월하게 받았기에 철민이 더욱 의문이 들지 않을 수 없었다.

"그런데 그렇게 중요한 물건을 왜 그처럼 쉽게 없애 버린 겁니까?"

예인후가 잠시 철민과 시선을 맞추고 있다가 담담히 입을 열었다.

"말씀드렸다시피 우리로서는 총수께 직접 하명받은 임무가 가장 우선이니 다른 어떤 일로도 차질이 생겨서는 안 되기 때문입니다. 그리고 또 한 가지의 이유가 있다면… 그때 사천주께서 언급하신 사안이 총수께는 보고가 되지 않았다는 점에서 그 책자와 연관하여 또 다른 의혹들이 제기될 수 있기 때문입니다. 그렇다면 지금의 상황에서는 차라리 그 책자를 없애 버

림으로써 이미 발생했으되 우리가 알지 못하고 있는 문제들과
또 향후 새로이 발생할 미지의 문제들에 대해 최소한의 미봉
책이라도 될 수 있겠다는 판단을 한 것입니다."

철민은 고개를 끄덕일 수밖에 없었다. 그러나 예인후가 말
하는 내용에 대해 이해했다기보다는 그가 보여주는 생각의 분
명함에 대한 공감이었다.

7

야영지로 돌아온 후 요리는 역시 율도린의 몫이었다. 어젯
밤 모닥불을 피운 자리에다 다시 불을 살렸고, 돌을 놓아 받침
대를 만든 다음 그 위에다 그릇을 올렸다. 그런데 그릇이 큰
게 없었던 탓도 있지만 손질해 놓은 고기가 너무 많았던 탓에
고봉으로 수북하게 쌓고 나서도 고기는 제법 남았다.

율도린이 봇짐 속에서 여러 개의 작은 양념 통을 꺼내 와서
골고루 뿌렸는데, 붉은색이 안 나는 걸로 보아 그것들 중에 고
춧가루는 없는 모양이었다. 매운탕이 딱 제격일 것 같은데 말
이다. 그렇더라도 김이 나기 시작하면서 풍기기 시작한 냄새
는 제법 얼큰하였기에 철민은 저도 모르게 군침을 삼켜야 했
다.

고기를 손질할 때까지만 해도 그처럼 관심들을 보였던 예인
화와 위려려는, 막상 율도린이 만드는 요리에 대해서는 그다
지 기대를 하지 않는 눈치들이었다. 그러나 철민이 불꽃이 스

러진 알불 위에다 남은 고기들을 툭툭 던져 놓았고, 이내 그것
들이 구워지면서 내는 구수한 냄새에는 슬며시 구미가 당겨하
는 모습들이었다.

두 여인이 처음에는 구이를 먹을 때 입가에 묻는 검정 때문
에 사뭇 조심스러워하더니 이내 그런 것쯤 개의치 않는다는 듯
이 재 묻은 구이를 선뜻선뜻 집어서 입으로 가져갔다. 율도린
의 탕도 맛이 훌륭해서, 처음에는 음식의 청결도 내지는 격(格)
같은 것이 마음에 차지 않는지 가볍게 찡그린 얼굴을 하고 있
던 상군환도 한번 맛을 본 다음에는 묵묵히 수저를 움직이고
'후루룩!' 소리까지 내가며 국물을 마셨다.

그렇게 탕과 구이의 물고기 요리 두 가지만으로도 일행은
기대하지 못했으리만큼 훌륭한 아침 식사를 즐길 수 있었다.

8

다들 식사를 마치기를 기다려 율도린이 주섬주섬 그릇들을
챙겨서는 혼자 나서는데, 계곡 쪽으로 방향을 잡는 것이 설거
지를 하려는 모양이었다.

조금도 불평하는 기색 없이 마치 당연히 제 할 일이라는 듯
한 율도린에 대해 철민은 괜히 미안한 마음이 들기도 했지만,
그렇다고 율도린을 따라 나설 마음까지는 들지 않았다.

그러나 예인화가 작은 보따리 하나를 챙겨 들고 선뜻 율도
린을 따라 나설 참인데 대해서는 철민이, 필시 예인후나 위려

려가 무슨 조치를 취할 것이라는 점을 생각해 볼 겨를도 없이 벌떡 따라 일어서고 말았다.

"얘! 그거 이리 줘!"

철민이 예인화의 손에 들린 보따리를 낚아채듯이 빼앗아 든 것은, 그들에게로 쏠린 사람들의 시선에 대해 뒤늦게 민망해 졌기 때문이다. 사실은 보따리 때문도 아니고 순수하게 예인화를 보호하겠다는 생각도 다는 아니었다. 턱없이 어이없고도 영 불편하기 짝이 없는 한 가지의 상상 때문이었다. 예인화를 율도린과 단둘이만 있게 하는 상황에 대해서 말이다.

'어쨌든 애가 아닌가, 세상물정 모르는 순진하기 짝이 없는 애!'

괜히 따라 나서서 보따리부터 뺏어 드는 철민에 대해 예인화는 가볍게 놀란 기색이다가 이내 피시시 웃고 마는 모습이었다.

율도린은 계곡 물가에 자리를 잡고 앉아 그릇이며 젓가락들을 씻고 있는 중이었다.

그런데 예인화는 막상 율도린의 곁으로는 가지 않고 조금 떨어진 곳에다 자리를 잡았다. 그리고는 철민에게서 보따리를 받아 들어 평평한 바위 위에다 풀어놓는데, 그 안에서 나온 것들은 둥글고 네모나고 길쭉한 각각의 모양들에다, 검고 푸르고 붉고 노란 색들을 지닌 작은 나뭇조각이나 돌 조각 같은 물건들이었다.

"이것들은 다 뭐니?"

철민이 물으면서 선뜻 만져 보려는데, 예인화가 재빨리 그의 손을 가로막았다. 그 단호함에 철민이,

"귀한 거야?"

하고 무안해지고 마는데, 예인화도 엉겁결에 했던 짓인지 미안한 기색이었다.

[그런 게 아니라, 독성이 강한 독재(毒材)들이라서 함부로 만지면 위험해요.]

"독이라고? 그런 걸 왜 가지고 다녀?"

[제가 의원이라는 걸 잊었나요?]

"그러게 의원이 약을 다뤄야지 왜 독을 가지고 다닌대?"

[쓰일 데가 있으니까요. 독도 쓰기에 따라서는 귀한 약이 되기도 하니까요.]

율도린이 그릇을 씻는 중에 힐끔힐끔 뒤를 돌아보았다. 하긴 철민이 혼자서 연신 중얼대고 있으니 이상하게 보일 것도 당연했다. 그런데다 가만히 들어보자면 아주 혼잣말을 하는 게 아니라 꼭 예인화와 주고받는 느낌을 받았을 테니 사뭇 의아하기도 할 터였다.

설거지를 끝낸 율도린이 예인화에게로 오면서 철민은 자연히 한옆으로 밀려나고 말았다. 위험하다더니 두 사람은 예의 그 '독재' 들을 만지고 냄새 맡고, 심지어는 입에 대고 맛을 보기까지 하였다. 그런 중에 이런 저런 표정과 손짓—수화인가?—을 주고받더니, 그것만으로는 아무래도 소통에 한계가

있었던지 나중에는 땅바닥에다가 부지런히 뭔가를 쓰고 그리면서 의견을 주고받는 모습이었다.

두 사람이 너무도 진지해 보여서 철민은 감히 끼어들 생각을 하지 못하였다. 하긴 철민이 글자를 읽을 수 있는 것도 아니었으니, 도대체 얘기의 주제가 무언지 도통 알지 못해서라도 끼어들지 못할 일이었다. 쪼그리고 앉은 채 조금 더 버텨보다가 철민은 결국 일어서고 말았다. 그런데도 두 사람이 전혀 관심을 보이지 않았기에 철민은 어슬렁거리며 비탈을 거슬러 올라갔다. 두 사람이야 진지하던가 말던가, 시시덕거리던가 말던가 마음대로 하라고 두고.

9

예인화와 율도린의 외면에 대해 삐쳤다는 것을 알아주라는 듯이 혼자서 비탈을 올라왔지만, 그렇더라도 철민이 아주 멀리까지 가지는 못했다. 아래쪽 멀리 예인화와 율도린이 보이는 즈음에서 멈춘 것이다.

막상 혼자가 되고 보니 철민이 괜히 멀뚱하고 허전한 것이 까닭 없이 우울한 심정으로까지 되었다. 그러던 중에 그가 피식 실소를 짓고 만 것은, 시름없이 주변을 돌아보다가 뒤쪽에 선 나무 한 그루를 보고서였다.

둥치가 한 아름이나 될 듯싶은 나무인데 벼락을 맞았는지 굵은 둥치가 가슴 높이쯤에서 꺾어진 채였다. 철민이 실소를 금치 못한 것은 나무의 형상에서 순간적으로 포구 자세를 취하고 있는 포수의 형상을 떠올렸기 때문이다. 실소할 일은 그뿐 아니었다.

'문제는 역시 변화구다!' 마음이 심란해지다 보니 그런가, 철민이 별안간 별별 생각이 다 떠오르는 것이었다. 지금 여기 이 시점에서 변화구가 왜 문제가 되어야 하는가 말이다.

그러나 어쨌거나 철민에게 변화구는 분명히 문제이긴 했다. 지금 여기, 이 시점에서 깨고 나면 곧바로 현실의 문제로 그를 기다리고 있는 것이니까. 결국 이곳의 문제이든 그곳의 문제 이든 어차피 남의 문제가 아닌, 바로 그의 문제인 것이다. 그 스스로 해결해야만 하는.

철민이 주변을 돌아보니 오른쪽으로 몇 걸음 떨어진 곳에 어른 허리 굵기의 참나무인지 박달나무인지 껍질이 촘촘해 보이는 나무 한 그루가 서 있는데, 키 높이쯤에 팔목 굵기의 가지 하나가 미끈하니 뻗어 있었다.

우지끈! 잡고서 가볍게 힘을 주는 것만으로도 팔목 굵기의 나뭇가지가 간단히 꺾였다.

'참!' 철민이 짐짓 내심의 어이없음을 뱉었지만, 사실은 놀랍지도 않은 일이었다. 그에게 이제 그런 것쯤은. 다만 그의 몸속에서 갈수록 거대해져 가고 있는 기이한 활력에 대해서는 어떤 두려움 같은 느낌을 한층 실감해 가고 있는 중이었지만.

나뭇가지를 꺾어 들고 나서야 철민은 그의 품속에 아주 유용한 도구 하나가 있다는 사실을 문득 상기하였다.

슥! 스슥! 꺾인 부분을 깡똥하게 자르고, 손가락 마디 굵기
의 잔가지들을 쳐내고, 다시 적당한 길이로 반대편을 잘라 대
충이나마 손잡이를 만들고 하는 데는 별로 힘이 들지 않았다.
쓰이는 도구가 바로 천마비였으니 말이다. 무슨 이유에선지
그와 나름의 소통이 되던 예전의 신비감은 사라지고 말았지
만, 그래도 소위 신검으로서의 천마비의 날카로움은 여전하였
다.

어느 순간 마음 한구석에서 '웅!' 하는 독특한 울림이 잠깐
있었지만, 철민은 대수롭지 않게 무시해 버렸다.

일령이었다. 요즘 들어 일령은 이따금씩 그렇게 자신의 존
재를 드러내곤 했는데, 마치 철민에 대해 문득문득 간섭하고
픈 욕구가 생기기라도 하는 모양 같았다.

그러나 철민이 다른 사람에게서 받는 것도 아닌, 스스로의
내부에서 걸어오는 간섭에 대해서야 결코 달가울 수가 없었으
니, 그때마다 짐짓 모른 체 무시를 하곤 했다. 뜻밖이라고 할
것은, 그처럼 지독히도 자기 위주인데다 일방적인 특징의 일
령이니만큼 당연히 한바탕 패악이라도 칠 것이라 각오를 했지
만, 웬일로 그동안에는 한 번도 이렇다 할 반발 없이 매번 슬그
머니 스러지곤 했다는 점이다.

사실 일령이 지난번 시골 객잔에서의 사건 이후부터 사뭇
달라진 점이 있긴 했다. 이전에 비해 사뭇 기가 꺾였다고 할
까? 철민의 느낌으로는 기가 꺾인 게 아니라 무슨 이유에선지
스스로 크게 성질을 죽이고 있는 것 같았지만.

그 '이유'가 무엇인지에 대해서 철민이 자세히 알 방법이야 없는 것이지만, 또한 알아야 할 필요성을 느끼지도 못하는 것이지만, 다만 막연하게나마 짐작되는 점이 있기는 했다.

그때 객잔에서 철민이 표창이며 단검 등의 암기들을 온몸에 맞으면서도 뒤에 선 예인후와 일행 때문에 차마 피하지 못하는 절박한 상황에서, 그가 느낀 고통과 절망감에 대해서는 일령 또한 상당 부분 공유를 할 수밖에 없었던 모양이다. 무엇보다도 그런 상황에 대해 일령은 크게 당황한 듯했다. 뭐랄까? 어쨌든 철민의 것이어야 할 그러한 고통과 절망감을, 그가 함께 공유해야만 한다는 사실에 대한 당혹감 같은 것이랄까? 물론 그러한 것은 다만 철민의 짐작일 뿐이지만, 어쨌든 그때 이후로 일령이 사뭇 달라졌다는 것만큼은 분명한 사실이었다.

영 엉성하고 어설펐지만, 그래도 길이와 무게에서는 대강이나마 비슷한 나무 방망이 하나가 완성되었다. 물론 가볍게 두어 번 공중에다 대고 휘둘러보는 중에 느껴지는 가벼움은 곧바로 '묵중을 가져왔더라면 좋았을 것을' 하는 아쉬움이 들게 했지만.

그러나 애초의 문제 제기가 변화구에 대한 것으로부터 비롯되었으니만큼, 역시 나무 방망이가 제격일 터였다.

조금 힘을 주어 휘두르자 금세 '붕! 붕!' 하고 제법 세차게 바람을 가르는 소리가 났다. 철민은 언뜻 비탈 아래쪽을 훔쳐보았다. 그러나 곧바로 스멀거리며 돋는 유치함에 고소를 짓고 말았다.

그런데 그때였다. 저 아래쪽의 예인화가 힐끗 이쪽을 돌아보는 것이었다. 게다가,

[뭐 하세요?]

하고 울리는 건 바로 심동이었다. 철민이 반가운 한편으로 언뜻 놀라움을 금치 못하였는데, 예인화의 심동이 이렇게 멀리까지도 전달되어 올 줄은 미처 상상해 보지 못한 때문이었다.

그러나 철민이 뭐라고 대답을 해주기는 어려운 일이었다. 계면쩍음이야 차치하고라도, 그녀에게 들리게 하자면 아주 고함을 질러야 할 텐데, 그랬다간 율도린에게 '이상한 놈' 취급이나 당하기 십상일 테니 말이다.

철민은 대답 대신으로 더욱 힘차게 나무 방망이를 돌렸다. 붕붕! 붕붕붕!

그러나 예인화는 다시 묻지 않았다. 뿐더러 기껏 '힐끗' 일 뿐이었던 시선마저 거두어 버리고는, 다시금 율도린과 '진지하던가, 시시덕거리던가' 하는 분위기로 되돌아갔다.

웅! 웅! 방망이가 내는 소리가 은은한 울림으로 변했고, 이내 다시 '우웅! 우웅!' 하고 제법 웅장한 소리로 냈다.

우우웅! 우우웅! 방망이가 내는 소리가 좀 더 길어질 때, 철민은 자신의 주변 공간으로 사뭇 선명한 형태의 방망이 그림자가 하나둘씩 늘어나는 광경을 볼 수 있었다. 그러나 그 순간 철민은 방망이를 멈추었다. 그의 내부가 터질 듯한 힘으로 팽배해 있었기에 방망이에 조금 더 가속을 붙이다가는 나무 방

망이가 견디지 못할 것 같아서였다. 그리고 방망이가 견뎌낸다고 하더라도 기껏 매봉파가 될 뿐인데, 그가 지금 매봉파를 연습하고자 함은 또 아닌 것이다.

그러나 철민이 문득 시들해지고 만 것은 무엇보다도 예인화의 시선이 끝내 돌아오지 않았기 때문이다. 아마도 그녀는 철민의 '몽둥이질'을 다만 엉뚱한 심술이거나, 혹은 괜한 심심풀이쯤으로 간주하고 만 듯했다.

쩝! 일부러 소리 내어 입맛을 다시는 것으로써 스스로의 무안함을 털어내고, 철민은 천천히 방망이를 가슴께로 끌어당겨 세웠다. 타격 자세였다.

매봉파와 야구의 타격이 다른 것은 단적으로, 매봉파가 범위를 두고 공간을 점유하기 위해 휘두르는 동작인 데 비해 야구의 타격은 정확한 타이밍에 정확히 한 점을 때려내야 한다는 점일 것이다. 그런데 철민이 어쩌다 보니 정말로 진지해져서 자세를 취한 채 한참을 골똘해 있을 때였다.

─애송이! 문제가 무엇이냐?

또다시 일령이었다. 이번에 일령의 '간섭'은 사뭇 적극적인 느낌으로 와 닿고 있었다. 게다가 하필이면 '문제'를 거론하였기에 철민이 다른 때와 같이 무시하고 넘어가지는 못하고 실없이 대답을 하고 말았다.

"변화구요."

─변화구? 그게 뭔데?

"직선이 아닌 곡선적인 궤적을 그리며 날아오는 거요."

─날아와? 뭐가?

"공이요."

─공?

"그런 게 있소. 어린아이 주먹만 한 하얗고 동그란 게."

─그런데 그게, 공이 왜 날아온단 말이냐?

그쯤 되자 철민이 불쑥 짜증이 치밀어 오르려는데, 일령이 문득 정색─철민의 느낌상으로 그랬다─으로 물었다.

─그러니까 공이란 것이 너를 향해 곡선을 그리며 날아온다는 얘기인데… 그것이 어찌하여 문제가 되느냐?

기왕에 꺼낸 얘기인데다 그렇게까지 묻는 데야 철민이 다시 건성으로라도 대답을 해주지 않을 수는 없었다.

"나는 타자라서 이런 방망이로 공을 정확하게 쳐내야만 하는데 그게… 똑바로 날아오다가 갑자기 아래로 뚝 떨어지기도 하고, 혹은 위로 솟기도 하고, 또 혹은 좌우로 휘어 나가기도 하니, 어떻게 하면 그러한 변화에 속지 않고 제대로 쳐낼 수 있을까 하는… 뭐, 하여튼 그런 문제요."

일령이 잠시 침묵하고 있더니 문득 말했다.

─네가 말하는 변화구란 것은 필경 변결(變訣)을 말하는 게로구나.

"변결이라니? 그건 또 뭐요?"

─초식에 있어서는 허실(虛實)의 묘(妙)를 말함이요, 술법에 있어서는 환술(幻術)이나 장안법(障眼法) 따위까지를 포괄하여 이르는 것이라고 할 수 있다.

'도대체 무슨 소릴 하는 거야?' 철민이 다시금 슬그머니 짜증이 치밀고 마는 중에 일령이 불쑥 물었다.

—안법(眼法)에 대해 아느냐?

철민이 대답하지 않았지만 일령은 개의치 않고 말을 이었다.

—안법의 요(要)는 제대로 보는 것이다. 즉, 어떠한 변화에도 현혹되지 않고 실체를 보는 능력이라고 할 수 있다. 그런 만큼 아마도 너의 문제, 그 변화구란 것에도 능히 답이 될 수 있을 것이다.

"그러니까 지금 내게 그 안법이란 걸 배우기라도 하라는 거요?"

—호호호.

일령이 나직하게 웃음을 흘리더니 금세 가라앉은 느낌으로 뜻을 전해왔다.

—강호의 실전에서 한순간 상대의 수를 읽지 못하면 그대로 모든 것을 다 잃게 된다. 곧 무인에게 안법이야말로 생존의 기초이니 모든 것에 우선되어야 하는 능력인 것이다. 그러나 상승의 안법을 익힌다는 것은 결코 쉬운 일이 아니다. 더욱이 너 같은 평범 이하의 둔재로서는 평생을 수련하여도 상승의 경지에 도달하기란 요원하다고 할 것이다.

일령의 본성이 일방적이며 자존광대하다는 것은 익히 인정하고 있는 바이지만, 그래도 대놓고 성미를 건드리는 데 대해서는 철민으로서도 한번 튕겨주지 않을 수는 없었다.

"제길! 꼭 그렇게 말하지 않아도 그놈의 안법인가 뭔가 하는 따위에는 별 관심이 없으니 댁도 그만 신경 끊으시오!"

순간 확 치솟는 노화의 느낌이 있기는 했지만, 일령은 애써 누그러뜨리는 느낌으로 소통을 이었다.

—그렇더라도 방법이 없지는 않다. 네가 원한다면 본좌는 천하에서 가장 체계적이고 효과적인 안법 비결을 전수해 줄 수도 있으니 말이다.

어쨌든 생각해 주는 느낌이었기에, 철민이 또한 계속 섭섭하게는 나가지 못하였다.

"내가 어떻게 하면 되는 거요?"

—네게는 일생일대의 기연이 될 것이다. 본좌에게 천고의 안법 비결이 있고, 또한 그 깨달음까지를 일정 부분이나마 네 게 공유시킬 수 있는 능력이 있음이 말이다.

그 대목에서는 철민이 차라리 슬쩍 비틀었다.

"대단히 감사하오. 이거, 어떻게 고마움을 표해야 할지 모르겠소."

—호호호.

일령이 나직이 웃었다. 은근히 우월감을 즐기는 듯한 느낌으로.

—그러나 그 기연을 네가 얼마만큼이나 취할 수 있느냐 하는 것은 다시 너의 문제일 뿐, 결코 나의 문제는 아니란 점은 미리 밝혀둔다.

핑계 거리를 미리 만들어두자는 듯한 느낌에 철민이 다시금 비틀어주려는 순간, 무언가가 그의 머릿속으로 넘실대며 넘어 들어왔다. 아니, 그런 기묘한 느낌이 들었다. 그리고 잠깐 동안 머릿속 어느 작은 구석 한쪽이 뿌듯해지는 듯싶더니 이내 아무런 느낌이 없어졌다.

—자! 너는 이제 마안심결(魔眼心訣)을 가졌다. 비록 어느 정도나 네 것으로 취했는지는 본좌로서도 알 수 없는 일이다만, 어쨌든 네가 취한 만큼의 공능을 발휘할 수는 있을 것이다.

도대체 무슨 말인지? 꼭 무슨 '다운로드'라도 시켰다는 듯한 의미에 대해 철민이 차라리 무덤덤해지고 마는데, 일령이 덧붙였다.

—그러나 마안심결을 취했다고 해서 너의 문제가 다 해결되는 것은 아닐 듯하다.

"마안심결이고 뭐고, 그쯤 해둡시다! 나중에 효과 없다고 탓하지는 않을 테니 말이오!"

철민이 참다못해 짐짓 퉁명스럽게 쏘고 만 데 대해 일령은 버럭 호통으로 되받았다.

—놈! 변화에 현혹되지 않고 제대로 쳐내는 것이 네놈의 문제라고 하지 않았더냐?

대뜸 튀어나오는 '놈' 소리에 철민이 욱하고 치미는 감정을 겨우 억누르는데, 일령의 차가운 훈계가 이어졌다.

—다시 말하지만, 안법은 제대로 보는 것일 뿐이다. 그러나 변화에 현혹되지 않고 실체를 제대로 본다고 해도 그것을 쳐내는 것은 또 다른 문제이다. 즉, 상승의 변결이라면 능히 허(虛)

가 곧 실(實)이요, 실이 곧 허가 되는 경지를 구현할 터, 네가 그 변화를 꿰뚫는다고 하더라도 그 변화 중의 한 점을 노려 타격하는 데는 다시 속도와 정확도가 필요함이다. 속도는 힘과 순발력에서 나오며, 정확도는 숙련에서 나온다. 다시 힘과 순발력은 선천적인 기질에 영향받는 바가 크니 성취에 한계가 있을 수밖에 없다고 할 것이나, 숙련은 전적으로 너의 노력 여하에 달려 있느니. 곧, 네가 크게 노력을 해볼 수 있는 부분은 오로지 숙련이라는 것이다. 그런 점에서 너는 또 한 가지의 기연을 이미 얻은 것이나 마찬가지이다. 천하에서 가장 효율적인 숙련의 방법이 또한 본좌에게 있으니 말이다.

철민이 이제는 무슨 소리인가 궁금하지도 않아서 그저 그런가 보다 하고 무시해 버리는데, 갑작스러운 일이 벌어졌다.

"엇?"

무언가가 빠르게 그를 향해 날아오고 있었다. 어린아이 주먹만 한 크기의 둥글고 하얀 물체. 공이었다. 철민이 일령에게 묘사한 그대로의 공.

그런데 곧장 정면으로 날아오는 공에 대해 철민이 화들짝 놀라 펄쩍 뛰면서 겨우 피해냈는데, 곧바로 일령의 날 선 호통이 터져 나왔다.

ㅡ놈! 공을 쳐내야 한다던 놈이 어찌하여 피하기부터 하느냐?

철민이 일시 극도의 당황과 혼란에 빠지고 말았지만, 이내 마음을 추슬렀다. 아무리 이상하다고 해도 한 가지 분명한 사

실은 방금의 현상이 실제가 아닌 환상이라는 것이었다. 필시
일령이 부려낸 재주임에 분명했다. 그리고 철민은 문득 한 사
람을 떠올렸다. 떠올리는 것만으로도 곧바로 그리워지는 사람
이었다. 철위강! 이 순간 철민이 문득 그를 떠올린 것은 아마
도 매봉파를 처음 연습할 당시, ‘상하(上下)’, ‘상좌(上左)’,
‘우하(右下)’, ‘우상(右上)’, ‘좌우(左右)’ 하며 철위강이 입으
로 만들어내던 ‘말 화살’ 때문일지 몰랐다.

그러나 그때 철위강의 ‘말 화살’이 다만 철민에게 스스로
상상하기를 요구하는 것이었다면, 지금 일령의 ‘공’은 눈앞에
생생히 그려지는 그야말로 진짜 같은 환상이었다.

철민은 연이어 또 한 사람을 떠올리고 있었다. 까마귀늙은
이! 지금 그에게 연신 호통을 쳐대고 있는 일령에게서, 예전 까
마귀늙은이가 주던 그 지독한 공포와 증오를 퍼뜩 연상하고
만 것일까? 그러나 이미 오래전의 일인 것처럼, 지금 철민에게
남아 있는 까마귀늙은이의 이미지는 예전과는 사뭇 달라진 데
가 있었다. 어떻게 달라졌다고 구체화하기는 어렵지만, 어쨌
든 지독한 공포와 고통을 주던 악마 같은 존재로서의 느낌은
아니었다. 한편으로는 무언지 모르게 아련한 연민 같은 느낌
도 아주 조금쯤은 있고.

아마 그런 이유 때문이었을 것이다. 철민이 ‘이게 도대체 무
슨 사술(邪術)입니까?’라든지, 여타의 이러저러한 의문들을 따
져 묻기보다는 선뜻 구질(球質)에 대해 수정을 요구한 것은.

“공을 그렇게 던지면 어떻게 합니까?”

철민이 저도 모르게 말투마저 바뀌어 버렸지만 철민 자신
도, 그리고 일령도 따지지 않고 그냥 넘어갔다.

—그럼 어떻게 해주랴?

"저를 보고 정면으로 던지는 것이 아니라, 제 앞쪽으로… 그
러니까 대충 요런 정도의 범위 안에서 놀며 통과해야 하는 것
이죠."

철민이 손으로 허공에다 대략의 스트라이크존을 그려가며
설명하자, 곧바로 공이 다시 날아오는데 정확히 그가 그린 존
을 통과하는 코스였다.

붕! 철민의 방망이가 급하게 돌았다. 그러나,

—놈! 틀렸다!

헛방망이질에 대해 일령의 호통만 날카로웠다.

第五十七章
도중(途中) II

몽상가

　며칠이 훌쩍 흘러갔지만 일행 간에는 여전한 어색함과 거리
감이 존재했다. 그런 것은 그들 각자의 느낌이 단순한 거리에
서 오는 것이 아니라, 서로 간에 복잡하게 얽힌 관계에서 비롯
되는 것이기 때문이리라.

　상군환의 입장에서는 위려려 외에는 딱히 어울릴 사람이 없
는 처지이니 주로 위려려의 곁에서만 맴돌 수밖에 없었는데,
그런 두 사람을 보며 씁쓸해하는 예인후의 모습을 철민은 몇
번이나 보았다. 물론, 예인후의 입장에서 생각할 수밖에 없는
그의 지레짐작일 뿐인지도 몰랐지만.

　위려려는 상군환과는 입장이 조금 다르다고 할 것이다. 율
도린을 빼고는 누구와도 딱히 나쁘다고 할 만큼의 사이는 아

니었으니, 우선 예인화와는 언니, 동생 하는 사이로 지낼 만큼 가까운 사이였다. 다만 예인화가 율도린과 내내 찰싹 붙어 지내다시피 하고 있으니, 다른 사람은 끼어들 여지가 거의 없었다. 그런가 하면 예인후는 또 조장으로서의 의무감 때문인지, 혹은 상군환과의 껄끄러움이 생기는 것을 우려하는지 일행 전체에 관한 일 외에는 주로 혼자 떨어져 있거나, 기껏 철민과만 잠깐잠깐 얘기를 나누곤 하였다. 그런 중에 위려려와 철민과의 사이에 있어서는 또 그녀가 미처 생각지 못했던 묘한 변수가 하나 생겼다. 바로 상군환 때문인데, 그녀가 철민에게 말을 걸거나 관심이라도 좀 보일라 치면 이상하게도 상군환은 불편한 기색으로 되는 눈치였다. 굳이 그런 측면에서 보자면, 어떤 때 상군환은 예인후에 대해서보다 오히려 철민에 대해서 더 예민해한다는 느낌이 들 정도였다. 어쨌거나 그런 저런 까닭들로 인해 위려려로서도 주로는 상군환과만 가까이 지낼 수밖에 없다는 눈치였다.

철민도 불편한 심정인 건 마찬가지였다. 상군환과 위려려에 대해서야 이유를 따지기 이전에 그냥 불편했다. 그리고 예인후에게야 무슨 불만이 있을 건 전혀 아니었지만, 예인후가 조장으로서 일행 모두에 대해 적당한 균형을 지켜야 하는 입장이란 걸 충분히 이해하고 있으니만큼 그와 친하다는 표시를 가능하면 내지 않도록 스스로 조심하는 중이었다. 그러고 나니 철민이 어울릴 사람이라곤 예인화와 율도린밖에 없는데, 내내 찰싹 붙어 다니다시피 하는 그들 둘 사이에 끼어들기란 또 영 애매한 데가 있었다. 사실은 애매한 정도가 아니라, 철민이 아예 심통이 날 정도였다. 둘이 언제부터 그렇게 '서로 없으면 못사는 사이'가 되었다고, 손짓몸짓에다 필담에다, 아주 온종일 수다(?)를 떠느라 다른 사람들에게는 아예 신경조차 쓰지 않는 모습들이라니.

"야! 너, 저 친구하고도 그 심동(心動)인가 하는 거 통하냐?"

철민이 틈을 보아 예인화에게 슬쩍 쏘았더니, 예인화는 배시시 웃고는 그냥 지나가 버렸다. 대꾸할 가치도 없다는 듯이. 철민이 무안하면서도 새삼 울컥 심통이 솟구치는 중에,

[당신 이전에 누구도 저의 심동을 듣지 못했다고 했었죠?]

하고 전해진 예인화의 의지는 사뭇 차갑게 톡 쏘는 느낌이었다. 그리고,

[지금까지도 그래요.]

이어 전해진 심동에 대해 철민은 저도 모르게 피시식 웃음을 흘리고 말았다.

2

1. 타석에서 적절한 스탠스를 유지하고 선다.

2. 왼손으로 배트를 잡고 홈 플레이트 중앙에 배트의 끝을 올려 적당한 거리인지 가늠해 보고 발의 위치를 조정한다.

3. 투수가 준비하는 동안 배트를 어깨에 놓고 기다린다.

4. 투수가 준비 자세에 들어가면 배트를 세우되, 그립을 잡

은 양손이 오른쪽 귀 뒷부분쯤에 위치하도록 하고 배트는 45
도 정도로 뒤로 뉘인 상태에서 배트 끝 부분을 머리 쪽으로 약
간 기울여 준다.

5. 왼쪽 뺨을 왼쪽 어깨에 묻듯이 하고 시선은 투수를 향하
되 머리는 고정시킨다.

6. 투수가 공을 던지면 백스윙 자세로 들어간다. 투수 쪽을
향한 어깨는 턱 쪽으로 약간 잡아당긴다는 느낌으로 두고, 몸
의 중심은 자연스럽게 뒷발로 이동하며 앞발의 복사뼈가 투수
를 향하게 한다. 배트의 그립은 가슴과 턱 사이의 연장선상에
위치시키고, 중심이 되는 팔의 팔꿈치는 지면과 직각을 유지
하도록 하되, 위로 들리거나 몸에 너무 붙지 않도록 하고 임팩
트 순간까지 그대로 가져간다.

어울릴 만한 사람이 없다고 해서 철민이 아주 혼자인 것은
아니었다. 그리고 할 일이 없는 것도 아니었다. 그에게는 일령
이 있었고, 또한 꾸준히 숙련시켜야 할 과제가 있었다.

수시로 틈이 날 때마다 철민은 봇짐에 꽂고 다니는 예의 그
'참나무인지 박달나무인지 모를 나무' 로 만든 엉성한 방망이
를 빼 들고는 자세를 잡았다.

그러나 철민으로서는 박태성 코치의 맞춤 지도 내용에 최대
한 충실하고자 했다지만, 다른 일행에게까지도 그것이 충실함
으로 비치기란 당연히 어려운 일일 것이다.

봉도 아니고 곤도 아닌 그저 투박한 나무 방망이를 치켜 올

린 채 잔뜩 웅크려 전방을 노려보고 있는가 했더니 별안간 무엇이라도 날아오는 듯이 전력으로 휘두르는데, 물론 아무것도 날아온 것은 없었으니 괜히 빈 허공에다 헛방망이질을 한 셈이었다. 그래 놓고는 철민이 다시 멀쩡하게 제 본래 하던 일로 돌아가곤 했으니, 그야말로 허튼짓이었다.

일행이 처음에는 그래도 무슨 짓인가 하고 유심하게, 혹은 어이없어서라도 쳐다보곤 했으나, 철민의 그 괴상한 짓이 시도 때도 없이 벌어지다 보니 이내 익숙해지고 시들해지는 모양이었다. 나중에는 바로 옆에서 방망이를 휘두르거나 말거나 그저 그러려니 별 관심들을 보이지 않았다.

3

용강(龍康)이라는 곳은 꽤나 규모가 큰 성시(盛市)였다.

철민 일행이 용강에 들어서서 대로를 걷던 중에 마침 맞은 편에서 말 네 마리가 끄는 커다란 사두마차 한 대가 빠르게 달려왔기에 모두는 급히 길가로 피해야만 했다.

그런데 철민이 마차가 지나가고 나서도 한참이나 유심히 바라보고 있다가는 벌써 저만큼이나 걸어가고 있는 예인후를 빠른 걸음으로 따라잡으며 불쑥 물었다.

"조장님, 우리도 마차 한 대 구하면 어떻겠습니까?"

"예? 갑자기 마차는 왜요?"

실없다는 듯이 건성으로 되묻는 예인후에 대해 철민이 슬쩍 다른 일행을 돌아보며 동의를 구한다는 듯이 소리를 높였다.

"그게… 벌써 열흘이 가깝지 않습니까? 계속 이렇게 강행군을 한다는 건, 우리 남자들이야 또 괜찮다고 해도 여자들에게는 아무래도 무리가 안 될 수는 없지요. 마차가 한 대 있으면 힘들거나 아픈 사람이 생겼을 때 탈 수도 있고, 필요한 물건도 많이 실을 수 있고, 눈비 올 때 잠시 피할 수도 있고… 하여간 여러모로 좋지 않겠습니까?"

철민이 미리 뜸도 들이지 않고 불쑥 제안을 한 것은 사실 예인화 때문이었다. 여자들을 배려한다는 명분을 내세웠으나, 위려려야 무공의 고수인데다 유약한 예인화 때문에 아무래도 느릴 수밖에 없는 여정이 힘에 겨울 리는 없었으니 말이다.

그리고 뭐니 뭐니 해도 예인화에 대해 가장 잘 아는 사람은 바로 자신이라고 철민은 굳게 믿고 있었다. 혈육인 예인후도, 내내 붙어 있다시피 하며 예인화에 대해서 헌신적인 율도린도, 그리고 세상의 어느 누구도 그와 그녀 사이에 비기지는 못할 것이란 확신 같은 것이었다. 심동이 통하는 사이, 곧 마음이 통하는 사이인 것이다. 수화니 필담을 통하지 않아도 알아지는, 굳이 눈빛을 마주치지 않아도 느껴지는, 다른 사람들은 도저히 이해하지 못하는, 상상조차 하지 못하는 그런 사이인 것이다. 그와 예인화의 사이는 말이다. 비록 예인후가 알게 모르게 예인화를 배려하여 여정을 조정했지만, 예인화 또한 고됨을 내색하지 않으려 안간힘을 쓰고 있는 중이지만, 예인화가 이제 피로의 누적으로 한계에 달했다는 것을 철민이 알고 있었으니 더는 두고 볼 수가 없었던 것이다.

"그래요. 사실 좀 힘들긴 하네요."

위려려가 짐짓 호응을 해주었고, 그녀가 그렇다니 상군환도 굳이 반대할 기색으로는 보이지 않았다.

그러나 예인화의 사정을 모를 리 없을 테지만, 예인후는 일단 난색부터 보였다. 그리고 잠시의 고민 끝에 그가 내린 결론은, 마차는 너무 거창하고 사람들 눈에 띄기도 쉬우니 불가하고, 대신 말을 두 필 구하자는 것이었다.

예인후와 율도린이 마시장에서 사 온 두 필의 말은 한눈에 보기에도 늙고 비루하였다.

타고 질주할 일은 없을 테고 무거울 만큼 짐을 실을 일도 없으니, 젊은 말보다는 오히려 늙고 경험 많은 말이 다루기에 좋을 것이라는 예인후의 설명이 있었지만, 거기에 철민은 숨겨진 설명 한 가지를 추가해 보았다. '싸기도 하고'.

위려려가 말에 한번 타보라고 권했으나 예인화는 지레 겁을 냈다. 위려려 역시도 혼자서 타고 가기는 좀 그렇다며 마다하는 바람에 일단은 짐을 싣기로 하였다.

덕분에 좋아진 것은 봇짐이 가장 컸던 율도린과 무겁고 사뭇 거추장스럽기까지 한 묵중을 짊어지고 다녀야 했던 철민이었다. 다만 그런 덕을 보는 대신으로 두 사람에게는 말 한 필씩이 맡겨졌다.

철민이 언제 또 말을 끌어본 적이 있었을 것인가? 비록 늙은

말이라고 해도 노새나 당나귀가 아닌 진짜 말이었다. 가까이
에서 본 말은 생각보다 훨씬 컸다. 그리고 커다란 대가리를 높
이 치켜들고 투레질이라도 할라 치면 그 거친 기세가 사뭇 위
협적이었다.

　게다가 재수없는 놈은 뒤로 넘어져도 코가 깨진다고 했던
가? 하필이면 철민의 말만 말썽이었다. 율도린이 끄는 말은 별
말썽 없이 수월하게 말을 잘 듣는데 말이다. 이놈의 말이 본래
가 드센 성질인지 영 제멋대로였다. 가자고 고삐를 채면 버둥
거리고 뻗대기 일쑤인데, 늙고 비루한 모양새치고는 힘이 엄
청나서 옆에 서 있는 것조차 겁이 날 정도였다.

　"워! 워!"

　"어… 어어? 아니, 이놈의 말이 왜 이래?"

　철민이 말과 씨름하며 진땀을 빼는데, 여인들에게는 그런
모습이 자못 우스꽝스러웠던 모양이다. 위려려가 황홀하게 까
르르댔고, 예인화도 전에 없이 활짝 웃는 얼굴이었다.

　철민이 예인후나 상군환의 도움까지는 처음부터 기대도 하
지 않았지만, 같은 처지라고 믿었던 율도린마저도 예인화의
웃는 모습에만 눈길을 박아두고 있을 뿐 도와줄 기색이 전혀
없는 것에 대해서는 슬그머니 화가 치미는 것이었다. 그런데
그 때였다.

　─호호호호호!

　그의 내부 어느 구석에서 나직이 울리는 일령의 다분히 조
롱 섞인 웃음소리마저 듣고 보니, 철민이 안 그래도 화가 치밀

던 중에 앞뒤 잴 것도 없이 그대로 화를 폭발시키고 말았다.

"젠장할! 거 재수없게 굴지 좀 맙시다!"

그 순간 마침 까르르 대고 있던 위려려의 웃음소리가 딱 멈추었다. 이어 그녀의 얼굴이 하얗게, 그리고 다시 새파랗게 질려갔다.

'그게 아닌데……?'

철민이 사태를 깨달았을 때는 이미 늦은 것 같았다. 상군환이 싸늘한 눈빛을 하고서 그에게로 다가오고 있었다. 게다가,

푸르륵! 말은 말대로 대가리를 뒤로 제치며 힘껏 뻗대는 것이었다.

"이놈의 말 새끼가?"

철민이 버럭 고함을 내지르며 어깨 높이 위에 있는 말대가리를 오른팔로 훌쩍 감아서는 다짜고짜 아래로 끌어내렸다. 헤드록을 시도하려는 것이었다. 말대가리에게도 헤드록이 통할지 안 통할지의 판단은 나중의 일이었다. 일단은 자신이 '재수없게 굴지 말라'고 화를 폭발시킨 대상이 결코 위려려가 아니었음을 가장 빠르고 확실하게 보여주는 일이 급선무였다. 그야말로 긴급 처방이자 궁여지책인 것이다.

말이 크게 놀라 그 큰 대가리를 좌우로 흔들며 철민의 팔을 뿌리치려고 거세게 버텼지만, 철민의 괴력에 당하지 못하고 이내 아래로 끌려 내려왔다.

철민은 왼손으로 오른 손목을 잡아 순식간에 철통의 고리를 완성시킴으로써 완전한 헤드록에 들어갔다.

이히히~ 힝!

놈이 그 큰 대가리로, 나아가서는 거대한 몸뚱이 전체로 죽어라 요동을 치기 시작하는데, 그 힘이 실로 엄청났다. 철민이 말대가리에 매달리다시피 하여 놈이 흔들어 제치는 대로 속절없이 휘둘리고 마는데, 금방이라도 내동댕이쳐지고 말 것만 같았다. 그러나 어쩌랴? 이미 호랑이 등에 올라타고 말았으니! 아니, 말대가리에 헤드록을 걸고 말았으니!

철민이 힘껏 양팔을 조이면서, 그런 중에 손목의 돌출부로 놈의 아래턱 부위를 압박하니 놈의 발버둥은 더욱 거세졌다.

이히히히힝!

길게 울부짖으며 죽어라 날뛰는 놈에 대해 철민이 사생결단의 각오로,

"이놈!"

크게 호통 치며 두 발로 굳건하게 버틴 채 두 팔에다 전력으로 힘을 가하였다. 순간,

우두둑! 그에게서 나는 소린지, 아니면 말대가리에서 나는 소린지, 뼈마디 부딪치는 소리가 나더니 돌연 놈의 기세가 확연히 죽어들었다. 그제야 철민이 겨우 안도의 숨을 내쉬는데 옆에서,

"푸흡! 푸흡흡흡!"

호흡 곤란을 호소하는 듯이 묘한 소리가 들리기에 힐끗 돌아보았더니, 율도린이 잔뜩 얼굴을 일그러뜨린 채로 어쩔 줄을 몰라 하는 중이었다.

"어흠… 어흐흠!"

상군환은 야릇한 헛기침을 잇달아 뱉어냈고, 예인화와 위려려는 서로 마주 보더니 약속이나 한 듯이 얼굴을 감싸 쥐었다. 예인후는 철민과 눈길이 마주치자 얼른 돌아서서 먼 데를 바라보는 시늉이었다.

푸륵! 푸르륵!

철민이 조심스럽게 헤드록을 풀어주자 말은 두어 번이나 진저리를 치고는 대가리를 아래로 떨어뜨리고서 얌전한 체 가만히 서 있었다.

철민이 혹시나 해서 손바닥으로 툭툭 건드려 보았지만 놈은 마치 '나 죽었소' 하는 듯이 잠잠하기만 했다.

실실거리며 지켜보고 있던 율도린이 다가왔다. 그리고 슬그머니 놈의 고삐를 채자, 놈이 돌연 '푸르륵' 하고 투레질을 하는데, 꼭 싫다는 기색이었다. 그걸 보고는 율도린이 웃음기를 지우며 사뭇 신기하다는 기색으로 되었다.

한바탕의 엉뚱한 짓을 벌인 데 대해 계면쩍은 것은 있었지만, 그래도 철민이 그렇게 기분이 나쁘지는 않았다.

좀 전에 아주 웃겨 죽는다고 난리들을 치던 인사들이 이제는 무슨 신기한 일이나 본다는 듯이 호기심 가득한 얼굴들이 되어 있는 것은 차라리 통쾌하였다. 철민이 가장 마음에 드는 것은 역시 말이었다. 놈은 이제 철민이 고삐를 끌 것도 없이 끄는 척만 해도 제 스스로 눈치껏 움직였다. 그만만 해도 영특하다고 할 것인데, 뿐만 아니라 철민 외의 다른 사람에게는 놈이 여전히 고분고분하지를 않았으니 꼭 주인 대접을 받는 기분이라 철민이 충마(忠馬)라고 놈을 추켜세웠다.

철민이 등에 타도 '충마'는 감히 거부의 몸짓을 보이지 않았다. 거부하기는커녕, 꼭 '초짜' 기수가 낙마라도 하지 않을까 제 놈이 알아서 조심이라도 하는 듯이 가만가만 움직였다.

처음으로 타보는 말이니 재미가 있는데다 충마 덕분에 두렵지도 어렵지도 않으니 철민이 계속 타고 싶은 마음이야 굴뚝인데, 다만 다른 사람들이 다 걷고 있는데 그 혼자만 말을 타고 간다는 것이 영 거북했다. 그래 생각한 핑계가 예인화에게 말 타는 걸 가르쳐 준다는 것이었다. 본래 말을 사자고 한 것이 예인화를 위한 것이었으니 제법 괜찮은 핑계가 될 것이다.

역시 충마였다. 철민이 한사코 마다하는 예인화를 반강제이다시피 억지로 안아 올려 말 등에다 태웠는데, 말이 워낙 고분고분, 조심조심, 사뿐사뿐 기특하기 짝이 없도록 눈치껏 구는 덕분으로, 철민이 따로 가르치고 말고 할 것도 없이 예인화는 이내 두려움을 버리고 말 타는 재미와 편안함에 푹 빠져드는 모습이었다.

그러나 역시 주변의 눈치가 보이지 않을 수는 없어서 철민이 이윽고는 말에서 내렸는데, 생각지 않게도 성가신 일이 하나 생겼다. 계속 충마의 고삐를 잡고 있어야만 한다는 것이었는데, 물론 고삐를 놓고 옆에서 걷는 것만으로도 충마를 통제하는 것은 충분했지만 문제는 예인화였다. 철민이 슬쩍 고삐를 놓으려는 시늉만 해도 그녀는 당장에 호들갑을 떨고 마는 것이었다. 그런데 그 호들갑이 차라리 비명이라도 지르는 것이라면 철민이 괜한 흥감 부리지 말라고 한번 윽박질러 보기라도 할 텐데, 이건 '애'가 그저 온몸으로 겁에 질려 버리니 철민이 차마 말고삐 놓을 생각을 하지 못하였다.

4

날씨가 갑자기 우중충해졌다. 이내 공기가 축축해지더니 얼굴이며 손등에 한두 방울씩의 물기가 떨어졌다. 대번에 어깨를 흠칫하도록 만드는 차가움이었다. 비였다. 결코 반갑지 않은 겨울비.

일행의 발걸음이 급해졌다.

후두둑!

이윽고 본격적으로 빗방울이 쏟아질 전조를 보이기 시작하자, 누가 먼저라고 할 것 없이 저마다 달리기 시작했다. 마침 저 앞쪽 언덕바지에 아담하게 우거진 송림(松林)이 보이고 있었다.

"젠장할!"

철민은 투덜거림을 입 밖으로까지 뱉고 말았다. 무공을 모르는 입장의 설움을 절절하게 느낄 수밖에 없는 경우가 바로 이런 때였다.

'의리없이 니들끼리만 가냐?

철민의 투덜거림이 속으로 다시 이어지는데, 문득 마음속으로 여린 울림이 전해졌다.

[같이 타요.]

흘깃 위를 보았더니 말 등 위에서 예인화가 그를 내려다보고 있었다. 추위로 움츠린 중에도 방그레 웃는 얼굴로.

철민이 사양하지 않고 훌쩍 말 위로 올라타서는,

"이랴!"

하고 충마를 재촉했다. 그러나 충마는 말을 듣지 않았다. '두득! 두득!' 걷는 충마의 걸음은 느긋하기만 했다. 철민이 막상 고삐를 채지도 발로 배를 차지도 않고 다만 입으로만, 그것도 별 의지 없이 건성으로만 하는 재촉인 줄을 눈치라도 챈 모양이었다.

후두두둑! 빗방울이 제법 세차졌으므로 두 사람의 얼굴은 금세 흥건히 젖고 말았다.

우르릉! 겨울철에 어울리지 않게도 멀리서 울리는 천둥소리가 제법 웅장했다.

파르르! 예인화의 좁은 등이 추위에 떠는 느낌이 한 뼘의 틈새를 두고도 철민에게로 전해졌다. 철민은 괜스레 하늘을 올려다보았다. 온통 잿빛인 하늘 저편으로부터 시커먼 먹구름이 빠르게 몰려오고 있는 중이었다. 평원 저 끝으로부터는 짙은 안개까지 몰려들고 있었다.

쏴아아! 세차게 쏟아지는 비와 금세 자욱하게 깔려 버린 안개로 인해 시계(視界)는 바로 앞도 분간하기 어려울 정도가 되었다.

두득! 두득! 충마는 여전히 천천한 걸음을 옮기고 있었다, 비에 흠뻑 젖은 채로.

어깨가 덜덜거릴 정도로 오들오들 애처롭게 떨고 있더니 더는 못 참겠던지 예인화가 슬그머니 뒤쪽으로 몸을 기대왔을 때, 철민은 저도 모르게 그녀를 품속으로 끌어당겼다. 그러나 정말로 남자의 명예를 걸고 말하건대, 다만 추위에 발갛게 얼어버린 그녀의 목덜미 때문이었다. 다른 사심은 조금도 없었다. 정말로.

바르르! 철민의 품속에 안긴 예인화의 가녀린 몸이 수줍게 떨렸다.

[따뜻하네요.]

"그래."

예인화의 심동에 철민이 쑥스럽게 대답했다. 그런 중에 문득 이상한 점을 발견한 것은 예인화였다.

[왜 이렇죠?]

"뭐가?"

[이것 좀 보세요. 우리는 지금 비를 맞지 않고 있잖아요?]

그랬다. 그들은 지금 비를 맞지 않고 있었다. 비는 여전히 세차게 쏟아지고 있었지만, 그리고 충마의 등으로도 흥건히 빗물이 흘러내리고 있었지만, 마치 투명한 막이라도 덮어쓰고 있는 듯이 빗방울은 두 사람의 몸만은 적시지 못하고 튕겨 나고 있었다.

순간 철민은 어떻게 된 일인지를 알 것 같았다. 물론 어디까지나 짐작일 뿐이었지만.

'벽이다. 벽이 몸 외부로 확장이 되었다. 그럼… 칠벽(七壁)에 접어든 것인가?'

까마귀늙은이의 말도 반짝 떠올랐다.

'구벽외공이 칠벽에 진입하여 대성 단계에 들어서면서부터는 육성까지의 중성 단계에 비길 수 없이 기정의 흡수 속도가 빨라진다. 무엇보다도 이때부터는 드디어 체내에 축적된 기를 내공으로 운용할 수 있게 되니, 화경의 고수와도 능히 견줄 수 있는 정도가 될 것이다.'

그러고 보니 철민 자신은 처음부터 비에 거의 젖지 않았다. 옷자락의 늘어진 일부분만이 젖었을 뿐이다. 그러나 철민에게 다른 것은 지금 중요하지 않았다. 예인화가 더 이상 추위에 떨지 않고 있다는 사실이 가장 중요했다. 철민 자신과는 달리 이미 흠뻑 젖어버렸던 예인화의 몸에서는 지금 뿌연 김이 몽글몽글 솟아나고 있었는데, 어떤 따뜻한 기운이라도 전해지고 있는 모양으로 그녀의 표정에서는 나른해하는 기색마저 보였다.

[어떻게 한 거죠?]

"나도 몰라."

[분명 당신으로 인해 일어나고 있는 현상인데, 당신이 모르면 누가 알아요?]

"정말 모른다니까?"

철민이 말을 잘라 버리자 예인화는 잠시 골똘히 생각에 잠

기는 기색이더니 한순간 갑자기,

[앗! 차가워!]

호들갑스러운 심동을 발했다. 철민이 흠칫 놀라서 보니 거의 다 말랐던 그녀의 머릿결에 다시금 물기가 번지고 있었다. 비를 맞고 있는 것이었다. 철민이 당황해하는데 예인화의 심동이,

[아! 이게 그런가 보네요.]

하고 전해왔기에, 철민이 곧바로 물었다.

"뭐가?"

[아마도 심동 때문인가 봐요.]

"심동이 왜?"

[보세요. 방금 비를 맞았는데, 지금은 다시 비가 제게 닿지를 않잖아요? 그러니까 우리가 심동을 통할 때만 이런 현상이 일어난다는 것이죠.]

예인화는 새삼 신기해진 모양이었다.

[우리 멈추지 말고 계속 얘기해요. 당신도 무슨 얘기든 좀 해봐요. 아무 얘기라도.]

"허허! 이것 참!"

쏴아아! 빗발은 여전히 세차서 좀처럼 그칠 기세가 아니었다.

예인화는 이제 더 이상 신기해하지도, 궁금해하지도 않았다. 그저 즐기는 모습이었다. 철민도 덩달아서 다만 즐기는 마음으로 되었다. 이 특별한 두 사람만의 몽환적 유희를.

어느 사이에 송림이 바로 가까이로 다가와 있었다, 짙은 안개를 병풍처럼 두르고서.

철민은 겉옷을 벗어 머리 위로 우산처럼 펼쳐 들었다. 숲 속에서 그들을 보고 있을 사람들의 시선을 생각해서였다.

커다란 바위 아래에서 비를 피하고 있던 이들의 시선이 한결같이 철민과 예인화에게로 집중되었다. 예인후가 엷게 미소를 떠올렸다가 이내 담담한 표정으로 돌아간 외에는 상군환도, 율도린도, 그리고 위려려도 이상한 듯이, 혹은 충격적인 듯이, 또 혹은 적어도 익숙하지 않은 장면을 본다는 듯한 눈빛들이었다. 갑작스러운 겨울비 때문에 벌어진 일이지만, 그렇더라도 언제까지라도 말에서 내릴 생각이 없는 듯이 철민의 품속에 파고들어 얌전히 안겨 있는 예인화의 모습은 그들에게 이상하거나, 혹은 충격적이거나, 또 혹은 적어도 익숙하지 않기에 충분한 것 같았다.

철민은 언뜻 위려려에게로 눈길이 갔다. 어쩔 수 없이. 일찍 피하였다고는 해도 이미 옷을 흠뻑 적신 뒤였으니, 위려려는 몸매의 굴곡을 고스란히 드러내 놓고 있는 중이었다. 민망했다. 아니, 육감적이었다. 제대로 눈을 고정시켜 두기 어려울 정도로.

민망해서가 아니더라도 철민이 오래는 위려려에게 눈길을 주고 있을 수는 없었으니, 지금 그를 쏘아보고 있는 한 사람의 날카로운 눈길 때문이었다. 상군환이었다. 그의 눈빛은 타는 듯이 뜨거웠다. 누구라도 위려려의 젖은 몸매로 시선을 주는 것을 용납하지 않겠다는 듯이.

철민은 먼저 말에서 내린 다음 조심스럽게 예인화를 안아 내렸다. 예인화는 철민의 겉옷을 뒤집어쓴 채로 폴짝거리며 바위 아래로 뛰어갔다. 그러나 짙은 안개 때문이었을까? 누구도 유심히 보지는 못하였다. 그녀의 몸이 젖지 않았다는 사실을. 그리고 철민 또한 젖지 않았다는 것을.

第五十八章

사정(事情)

몽상가

1

　"예서 양천(暘穿)까지는 이제 백 리 남짓이다. 도착해서 다시, 당부하겠지만, 그곳에서 너는 얌전히 이 오라비를 기다리고 있어야 한다. 알겠니?"

　예인후의 말에 예인화는 긍정도 부정도 하지 않았다. 그렇더라도 그녀가 어쩔 수 없이 수긍하고 있다는 것을 철민은 느낄 수 있었다. 아마도 체념이겠지만.

　그때 만약 예인후가 율도린에게,

　"율 형, 잘 부탁하오."

　하고 이어 말하지 않았고, 다시 그것에 대해 율도린이 다소간 굳은 얼굴로 고개를 끄덕이지 않았다면, 철민이 그들 남매 사이의 대화에 굳이 끼어들지는 않았을 것이다.

"두 사람을 떼놓고 갈 작정입니까?"

"그래야지요. 벌써 그랬어야 했을 것을, 마땅한 방도가 없어서 이곳까지 함께 오게 된 것이니까요."

"양천에 도착하면 무슨 수가 있습니까?"

그제야 철민에게서 분명치 않으나마 불안 내지는 불만의 느낌을 받았던지 예인후는 엷은 웃음기를 떠올렸다.

"백리세가(伯理勢家)가 그곳에 있습니다."

"백리세가라면……?"

어디선가 들었던 이름이라 철민이 반문했다.

"강호사대세가(江湖四大勢家) 중의 한곳이지요. 그리고 철형도 아시는 백리소란(伯理小蘭) 소저의 가문이기도 하고요. 우리가 임무를 끝내고 돌아올 때까지 인화와 율 형이 그곳에서 머물 수 있도록 부탁을 해볼 작정입니다."

"아!"

철민이 저도 모르게 나직한 탄성을 흘렸다. 문득 머릿속 어딘가에 묻혀 있던 일단의 기억들이 단편적으로 떠오른 때문이었다.

'백리소란! 언젠가 철위강과 함께 들렀던 어느 성시의 주점에서 만났던 네 명의 재기발랄한 미남미녀들. 준수(俊秀)와 영준(英俊), 그리고 고아(高雅)와 미태(媚態)! 그중 마치 오래된 미인도의 미녀가 그림 속에서 걸어나온 것 같은 고아한 느낌의 기품을 지녔던 강호삼미(江湖三美) 중의 하나라던 여인.'

철민은 문득 슬쩍 농담으로 던지던 철위강의 서글서글한 목소리가 귓가에 아른거리는 듯하였다.

"큭! 강호에서 가장 아름답다는 세 명의 미녀이지. 강호가 좀 넓은가? 그런 중에서 세 손가락 안에 꼽혔으니 얼마나 대단하며, 그런 미녀를 오늘 우리가 이렇게 가까이에서 봤다는 것은 또 얼마나 대단한 행운인가? 흐흐흐! 우리는 오늘 지극한 눈의 호사를 한 셈이지."

그리고 철위강을 제외하면 이곳 세상에서 처음으로 그에게 진심의 호의를 보여 준 사람들이 바로 그녀와 공손일준이었다.

'공손일준(公孫一俊)과는 서로 마음에 두고 있는 사이 같았는데……'

생각이 그런 데까지 미치다가 철민은 문득 매봉을 떠올렸다.

그때 영호세가의 가주 영호상(英豪祥)이 잠마련과의 원한 맺을 것을 두려워해 그를 내칠 때, 철민은 공손일준에게 매봉을 맡아달라 부탁했었다. 그러나 이 낯선 세계에서 공손일준을 다시 만날 수 있으리라고는 사실 기대하지 못하고 있었는데, 이제 백리소란을 만날 수 있다고 하니 언뜻 그녀에게 매봉을 좀 찾아달라고 부탁해 볼 요량이 생기는 것이었다. 그리만 된다면 예인후와 일을 마치고 다시 돌아올 때쯤에는, 이제는 그립기까지 한 매봉의 묵직한 감을 다시금 느껴볼 수도 있으리라.

2

예인화가 승마 타는 것에 재미를 들인 모습이자, 위려려가 또한 마음이 동한 모양으로 자신도 말을 타겠다고 했다. 그런데 막상 말을 타본 적은 없다는 그녀에 대해 예인후는 율도린더러 말고삐를 좀 잡아달라고 부탁을 했고, 율도린은 별 내색 없이 묵묵하게 위려려가 탄 말의 고삐를 잡았다.

위려려가 말을 타거나 말거나 철민이 뭐라고 할 건 아니었지만, 그래도 철민이 별로 반갑지는 않았다. 두 필의 말을 나란히 걸리면서 두 여인은 저들끼리만 열심히 수다를 떨었고―물론 위려려 혼자만의 수다였지만―또 율도린은 나란히 말고삐를 잡고 걸으면서도 그야말로 '별 내색 없이 묵묵' 하기만 했으니, 철민으로서는 홀로 소외된 것이나 마찬가지였기 때문이다.

위려려가 말 타는 재미에 쉽게 질려 하지 않은 까닭에, 철민은 점심나절을 훌쩍 넘겨서야 '소외' 에서 벗어날 수 있었다.

그런데 한참이나 늦어버린 점심을 노상에서 간단하게 때우기로 한 일행이 말들을 주변 초지에 잠시 풀어놓았는데, 갑자기 말 한 마리가 쓰러지더니 힘없이 버둥거리며 입에서는 피거품을 게우는 일이 벌어졌다.

"아마도 독초를 먹은 것 같습니다!"

자신이 끌던 말이어서인지 세심하게 살핀 끝에 율도린이 그
렇게 추정하자, 상군환이 대뜸 검을 뽑아 들고 이제는 제대로
버둥거리지도 못하고 있는 말의 목에다 겨누었다.

"지금 무엇을 하려는 것이오?"

율도린이 놀라 말 앞을 가로막아 서자 상군환의 미간이 설
핏 좁혀졌다.

"독초를 먹었다고 하지 않았나? 말이 더 이상 고통을 겪지
않도록 해주려는 것이야!"

"아니오! 어쩌면 내게 살릴 방도가 있을 것도 같소! 그러니
일단 내게 맡겨주시오!"

그러나 상군환은 코웃음을 쳤다.

"흥! 당신이 무슨 수로? 그리고 설령 당신에게 재주가 있다
고 한들, 우리에게는 시간이 없어! 안 그래도 당신으로 인해 우
리의 일정은 이미 예정보다 많이 지체되었는데, 이런 따위의
일로 인해 다시 지체를 할 수는 없음이야!"

예인후의 미간이 슬며시 좁혀졌지만, 두 사람의 언쟁에 쉽
사리 개입할 기색은 아니었다.

철민으로서도 당연히 개입할 생각은 없었다. 그러나 그때
전해온 예인화의 심동은 그의 '당연한 생각'을 이내 고민으로
바꾸어놓고 말았다.

[율 공자는 말을 치료할 수 있을 거예요.]

그때 상군환이 가볍게 어깨를 밀치는 것으로 율도린이 맥없
이 서너 걸음이나 밀려났다. 그리고 상군환은 주저없이 말의

목 줄기에 검을 겨누었다.

철민이 언뜻 생각하기에 상군환의 실력이라면 단번에 명줄을 끊어놓을 수 있을 테니, 그럼으로써 말의 고통을 줄여주겠다는 그의 생각이 오히려 사리에 맞을 수도 있겠다 싶기도 한 것이었지만, 그렇더라도 일단은 예인화의 말을 우선하지 않을 수는 없었다.

"잠깐!"

철민의 제지에 막 찌르려던 상군환의 검이 멈칫 섰다.

"어쨌든 살릴 방도가 있다고 하니, 일단 치료부터 한번 해보도록 합시다. 죽이는 거야 그 뒤에 해도 되지 않겠소?"

획 고개를 돌리는 상군환의 눈빛이 섬뜩하도록 날카로웠으므로 철민이 움찔 기가 죽고 말 때였다.

"그래요. 며칠간 함께 지내면서 그래도 정이 들었는데, 아무리 미물이라지만 치료도 한번 안 해보고 죽이는 건 너무 불쌍하잖아요?"

위려려의 그 말에 대해서는 상군환이 묵묵히 검을 거두어들였다. 하필이면 그녀가 오전 내내 탔던 말인 것이다. 기다렸다는 듯이 예인후가 정리를 했다.

"율 형, 잠깐의 시간을 줄 테니 한번 해보도록 하시오."

지저분하다고 할 수밖에 없는 광경이었다. 율도린은 지금 말의 항문 속에다 어깨까지 들어갈 정도로 깊숙이 한쪽 팔을 쑤셔 넣고 있는 중이었다. 그 때문에 그의 옷은 이미 말이 쏟아내는 묽은 변에 젖어 엉망이 되어 있었다.

그런 광경은 보기에 민망할뿐더러 사방으로 풍기는 냄새도 고약하기 짝이 없어, 처음에 호기심으로 가까이에서 지켜보던 일행은 멀찍이 물러서 있었다.

다만 그런 와중에도 예인화만은 여전히 자리를 뜨지 않고 율도린의 곁에서 말의 상태를 유심히 지켜보고 있는 중이었기에, 철민이 보다 못해 다가가서 그녀의 손을 낚아챘다.

"야! 너 뭐 해? 여자가 돼가지고 민망하게스리!"

잠깐 버티려는 듯하더니 예인화는 이내 순순히 이끌려 왔다.

"근데 저 친구 지금 도대체 뭐 하는 짓이야?"

멀찌감치 한쪽으로 물러선 다음에 철민이 짐짓 인상을 찡그리면서 물었다.

[이독치독((以毒治毒)의 이치를 적용하려는 거예요.]

"그게 뭔데?"

[독으로써 독을 다스리는 거죠. 율 공자 자신이 지닌 독으로 말의 독을 중화시키든지, 그것이 안 되면 아예 독을 흡수하려는 걸 거예요.]

"저 친구가 독을 지녔어? 게다가 독을 흡수한다고? 그럼 저 친구는 괜찮고?"

[율 공자는 이미 독인(毒人)의 길에 들어섰는 걸요.]

"그건 또 뭔 소리야?"

[얼마 전에 율 공자가 크게 다쳐서 정의대로 왔을 때, 정상적

인 치료로는 도저히 회복이 불가능할 만큼 상세가 위중했었어
요. 목숨은 어떻게 살린다고 해도 다시 걸을 수 있으리라는 보
장은 결코 할 수 없는 정도였죠. 율 공자는 남은 평생을 누워
서 지내야 할 바에는 차라리 죽여달라며 사정했죠. 단 하루 만
이라도 좋으니 일어설 수 있게 해달라고요. 그래서 자신을 그
렇게 만든 자에게 복수만 할 수 있게 해달라고요.]

　"음, 그래서?"

　[그를 다시 일어설 수 있도록 할 치료법이 아주 없지는 않았
는데, 바로 독으로 체내의 잠원력(潛元力)을 촉발시키는 방법
이었어요. 그러나 그 방법은 극단적인 만큼 상응하는 후유증
이 없을 수는 없었으니, 바로 투입한 독의 독성을 제어하기 위
해 치료가 된 이후로도 지속적으로 독을 섭취해야만 하는 것
이에요. 갈수록 더욱 강력한 독을 말이죠. 그러나 자칫 독성의
평형을 잘못 맞추는 경우에는 곧바로 치명적인 중독에 빠지게
되고, 그렇지 않더라도 끝내는 전신이 독으로 가득 차게 되서
인간이되 인간이 아닌, 독인이 되고 말죠. 충분히 설명했지만
율 공자는 제발 그렇게 해달라고 애원했고, 결국에는 저도 어
쩔 수가 없었어요. 율 공자가 지금, 그리고 앞으로도 제 도움이
절대적으로 필요한 저의 환자인 건 바로 그런 때문이에요.]

　무겁게 가슴을 누르는 느낌만으로도 예인화가 지금 얼마나
무거운 심정인지 짐작하고도 남음이 있었기에 철민은 아무 말
도 못한 채 침묵을 지키고 있을 수밖에 없었다.

철썩! 율도린이 말의 엉덩이를 세차게 후려치자 말은 화들짝 놀란 듯이 크게 버둥거리더니 일순 땅을 박차며 벌떡 일어섰다. 그리고는 한옆에서 풀을 뜯고 있는 충마의 곁으로 사뭇 멀쩡한 듯이 걸어갔다.

말의 분비물로 흠뻑 젖어버린 겉옷을 벗어 드는 율도린의 얼굴은 어느 때보다도 밝아 보였다. 얼굴의 푸른빛은 좀 더 짙어진 것 같았지만.

어디 개울이라도 찾으려는 듯이 성큼성큼 걸어가는 율도린의 뒤를 따라 예인화가 쪼르르 달려갔지만 철민은 굳이 그녀를 말리지 않았다.

3

개울을 찾아 나섰던 율도린과 예인화가 한참이나 지나 돌아왔을 때는 한겨울의 짧은 해가 어느덧 제법 서천(西天)으로 기울고 있었다. 상군환은 사뭇 불만스러운 기색이었으나, 어쨌든 율도린이 말을 살리는 재주를 보인 다음이어서인지 내색을 하지 않으려 애를 쓰고 있는 것 같았다.

"이제 출발하면 두어 시진이면 양천에 닿을 수 있겠으나, 어려운 부탁을 하러 가는 처지에 저녁 무렵이 다 되어서 방문을 하기도 그렇고, 더욱이 양천은 범정파(凡正派)의 교두보 격인 백리세가와 잠마련의 지지를 받는 흑룡방(黑龍幇)이 첨예하게 대립하고 있는 지역이라 혹여 주변의 이목에 두드러질 경우도 고려하지 않을 수 없으니, 아무래도 오늘은 예서 보내고 내일 사람들의 통행이 많아지는 한낮 즈음을 택해 양천으로 들어가는 것이 좋겠습니다."

그 말에 대해서는 모두가 별 이의 없이 수긍을 하였다. 다만 상군환은 그 수긍과는 별개로 다른 심화가 있던지,

"그럼 나는 주변이나 한 바퀴 살펴보고 오도록 하겠소."

하고 불쑥 내뱉고는 성큼성큼 걸어가 버렸다.

야영 준비를 하자면 해야 할 일이 한두 가지가 아니긴 했지만, 그렇다고 철민이 상군환의 이탈에 대해 그다지 얄밉거나 아쉽다거나 한 것은 아니었다. 아직 해 떨어지기까지는 충분히 여유가 있었고, 또한 같이 있는다고 해서 상군환이 일손을 도울 것이라고 기대는 어차피 하기 어려웠으니까.

시간 여유가 충분하다고는 해도 철민이 특별히 할 일도 없어서 미리 땔감을 주우러 다녔고, 예인후와 율도린도 적당한 바닥을 찾아 땅을 고르는 등, 각자는 이제 사뭇 익숙해진 역할들을 위해 쉬엄쉬엄 움직였다.

얼마 안 지나 상군환이 새끼 사슴 한 마리를 어깨에 짊어지고 돌아온 것은 누구도 기대하지 못한 일이었다.

율도린이 얼른 사슴을 넘겨받아서는 한쪽 구석으로 가지고 갔는데, 철민이 또한 괜한 호기심이 동해 쫓아갔다.

율도린이 땅바닥에다 소나무 가지 여러 개를 겹쳐 깔고 그 위에다 사슴을 올리더니 이어 가죽을 벗기고, 내장을 꺼내고, 토막을 치는데 아주 익숙한 솜씨였다. 다만 그가 쓰는 단검이

그렇게 예리해 보이지는 않아서 철민은 자신의 천마비를 빌려
줄까 하다가 그만두었다. 어차피 율도린은 자신의 일에만 열
중할 뿐, 그에게는 눈길 한번 돌리지 않았다.

율도린은 그가 가진 가장 큰 그릇 두 개에다 가득히 국을 끓
이고, 고기가 익을 동안에는 남은 고기를 얇게 썰었다. 아마도
나중을 위해 저장을 하려는 모양이었다. 철민이 눈치를 보며
슬그머니 썰어놓은 고기 몇 점을 빼돌렸으나 율도린은 여전히
자신의 일에만 열중을 하였다.

율도린이 끓인 고깃국은 약간의 누린 맛이 났지만, 제법 먹
을 만했다. 국보다 인기를 끈 것은 철민이 빼돌려 구운 고기였
다. 적당히 소금을 뿌려가며 기름기가 쏙 빠지도록 구운 사슴
고기는 모두에게 간만에 맛보는 일미라고 할 만했다.

4

일행이 넉넉히 배를 채웠을 때는 해가 서산에 걸려 막 넘어
갈 듯이 깔딱대고 있을 즈음이었다. 철민이 열심히 주워놓은
마른 땔감을 아끼지 않고 넉넉히 던져 넣은 덕분으로 모닥불
은 기세 좋게 활활 타올랐고, 일행은 사뭇 일찍은 저녁 포식을
한 후의 느긋한 포만감에다 훈훈한 온기를 즐기며 나른한 한
때를 보내고 있었다.

그러던 중에 일행이 전혀 생각지 못했던 낯선 객들을 맞이
하게 된 것은 아마도 모닥불을 피우면서 야단스럽게 난 연기

와, 더욱이 고기 익는 냄새가 사방으로 진동했기 때문이리라.

혹의 무복의 같은 복색을 한 그들 다섯 명의 사내는 사뭇 거리낌없이 모닥불로 다가섰다. 적게 보면 이십대 후반, 많게 보자면 삼십대 중반쯤으로 보이는 자들이었다.

"고기가 푸짐해 보이는데, 안줏거리 좀 얻을 수 있겠소?"

앞장선 사내가 빙글거리며 손에 든 술병을 흔들어 보였다. 그런데 그 태도가 부탁하는 사람 같지 않고 능청스러운 데가 있었다. 뿐만 아니라 뒤의 사내들이 히죽대며,

"난 부드러운 고기가 좋아!"

"모르는 소리! 자고로 고기는 나긋나긋해야 제 맛이지!"

하고 한마디씩 지껄였는데, 사뭇 노골적으로 위려려와 예인화를 힐끗거리며 하는 짓거리들이었으니 확연한 희롱이었다.

철민이 속에서 확 치밀어 예인후를 보니 예인후도 그를 보고 있다. 차분한 눈빛이었다. 마침 상군환도 그를 보고 있었는데 분노한 기색이되, 역시 절제된 눈빛이었다.

철민이 설핏 화를 추스르고 다시 사내들을 보니, 사내들은 처음부터 이쪽에 대해서는 전혀 신경을 쓰지 않는 태도들이었다. 이쪽도 명색이 남자가 넷이나 되는데도 말이다. 그러고 보니 그들은 저마다 등과 허리춤에 칼을 차고 있었다.

사뭇 담담하기까지 한 위려려의 시선까지 받고 보니 철민은 그제야 그들 세 사람이 우선은 이 상황에서 뒤로 빠져 있고 싶어한다는 사실을 눈치챌 수밖에 없었다. 그들 같은 고수들이 먼저 나설 것까지는 없다는 것일까? 혹은 다른 무슨 이유가 있

을 것이지만, 어쨌든 예인후까지도 그 이유에 공감하고 있는 듯하다는 것만으로도 철민은 자신이 나서야 할 압박을 느꼈다.

그러나 철민이 엉거주춤하니 앉은 자리에서 몸을 일으키려는데 맞은편에 앉아 있던 율도린이 찡긋하고 눈짓을 보냈기에 안 그래도 내켜서 일어서는 중이 아니었으니 철민이 슬그머니 다시 주저앉고 말았다.

힐끗 던지는 상군환의 눈짓에 설핏 재촉의 의미가 담겼음을 보았지만, 철민은 일단 버텨보기로 했다. 율도린의 본래 모습을 아는 터였고, 더욱이 예인화를 향한 사내들의 질 낮은 수작에 대해 그가 괜히 눈짓을 보내지는 않았을 것이라는 합리화가 있기도 했다.

"아직 식지 않았으니 안주하기는 오히려 맞춤할지 모르겠소."

율도린이 수더분하게 내미는 국그릇을 사내 하나가 받아서는 손가락으로 고기를 건져 냈다. 그리고는 곧장 입에 넣고 맛을 보는 모습에서 크게 경계하는 기색은 없었다. 아마도 방금 전에 철민 일행이 이미 포식을 했다는 점에서 의심의 여지가 없었던 것이리라. 사내들이 국그릇을 돌려가며 고기를 건져 먹는 중에 율도린이 다시 구운 고기 몇 점을 챙겨서 주었고, 사내들은 넉살 좋게 넙죽넙죽 받아 들었다.

각기 몇 점씩의 고기를 우적우적 씹어대더니 사내들은 이내 보다 노골적으로 본색을 드러냈다. 사내들 중 한 놈이,

"어이, 예쁜 소저! 우리가 이렇게 만난 것도 보통 인연은 아 닌데, 어디 그 고운 손으로 따르는 술 한잔만 받아봅시다!"

하고 능청을 부리더니, 제놈들이 돌려가며 마신 탓에 기름 기가 번들거리는 술병을 건네는 것이었다. 그런데 놈이 지목 한 사람이 하필이면 예인화였기에, 철민은 율도린을 향해 와 락 인상부터 써 보였다. 그러나 율도린은 오히려 입가에다 엷 은 웃음기를 떠올려 놓고 있는 중이었다.

'빌어먹을 놈!' 철민이 내심 욕을 내뱉고는 벌떡 일어설 참 인데, 갑자기 사내 둘이,

"엇?"

"어엇? 왜 이러지?"

크게 당황해하며 몸을 휘청거리는 것이었다. 그것을 보고 다른 세 놈이 일제히 검을 뽑아 들고 율도린에게 겨누었다.

"이놈! 음식에다 무슨 장난을 친 것이냐?"

그러나 이내 그놈들도 잇따라 몸을 휘청거리더니 검을 들고 있기도 버겁다는 듯이 바닥을 향해 늘어뜨리고 마는 모습들이 었다.

그렇게 다섯 놈들이 일시에 무력해지고 만 데 대해서는 철 민 등도 크게 놀라고 의아해지지 않을 수 없었다. 그들이 이미 실컷 배부르게 먹었던 국과 고기가 아니었던가? 그런데 율도 린이 특별히 무슨 짓을 하는 것을 보지도 못했는데, 사내들이 갑작스럽게도 저런 지경이 되었으니 말이다.

상군환이 또한 놀라는 얼굴이다가는 문득 차가운 기색이 되

며 율도린을 향해 물었다.

"저들에게 독을 쓴 것인가?"

목소리에서부터 묻어나는 노기에 율도린이 무겁게 대답했
다.

"그렇소."

그러자 상군환은 대뜸 노호를 터뜨렸다.

"이자가 지금? 아무리 잡배들을 상대하는 것에 불과하다고
해도 독 따위를 쓰는 비열한 짓거리가 본 천의 명예에 얼마나
큰 치욕이 되는지 생각이 미치지 않는단 말이냐?"

예인후가 당황을 감추지 못하며 급급히 나섰다.

"잠깐 진정하시오. 저자들을 두고 우리의 일을 논하는 것은
합당치 않소."

"흥! 뒤끝이 걱정된다면 저들을 모두 죽이면 깨끗할 일이
오!"

상군환의 차가운 반박이 있었으나 예인후는 대응치 않고 율
도린을 향해 물었다.

"율 형, 저들은 지금 어떤 상태요?"

"가벼운 마비 증세와 일시적인 무기력 증상입니다."

"해독은?"

"따로 해독하지 않아도 대략 이각(二刻) 후쯤이면 저절로 증
상이 사라질 것입니다."

그때 상군환이 참지 못하겠던지 불쑥 끼어들었다.

"혹시 저자들을 그냥 보내주려는 것이오?"

예인후는 차분한 얼굴로 상군환에게 고개를 끄덕여 보였으나, 곧바로 사내들을 향하며 무겁게 일갈하였다.

"너희들의 무도한 짓거리로 보아서는 지금 당장에 목을 쳐도 결코 과하다고 할 사람은 없을 것이다! 그러나 호생지덕(好生之德)을 생각할 때에는 약간의 망설임이 없지도 않으니, 너희들은 내 마음이 정해지기 전에 서둘러 사라지는 편이 좋겠다!"

사내들이 흠칫 눈길을 교환하더니 휘청거리는 몸짓들로도 앞 다투어 도망치기 시작했다. 상군환의 손이 곧장 검을 잡아갔다. 그러나 예인후가 가만히 고개를 가로저어 제지하자 결국 행동으로까지 옮기지는 못하였다.

사내들이 시야에서 사라지고난 다음까지도 여전히 날카로운 기세를 거두지 않고 있는 상군환에 대해 예인후가 차분하게 말을 건넸다.

"저들을 오래 잡아두었다가 괜한 문제를 만들 우려가 있겠고, 그렇다고 이만한 일에 정말로 죽여 버릴 수도 없어서 이리 조치한 것이니……."

그러나 상군환은 예인후의 말이 채 다 끝나기 전에 돌연 율도린을 향해 분노를 폭발시켰다.

"너는 이미 죄를 지은 처지에 다시금 비열한 행위로써 본 천의 명예를 크게 실추시켰으니, 내 아무리 중차대한 임무를 수행하고 있는 중이라고는 해도 너부터 징계하지 않을 수는 없으리라!"

대번에 살벌하게 돌아가는 분위기에 대해 철민으로서야 그저 지켜보고만 있을 때였다. 갑자기,

[제 생각을 좀 말해주세요.]

하고 예인화의 심동이 와 닿았기에 철민이 그만 생각없이,

"내가?"

하고 소리 내어 되묻고 말았으니, 그 바람에 모두의 시선은 일시에 그에게로 집중되고 말았다. '제길!' 철민이 크게 당황하고 마는 중에 다시 심동이 전해졌다.

[율 공자가 독을 쓴 것을 두고 비열한 행위라고 하시는 것이라면, 그 말씀에는 분명한 어폐가 있다고 하지 않을 수 없습니다.]

'얘가 지금 멀쩡한 사람더러 무슨 짓을 하라는 거야?'

아무리 예인화의 부탁이라지만, 난데없이 대변자 노릇을 해달라는 데 대해서는 철민이 황당하기만 하였다. 하지만 그때,

[어서요!]

안타까운 호소를 담고 그를 바라보는 예인화의 눈망울에서 찰랑거리는 물기를 발견하는 순간, 철민은 당황이고 황당이고 가릴 형편이 아니게 되었다.

"그… 비열한 행위라고 하는 것이… 율 형이 독을 쓴 것을 두고 말하는 거라면, 그건 또 좀… 아닌 것 같습니다만……."

불쑥 끼어드는 철민에 대해 모두의 반응은 언뜻 당혹스러워하거나 혹은 사납게 노려보는 것이었으나, 스스로도 제대로 이해하고 하는 소리일 리 없었으니 사뭇 어색하기만 철민의

말에 대해 곧 무시하고 마는 기색들이었다.

그러나 철민의 말은 이내 한결 자연스러워졌다.

"강호에서 독을 편격(偏格)하고 사이(邪異)한 분야로 규정하는 것이 일반적이지만, 의학적인 견지에서 보자면 그것은 다만 아집이나 무지에서 오는 편견일 뿐이오."

"당신의 설익은 견해 따위는 듣고 싶지 않소! 그리고 이 일은 어디까지나 수호천의 기강에 관한 문제이니 당신이 함부로 끼어들 자리는 아닐 것이오!"

상군환이 차갑고도 퉁명스럽게 말을 끊고 나섰으나, 그렇더라도 철민으로서는 계속 이어지는 예인화의 심동에 충실할 수밖에 없었다.

"의학에서 독(毒)은 의(醫)의 양면 중 일면입니다. 다시 말해, 독을 배척하는 것은 곧 의를 배척하는 것이나 마찬가지이니, 결국 우리가 경계해야 할 것은 그것들을 어떻게 활용하느냐 하는 것이지, 결코 의와 독 그 자체가 될 수는 없다는 것입니다."

"함부로 끼어들지 말라고 경고했거늘!"

대갈하는 상군환에게서 확 뿜어져 나오는 서슬 퍼런 예기에 철민이 절로 움찔 몸을 움츠리고 말 때였다.

"독을 쓰는 문제로 인해 수호천에 누가 된다면 난 수호천을 버리고 말겠소!"

율도린이었다. 부릅떠진 그의 두 눈 속에서는 지금 뜨거운 갈증 같은 것이 들끓고 있었다.

"닥쳐라! 네놈 따위가 무엇이라고 감히 그따위 망언을 지껄인단 말이냐?"

상군환이 격노하여 호통 쳤으나 율도린의 목소리는 오히려 차분해졌다.

"아니면 수호천이 날 버리면 될 일이오. 후후! 하긴 그곳이 언제 한 번이라도 날 따뜻하게 품어준 적이 없었으니 새삼 버리고 말고 할 것도 없겠지만! 어쨌든 나는 이 순간부터 수호천과는 아무런 관련이 없다는 점을 분명히 말하는 것이니, 이후로는 내가 무엇을 어떻게 할지라도 수호천의 이름으로 상관하는 건 정중하게 사양하겠소!"

"이제 보니 네놈이 살기를 바라지 않는 것이로구나!"

상군환이 차라리 차갑게 가라앉으며 성큼 율도린을 향해 걸음을 내디디는데, 그것을 보고 예인후가 또한 딱딱하게 굳은 얼굴을 하고 앞으로 나섰다. 그러나 그들 두 사람보다 한발 먼저 앞으로 나선 것은 위려려였다.

"율 공자의 언행에 크든 작든 문제가 되는 부분이 있다는 건 분명해요. 그러나 지금 우리에게 더욱 분명한 것은, 그의 과오를 징계하는 일이 가장 시급하고 중요한 것은 아니라는 점이겠지요. 그렇지 않나요?"

위려려가 말을 멈추고 주위를 한번 돌아보았으나, 누구도 그녀의 말에 대해 대답을 하거나 반박이나 이의를 제기하지는 못하였다.

"이렇게 하죠. 양천에는 인화 동생과 율 공자를 백리세가에 부탁하는 일 외에는 다른 용무가 없으니 예 대주님 혼자서 두 사람을 데려다 주고 오도록 하세요. 대주께서도 이미 우려를 표하신 바 있지만, 굳이 다 함께 움직여서 주변의 이목에 두드러질 필요는 없을 테니까요."

위려려의 말은 건의라기보다는 사뭇 적극적인 주도(主導)였다. 그러나 역시 다른 의견을 내는 사람이 없었뿐더러 예인후가 곧바로 동의를 표했다.

"좋습니다. 그렇다면 굳이 내일까지 기다릴 것 없이 지금 바로 출발하도록 하겠습니다. 어둡기까지는 아직 시간이 남았으니 말을 타고 달린다면 술시(戌時) 안에는 양천 성내로 들어갈 수 있을 것입니다. 이후 저는 늦어도 자시(子時)까지는 다시 돌아올 수 있을 테니 세 분은 예서 기다리고 계십시오."

철민에게 비로소 이의가 생긴 것은, 예인후가 말한 '세 분'에 자신도 포함이 된다는 사실을 조금 뒤늦게 실감하고서였다. 그리고 그의 실감에는 남들은 사소하다고 할지 모르겠지만, 그에게는 결코 사소하지 않은 몇 가지의 이유가 따라붙는 것이었다. 우선은 상군환과 위려려하고만 남는다는 게 영 내키지가 않았고, 다음으로는 예인화가 백리세가에 과연 안전하게 맡겨지는 모습을 직접 봐야만 왠지 안심이 될 것 같았고, 또 한 가지는 백리소란에게 부탁할 일도 있는 것이었다. 매봉에 대해서 말이다.

"저도 예 형과 함께 갔으면 합니다만……."

철민이 쭈뼛거린 끝에 말을 꺼내자, 예인후는 그저 빙그레 웃으며 가볍게 받았다.

"금방 돌아올 것이니 철 형은 그냥 예서 기다리고 계십시오."

"저도 백리세가에 볼일이 좀 있어서 그럽니다."

철민의 어조가 돌연 강한 느낌으로 되자 예인후가 언뜻 의아한 기색이 되고 마는데, 보고 있던 상군환이 대뜸 목소리를 높였다.

"공사(公私)는 좀 분명히 구분합시다! 공동의 임무를 수행하고 있는 마당에 개개인의 사적인 사정까지 일일이 챙길 수야 없는 일 아니오?"

'난 공사의 구분보다도 나한테 중요한 일이 더 우선인 사람이거든?'

그런 말이 당장에 울컥 목구멍까지 치미는 것이었지만, 철민이 차마 그대로 뱉어낼 수는 없어서 힘주어 입을 다물고 있다가 짧게만 말했다.

"어쨌든 나는 가야겠소! 나 혼자서라도!"

그러자 상군환의 얼굴이 대번에 벌겋게 달아올랐고, 예인후 또한 당혹스럽다는 듯이 미간을 찌푸렸다. 그러나 철민의 태도가 유치한 반발이든 어처구니없는 고집이든 간에, 상군환도 예인후도 그것을 끝내 꺾을 도리는 없을 것이다. 어쨌거나 철민이 그들의 임무에 있어서 결코 배제시킬 수 없는 중요한 의미와 비중을 가지고 있었으니 말이다.

세 사내가 잠시 어색한 침묵을 지키고 있을 때였다.

“철 공자가 백리세가에 꼭 가야 할 일이란 게 대체 무엇이죠?”

위려려가 가볍게 웃는 얼굴로 물은 데 대해 철민이 조금도 웃음기없이 대답했다.

“백리소란 소저를 만나려고 하오.”

철민의 그 대답에 대해 예인화가 잠깐 이채를 떠올리더니 이내 담담해졌고, 위려려는 자못 흥미롭다는 표정으로 되며 다시 질문을 던졌다.

“철 공자와 백리 소저는 어떤 사이인가요?”

“특별히 무슨 사이라고 할 건 없고, 그냥 한 가지 부탁할 일이 있을 뿐이오.”

“남녀 간에 서로 부탁을 하고 부탁을 들어줄 사이면 결코 단순한 사이라고 하기는 어려운데… 호호호! 어쩌면 우리는 철 공자를 다시 보아야 하는 것인지도 모르겠군요?”

“다시 보다니, 그건 또 무슨 뜻이오?”

“천하삼미 중의 한 사람과 특별한 관계를 맺은 사이라면, 곧 철 공자에게도 범상하지 않은 무엇이 있다는 의미 아니겠어요? 그렇다면 우리가 철 공자에게서 보지 못한 특별함을 백리 소저는 능히 보았다는 것이 되니, 그 특별함이 과연 무엇인지 같은 여인으로서 궁금해지지 않을 수는 없는 노릇이죠.”

“허! 난 백리 소저와 특별한 관계를 맺었다고 한 적이 없소. 그냥 과거에 잠시 만난 적이 있었고, 지극히 개인적인 볼일이 있을 뿐이오!”

"호호호! 그러니까 더욱 궁금해지는데요?"

위려려의 농담인지 억측인지 모를 말에 대해서 굳이 해명할 것은 또 아니었기에, 철민이 이윽고는 그저 고소를 지으며 입을 닫고 말았다. 그러나 위려려는 그저 농담을 한 것만은 아닌 듯했다.

"그래요. 철 공자께서 백리세가에 그처럼 중요한 볼일이 있다는데, 지척까지 온 마당에도 가보지 못한다면 얼마나 안타깝겠어요? 예 대주님과 함께 다녀오도록 하세요."

듣고 있던 예인후가 재빠르게 상황을 정리했다.

"좋습니다. 그렇게 하기로 하지요."

5

네 사람 중에 예인화 다음으로 걸음이 느린 사람이 바로 철민이었으니, 두 필의 말은 그녀와 그가 타기로 하였다. 어둡기 전에 최대한 속도를 내볼 요량이었다. 그러나 율도린이 또한 말의 속보를 따라잡을 만큼 신법이 훌륭하다고 할 수는 없는데다 얼마 가지도 않아 지치는 기색이 확연하였으니, 마음이 급해진 예인후가 곧바로 대안을 지시했다.

"철 형이 인화와 함께 타고, 율 형도 말에 오르시오."

율도린이 두말없이 말에 올랐고, 철민도 사양할 마음은 조금도 없었다.

충마에 올라 예인화를 품에 안고 보니 철민이 절로 흐뭇해

지는 마음을 어쩔 수가 없었다. 미인과 함께 말을 달리는 호사
라고 할까? 그랬다. 이럴 때 예인화는 '애'가 아닌 '미인'이었
다. 굳이 부정하려고 해도 어쩔 수 없이.
　두 필의 말이 속도를 내며 달리기 시작하자 놀랍게도 예인
후가 오히려 말들에 앞서서 치달리기 시작했는데, 그 경이로
운 신법을 보면서 철민은 문득 엉뚱한 욕심 한 가지가 생기지
않을 수 없었다.
　'도루……?'

第五十九章
숨을 쉬어라!

몽상가

1

올스타전은 선수들에게 축제의 장이다. 그러나 전반기의 말미나 되어서 뒤늦게 인기가 터지는 바람에 팬 투표 결과로 뽑힌 소속 선수가 하나도 없는 불스에게는 그리 흥겨운 축제가 될 수 없었다. 그리고 그런 중에서 다시 감독 추천 선수로 뽑힐 일도 처음부터 없었던 '반쪽짜리'들에게는 더더욱 그랬다.

다만 철민과 손강호는 4일간의 올스타 브레이크의 달콤함을 오히려 온전하게 누릴 수 있었다.

사실은 첫날부터 쌩하니 사라져 버린 손강호는 지금쯤 한창 달콤함을 누리고 있을지 몰라도, 특별히 갈 데도 할 일도 없는 처지에 어쩌다 보니 귀찮아지기까지 해서 이틀째 내리 숙소에서 방구들만 지지고 있는 철민은 이제 슬슬 따분해지기 시작하고 있는 중이었다.

　그럼으로써 만약 숙소에 그 외에 또 한 사람이 더 남아 있지 않았더라면, 내일이나 모래쯤에 철민은 아마도 우울증이라는 걸 경험하게 될지도 몰랐다. 아니, 그 한 사람조차도 그가 그런 경험을 모면하는 데 크게 소용이 될 것 같지는 않았다. 그 한 사람, 강대웅은 이틀째 내리 배트만 휘두르고 있는 중이었고, 내일도 모레도 그러고만 있을 것 같았다. 마치 배트와 무슨 철천지원수라도 진 사람처럼.

　그러나 그 한 통의 전화가 걸려옴으로써 철민은 올스타 브레이크에서 그나마 누리고 있던 모든 것을 한순간에 포기해야만 했다. 달콤함은 물론이고 따분함과 우울증의 가능성까지도.

　"꽤 오랜만입니다. 그런데 전에 예고했던 것보다 시간을 너무 많이 주어서인가요? 그새 프로야구 쪽으로도 진출을 했더군요? 하하하! 하여간 당신은 정말 특별한 사람입니다. 처음엔 평범한 샐러리맨인 줄로만 알았더니 격투기 선수에다 다시 프로야구선수까지 겸업을 하다니 말입니다."

　"특별하기로 치자면 나보단 당신이 더한 것 아닙니까? 그리고 난 격투기 선수는 아닙니다."

　"하하하! 그런가요? 뭐 하긴, 내 성격이 좀 특별한 건 맞는 것 같군요. 그렇지만 당신이 격투기선수가 아니라니요? 이미 2전 2KO승의 전적을 쌓고 있는데도 말입니까? 당장 오늘 저녁에 3차전을 치르게 되는데도 말입니까?"

2

　그들이 보내온 승용차로 한 시간여를 달려 이정표 상으로 J시로 진입한 다음에 다시 십여 분을 더 걸려 도착한 곳은 도시 외곽의 어느 허름한 건물의 지하였다.

　넓은 공간에 천장에는 조명 시설로 보이는 기구들이 어지럽게 설치되어 있는 걸로 보아 그곳은 아마도 무슨 클럽 같은 분위기였다. 불빛이 희미하여 사방은 어둡고 음습했는데, 구석쪽에 몇 명쯤의 사람들이 모여 있었다. 음영으로만 보이는 그들 쪽으로부터 번져 나왔을 매캐한 담배 냄새가 코를 자극했다.

　철민이 누군가의 안내를 받아 안쪽으로 걸어 들어갔을 때다. 미리 위에서 갑자기 확 켜진 조명이 일시 그의 시야를 하얗게 멀게 만들었다. 조명은 그의 앞쪽에 설치된 링을 비추고 있었다.

　"김철민 씨?"

　누군가 건네준 핸드폰 속에서 그렇게 물어왔을 때, 철민은 차라리 담담하게 확인해 주었다.

　"그렇소!"

　잠깐의 틈을 두고 상대방의 목소리가 다시 흘러나왔다.

　"이 한 판에서 당신이 꼭 이기길 바라. 처음부터 다시 시작하는 건 나도 정말 싫거든? 아! 그리고 한 가지 굿 뉴스! 이 한 판에서 이기기만 한다면 그다음의 진짜 벌 역시 단 한 판으로 끝이야. 결과에 상관없이 무조건 말이지. 그러니까 당신은 이번 한 판만 이기면 나하고 다시 이런 불유쾌한 대화를 할 일도 없어진다는 거야! 어때? 한번 죽기 살기로 해봐야겠다는 생각이 갑자기 팍팍 들지 않나?"

철민은 굳이 대답하지 않았다. 그것이 일전에 상대방이 했던 얘기와 완전히 일치한다는 것을 알았기에.

철민은 천천히 링으로 올라가 겉옷을 벗었다. 지금 이곳에서 그가 유일하게 자발적으로 할 수 있는 행위는 그것밖에 없었다. 그는 미리 안에다 짧은 스포츠웨어 상, 하의를 입고 왔다. 그게 훨씬 낫다는 걸 알고 있었으므로.

격투용 장갑이 준비되지 않았지만, 철민은 굳이 챙기려 하지 않았다. 어차피 정상적인 경기가 아니며, 룰은 상대방에서 정하기 나름이란 걸 알고 있었으므로. 이곳까지 온 이상, 그들의 룰대로 따를 수밖에 없는 일이었다. 더 나은 선택이 없다는 데 대해 인정을 하였고, 또한 각오가 되었기에 이곳까지 따라온 것이니까.

맞은편 코너에 기대선 사내는 느긋해 보였다. 눈길이 마주치고 그가 언뜻 웃음기를 보이기 전까진. 웃음이긴 한데 입꼬리로만 웃는 묘한 웃음이었다. 그리고 다시 짧은 사이에 사내의 웃음은 빠르게 번져 갔다. 입 전체로. 이윽고는 이가 드러나 보이도록 활짝. 다만 그럼에도 사내의 눈은 끝까지 웃지 않고 있었다. 조금도.

땡! 공이 울렸다. 철민은 링 가운데로 나가 사내와 마주 섰다. 심판은 없었으나, 시작에 동의하는 서로 간의 간단한 의식은 있어야 할 것 같았다. 마주 서고 보니 사내는 코너에서 봤을 때보다 키가 커서 철민이 올려다봐야 눈을 맞출 수 있었다. 그리고 세밀하게 발달된 전신의 근육이 새삼 두드러져 보였다.

철민의 눈 위에서 잠깐 아래로 훑어보던 사내의 눈빛에 싱긋 웃음기가 스쳤다. 이어 사내는 슬쩍 주먹을 내밀었다. 철민이 마주 주먹을 가볍게 부딪치고 뒤로 물러날 때였다. 아무 예고도 없이 사내의 몸이 성큼 다가서는 순간, 철민은 숨이 콱 틀어막혔다.

"큭!"

사내의 주먹이 짧게 철민의 명치에 틀어박힌 것이었다. 절로 허리가 꺾여 바닥으로 무너지는 철민의 노래진 시야에 올려 차오는 사내의 발이 가득 들어왔다. 그러나 숨통조차 트지 못한 철민으로서는 어떻게 해 볼 수 있는 처지가 못 되었다.

퍽! 턱을 강하게 차이고서 모로 넘어가는 철민의 눈에 정지화면처럼 싱긋한 웃음기를 머금고 있는 사내의 눈빛이 들어왔다.

윙! 머릿속에 고압 전류가 관통하는 것처럼 충격이 휘돌았지만, 철민에게는 아직도 트이지 않고 있는 숨통에 대한 다급함이 더했다. 철민이 가슴을 쥐어뜯으며 다급함을 호소하고 있는데도, 사내는 아예 본격적으로 철민을 짓밟기 시작했다.

밟고, 차고, 찍고, 치고……

"커어억!"

철민은 간신히 끊어진 숨을 이어 냈다. 그러나 곧바로 정신을 차릴 수 없는 충격과 고통을 마주해야만 했다. 그건 철민이 참고 버텨볼 수 있는 정도가 아니었다. 그가 각오했던 한계를 이미 한참이나 넘어선 것이었다.

"그만! 그만해!"

그러나 철민의 호소는 오히려 사내를 더욱 흥분시키고 만 듯했다. 철민의 몸을 타고 누른 사내는 주먹과 팔꿈치로 철민의 얼굴을 치고 찍더니, 이윽고는 숫제 목을 짓누르는 것이었다. 그런 사내에게서는 아예 철민을 죽여 버리겠다는 광기마저 느껴졌다.

"컥! 커억!"

철민은 다시금 숨을 쉴 수가 없었다. 비명도 제대로 나오지 않았으니, 철민은 온 힘을 다해 손바닥으로 바닥을 쳤다. 그러나 소용이 없었다. 사내는 결코 멈출 기색이 아니었고, 누구도 말리러 오지 않았다.

'죽겠다! 이러다 정말 죽고 말겠다!'

안간힘으로 도리질을 치던 중 사내의 팔뚝이 입에 닿았을 때, 철민은 죽기 살기로 물어뜯었다. 절박했다. 살아야 했다. 금세 입 안이 비릿해졌다. 그러나 지그시 내려다보는 사내의 눈은 차라리 웃고 있었다, 마치 쾌감이라도 느끼는 듯이.

'아아! 죽는다! 죽고 만다!'

철민의 온몸 세포 하나하나가 격렬히 부르짖고 있었다. 처절한 마지막 발버둥이었다. 그의 몸은 정말로 죽어가고 있었다. 이내 의식이 혼미해졌다. 모든 것이 급속히 모호해졌다.

그러나 극도로 혼란스럽던 모든 것들은 어느 한순간 지극히 단순해져 버렸다. 경계들이 허물어지고 있었다. 이윽고 모든 경계가 사라지고 말았다. 이곳은 링이기도 하고, 아아! 옥방이기도 하였다.

―숨을 쉬어라!

누군가 철민에게 속살거렸다, 나지막하고도 다급하게.

―숨을 쉬어라!

속살거림이 다시 들렸을 때는 누군가 그의 내부 깊은 곳으로 들어와 있는 듯했다. 원래 경계가 서 있던 자리에 엉거주춤 머물러 있던 철민은 문득 억울해졌다. 그 속살거림이 도저히 가능하지 않은 일을 시키고 있는 데 대해.

'어떻게… 어떻게 쉬란 말이오?

―쉬어라! 무조건 쉬어라! 살려면 쉬어라! 자! 흡! 지! 흡! 지!

'안 돼! 도저히 쉴 수가 없다고!'

철민은 차라리 절규했다. 그러나 막상은 죽을힘을 다해 속살거림의 구령을 따라갔다. 절박하게, 절박하게. 호흡만이 지금 그가 붙잡을 수 있는 유일한 생명의 끈이었다.

―흡! 지! 흡! 지!

죽음 자체보다도 더 치열한 사투 끝에 어느 순간 철민은 숨을 쉬고 있었다. 아니, 숨을 쉬는 건지 안 쉬는 건지는 모호했다. 다만 온전히 숨에 매달리고 있었다. 몰입! 완전한 몰입이었다.

―흡! 지! 호! 지! 흡! 지! 흡! 지!

언제부터인지 숨을 제외한 모든 것은 멈추어 버렸다. 절박함도, 고통도, 링도, 옥방도. 온 우주에는 오로지 그의 몰입만이 존재했다.

긴 시간이 흘렀다. 혹은 아주 짧은 시간이 흘렀는지도 몰랐다. 또 혹은 아예 시간이 흐르지 않았는지도 모르는 그 어느 순간, 멈추어 있던 모든 것들이 홀연히 다시 흐르기 시작했다. 그리고 경계가 생겨났고, 그럼으로써 완전한 것은 당연히 완전할 수 없는 것으로 되고 말았다. 옥방은 옥방이 되었고, 링은 링이 되었다. 사내의 팔꿈치가 그의 목을 짓이기고 있었다. 죽일 듯이.

"컥! 커억!"

숨 막혀 발버둥 치며 철민은 순간적으로 몸을 비틀며 혼신의 힘을 다해 목 줄기를 누르고 있는 사내의 무자비한 팔뚝을 밀어냈다.

"푸아아아~!"

막혔던 숨통이 겨우 트였다.

철민의 거센 반발과 순간적인 용력이 사내에게는 뜻밖이었던 모양이다. 철민의 절박함과 고통을 즐기는 듯하던 사내는, 재빠르게 자세를 바꾸며 주먹과 무릎으로 철민의 명치와 옆구리를 맹렬히 찍어댔다.

철민이 할 수 있는 최선은 사내에게 최대한 밀착하는 것이었다. 그것만이 충격을 최소화할 수 있는 유일한 방법이었다. 사내는 그라운드 기술에도 능숙했다. 철민이 충격을 제법 견디는 듯하자, 다시 자세를 바꾸며 곧장 직각으로 몸을 틀었다. 이어 양 무릎 사이로 철민의 팔을 조이는 한편, 양손으로는 그의 손가락과 손목을 꺾은 상태로 잡아당겼다. 순식간에, 그리고 자연스럽게 이루어진 동작이었다. 당장에 철민의 팔이 강하게 당겨지며 팔이 빠질 듯한 고통이 밀려들었다. '억지로 버티면 먼저 팔꿈치의 인대가 늘어나고, 그다음엔 인대 파열, 최악의 경우에는 팔꿈치 관절이 빠지고 마는 아주 위험한 기술입니다' 하고 유 관장이 경고했던 바로 그 기술, 암바였다.

파드득! 마치 낚시에 걸린 물고기가 마지막 힘을 다해 파닥거리는 것처럼 철민의 몸이 순간적으로 몸부림을 쳤다. 그때처럼.

"엇?"

사내가 나직한 소리를 뱉어냈다. 제대로 들어간 암바가 얼떨결에 풀려 버리고 만 것에 대한 의아함과 놀람이었다. 그러나 사내는 다시금 자세를 바꾸며 철민의 하체를 공략했다.

반격을 노릴 엄두까지는 감히 내지 못했지만, 그렇더라도 철민은 악착같이 저항을 시도했다. 그가 할 수 있는 모든 몸짓으로.

"헉!"

"헉!"

거친 숨소리들이 토해졌다. 그러나 그것은 철민의 것만은 아니었다. 사내의 것도 섞여 있었다. 사내는 처음처럼 거칠거나 맹렬하지는 못했고, 처음처럼 철민을 정신을 차릴 수 없게 만들 만큼 위협적이지는 못했다. 철민은 이제 참아볼 만했고, 버텨볼 만했다. 사내가 주는 충격과 고통은 이제 그가 처음에 각오했던 한계를 넘지 않고 있었다.

사내의 얼굴은 확연히 붉어져 있었다. 붉게 충혈된 채 흔들리고 있는 눈빛은 사내가 당황하고 있음을 말해주었다. 처음에 그는 힘과 기술 모두에서 상대를 압도했으며, 상대가 보이는 극한의 고통에서 쾌감을 만끽하기까지 했다. 그런데 어느 순간부터 상황은 이상하게 변해 버렸다. 갑자기 힘에서 상대에게 밀리기 시작한 것이다. 더욱 당황스러운 것은 상황이 왜 그렇게 되어버렸는지에 대해 그가 도무지 납득하지 못하고 있다는 점이었다. 상대의 힘이 갑작스럽게 강해진 것인지, 아니면 역으로 그의 힘이 갑작스럽게 소진된 것인지조차도 알 수가 없었다. 다만 확연한 것은 둘 사이의 힘의 격차가 점점 더 빠르게 벌어지고 있는 중이라는 사실이었다.

어느 순간 철민은 사내를 확 떨쳐 내며 재빨리 바닥에서 일어섰다. 뒤따라서 몸을 일으킨 사내의 얼굴은 마치 술에 취한 듯이 불그레하게 변해 있었다. 특히 그의 두 눈은 잔뜩 피가 몰린 것처럼 숫제 시뻘겋게 변해 있었다.

"헉! 헉! 허억!"

사내의 숨소리는 거칠고도 급박했다. 사내는 확연하게 지쳐 있었다. 그러나 공은 울리지 않았다. 또한 그러나, 룰은 어디까지나 그들이 만드는 것이었다. 철민도 사내도 아닌 그들.

 체력에서의 확실한 우위를 실감하는 순간 철민은 차라리 분노를 느꼈다. 그리고 분노는 순간적으로 주체 못할 만큼 격렬해졌다. 철민은 사내를 덮치며 목을 제압했다. 사내는 제대로 대응하지 못했다. 이미 풀려 버린 다리로 허우적거릴 뿐이었다. 철민은 곧장 사내의 목을 조였다.

 "컥! 커억!"

 사내는 당장에 숨이 넘어갈 듯이 괴로워하며 손바닥으로 철민의 팔을 쳤다. 호소였다. 숨 막혀 죽겠다는 절박한 호소였다. 철민은 간단히 조이는 위치를 바꿔주었다. '철통 고리'를 위로 올려 손목의 돌출부로 사내의 턱 관절과 관자놀이를 짓이겨 주었다.

 "악! 아아악!"

 고통스러운 비명 끝에 사내는 대번에 절박함을 호소했다.

 "그만! 그마~안!"

 사내는 아예 온몸에서 힘을 풀어버렸다. 완전히 포기한 것이리라. 철민은 천천히 팔목의 힘을 풀었다. 그러나 철통 고리를 완전히 풀지는 않았다. 이대로 끝낼 수는 없었다. 이젠 그의 차례였다. 사내가 그에게 주었던 극한의 절박함과 공포를 되돌려 주고 싶었다. 처음에 사내가 강하고 그가 약했을 때 사내가 그에게 보냈던 조소까지도. 이젠 그가 강하고, 상대가 약한 것이다. 그런데도 당한 만큼 돌려주지 않는다면 그건 너무도 억울한 일이었다.

혜드록을 건 채로 철민은 사내를 한쪽 코너로 끌고 가서 집어 던지듯이 뿌리쳤다. 코너에 처박혔다가 튀어나오며 사내는 반사적이다시피 주먹을 뻗고 킥을 차냈다. 그러나 다만 허우적거림에 불과했기에 철민은 쉽사리 그 손과 발을 붙잡았다. 그리고 간단히 다리를 걸어 무너뜨렸다. 이어 로프를 잡은 채로 짓밟기 시작했다.

퍽! 퍽! 퍽! 퍽!

짓밟는 것만으론 부족했다. 철민은 무릎을 세운 채 사내의 몸 위로 찍어 내렸다.

콱!

그것으로도 도무지 시원치가 않았다. 철민은 아예 온몸으로 짓이기기 시작했다. 주먹으로, 발로, 팔꿈치로, 무릎으로, 머리로. 사내는 감히 저항조차하지 못했다.

퍽! 퍽! 콱! 콱!

치는 대로, 차는 대로, 찍는 대로, 밟는 대로 사내의 몸이 출렁였다. 금세 사내의 얼굴은 피투성이가 되었고, 철민의 주먹이 내리꽂힐 때마다 다시 피가 튀었다. 시원했다. 통쾌했다. 그러나 이내 시원하지가 않아졌다. 통쾌하지가 않아졌다. 그가 바라던 건 이런 게 아니었다. 적어도 이렇게까지는 아니었다. 이제는 멈추어야 했다.

그러나 멈출 수 없었다. 철민의 몸은 이미 그의 의지와는 따로 놀고 있는 것 같았다. 아니, 그의 의지마저도 본래 그의 것과는 달리 변질되어 버린 것 같았다. 지금의 그는 그가 아닌 것 같았다. 그가 아닌 그는 지금 폭력을 행사하고 있었다. 무지막지하고 잔인하게! 더욱 통쾌해지고 싶었다. 그러기 위해서는 뭔가가 부족했다. 더욱 자극적인 무엇이 필요했다. 더! 더! 그가 아닌 그는 광기에 휩싸여 가고 있는 것 같았다.

"그만!"

링 아래에서 누군가 외쳤다. 그러나 철민은 듣지 못하였다. 아니, 듣지 않았다.

"그만하라니까!"

그 목소리가 다시 외쳤지만 철민은 여전히 주먹을 내리꽂았다. 퍽! 퍽! 퍽! 퍽! 기계적으로.

사내는 벌써부터 의식이 없었다. 누군가 링으로 올라와서 거칠게 철민의 몸을 잡아채며 소리쳤다.

"이 새끼야! 사람 죽일 일 있어?"

그 목소리에 질린 기색이 녹아 있었다.

「몽상가」 6권에서 계속…

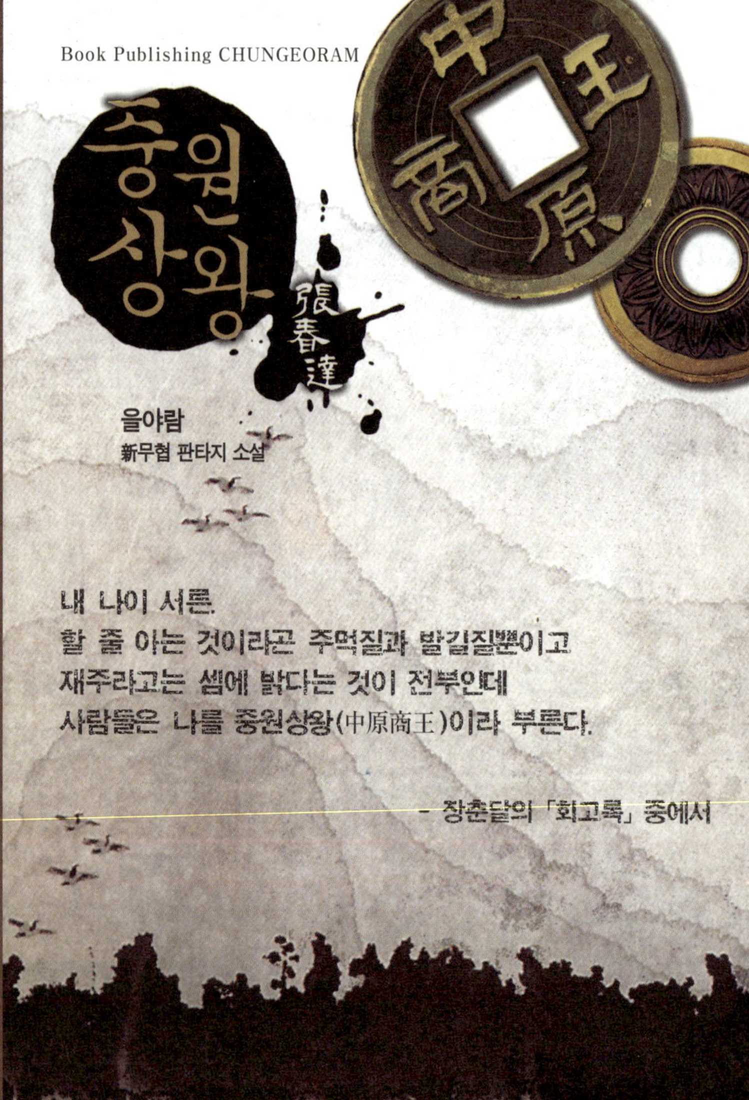

Book Publishing CHUNGEORAM
中原商王
중원
상왕
張春達
을야람
新무협 판타지 소설

내 나이 서른.
할 줄 아는 것이라곤 주먹질과 발길질뿐이고
재주라고는 셈에 밝다는 것이 전부인데
사람들은 나를 중원상왕(中原商王)이라 부른다.

- 장춘달의 「회고록」 중에서

Book Publishing CHUNGEORAM
유행이 아닌 자유추구 -
WWW.chungeoram.com

화마경
火魔經
허담 新무협 판타지 소설
FANTASTIC ORIENTAL HEROES
허담 新무협 판타지소설
화마경 2
화마경 1
1
대호제(大虎齊)

유행이 아닌 자유추구 -
WWW.chungeoram.com
Book Publishing CHUNGEORAM